# Appostando el corazón

# Lily Menon

# Appostando el corazón

TITANIA

Argentina • Chile • Colombia • España
Estados Unidos • México • Perú • Uruguay

Título original: *Make Up Break Up*
Editor original: Amara
Traducción: Tamara Arteaga y Yuliss M. Priego

1ª. edición Julio 2023


Plaza de los Reyes Magos, 8, piso 1.º C y D – 28007 Madrid
www.titania.org
atencion@titania.org

ISBN: 978-84-19131-02-7
E-ISBN: 978-84-19497-11-6
Depósito legal: B-9.689-2023

Fotocomposición: Ediciones Urano, S.A.U.
Impreso por Romanyà Valls, S.A. – Verdaguer, 1 – 08786 Capellades (Barcelona)

Impreso en España – *Printed in Spain*

*Para el Swoon Squad,*
*el grupo de lectoras más vivaracho*
*que cualquier autora pudiera desear.*

# 1

«Detestar» era una palabra muy fuerte, al igual que «aborrecer», «despreciar» y «odiar». Annika, siendo tan pacifista como era, prefería referirse a él de otra manera; con una frase que había dicho su profesora de yoga y que sonaba muchísimo más cordial.

—Tú y yo somos incompatibles, Hudson Craft —murmuró, sin quitarle ojo a su foto en la página web de la revista *Tech Buzz*. Apretaba tanto el ratón inalámbrico con la mano derecha que hasta el plástico blanco opalescente crujió a modo de protesta—. Totalmente incompatibles.

Lo llamaban «el empresario más atractivo y escéptico del amor de todo el sector tecnológico actual». Era igual que un accidente de tren del que no podías apartar la vista por más que quisieras. Un accidente de tren innecesariamente guapo, rubio y con un título de Harvard, y que (probablemente) le había robado la idea.

Además, ese artículo de la revista se suponía que iba a ser para ella.

Cuando la periodista la llamó para entrevistarla, Annika presupuso que el espacio principal sería para ella. Pero no, su única aportación acabó siendo: «"Las relaciones son las nuevas fronteras en lo respectivo al sector tecnológico", coincide otra empresaria de la zona».

Y nada más. No solo no habían mencionado su empresa, (Re) Médialo, sino que habían reducido a Annika a una anónima «empresaria de la zona», ensalzando a Hudson Craft en todo su magnífico esplendor.

—Arrrrggggh. —Annika hundió la mano en el cajón del escritorio para buscar sus fieles herramientas contra el estrés, todas bien organizadas y ordenadas con separadores. ¿Un jardín Zen mini? ¿Una bola de respiración multicolor? ¿Un cuenco de meditación? No, hoy hacía falta algo muchísimo más básico.

Agarró una pelotita antiestrés con forma de unicornio zombi que cariñosamente había apodado como SiSi (antes había sido un elefante blanco, regalo de una de sus amigas de yoga; cuando lo apretabas, su cerebro verde salía chorreando entre tus dedos) y cerró el cajón con más fuerza de la que quería.

«Cuéntale el final de su libro», se dijo Annika, aplastando con agresividad el cerebro de SiSi. «Mándale un virus al correo. O lánzale una bomba de purpurina y que tarde días en quitársela de su dichoso pelo rubio». Llevaba sin verlo desde el año pasado, en Las Vegas, pero podría reencontrarse con él de forma que no la olvidara fácilmente.

Apartó la vista de la pantalla del portátil y se fijó en la última carta que había recibido del banco, que yacía boca abajo en el escritorio bajo una taza de té sucia. Y así, la rabia de Annika se vio de pronto reemplazada por un ramalazo de ansiedad.

La idea de montar su propia empresa siempre había sido un sueño para Annika. Se suponía que (Re)Médialo tendría que haber sido su cuento de hadas. Ella nunca había soñado con tener una boda grandiosa y por todo lo alto. Nunca había querido encontrar a un príncipe azul, o tener hijos preciosos, o comprarse una casa con un megajardín en algún barrio ostentoso de Los Ángeles. Recordaba que, cuando tenía seis años, se vistió como Indra Nooyi y otra vez como la directora ejecutiva de Pepsi para Halloween. Nadie adivinó su disfraz, pero a ella le dio igual. Lo único que quería ser era su propia jefa. Con cuatro años eso significaba mangonear a su padre como quería vestida con su chaqueta, que le colgaba hasta los tobillos, mientras andaba por casa. Conforme crecía, ese sueño cambió de mangonear a su padre por casa a dirigir su propia empresa, una que marcara la diferencia en la vida de las personas.

Annika se puso de pie, se alisó la falda negra de tulipán y empezó a pasearse frenéticamente por su diminuta oficina en un vigésimo sexto piso aún apretujando a SiSi. Su mirada cayó sobre el copetudo canapé de terciopelo y de color ciruela, moderno pero sofisticado; también sobre el cuadro original de la artista de Los Ángeles, Cleo Sanders, que llamaba la atención pero sin resultar demasiado extravagante; y, por último, sobre el letrero gigante de metal que había pedido para colgar en la pared.

**(RE)MÉDIALO**
**ENAMÓRATE DE NUEVO**

Miró a través de los ventanales del suelo al techo y contempló la ajetreada ciudad. Había creído que estar en pleno centro de Los Ángeles serviría para ponerla en el punto de mira, que la haría mucho más accesible a los voluntarios que quisieran ayudar a probar la aplicación —quienes eran en su mayoría universitarios— y a otros negocios con los que (Re)Médialo pudiera querer colaborar. Era caro, pero merecería totalmente la pena.

Así que Annika pidió dinero al banco e hipotecó su vida por un alquiler estratosférico al mes.

Durante un tiempo, las cosas fueron bien. Hasta parecía cosa de magia: la subvención que ganó el año anterior había sido la primera que había solicitado. Tenía una tecnología innovadora, una desarrolladora excelente y unas ganas enormes de cambiar el mundo. Se suponía que el prototipo de aprendizaje a fondo tendría que haber estado listo para el lanzamiento en seis meses a lo sumo, pero al final las cosas no habían salido así.

Cuando a Annika se le ocurrió la idea para (Re)Médialo hacía un año, su desarrolladora (y mejor amiga), June Stewart, y ella habían diseñado la aplicación perfecta para ayudar a la gente a traducir sus palabras de forma que sus parejas los entendieran. La aplicación salvaría la distancia creada por las palabras desatinadas y los malentendidos. Nadie había hecho nada así antes, y eso es lo que había visto la Fundación de Jóvenes Emprendedores: el futuro, una visión, una idea brillante. Por eso le habían concedido la subvención.

El banco no veía nada de eso. Veía a alguien moroso, alguien sin dinero, y eso era lo único que importaba. Annika apretujó al pobre y atribulado SiSi hasta que su cerebro de unicornio zombi sobresalió a través de los huecos entre sus dedos.

—¡Buenos días! ¿Has visto todas las cajas que hay en la oficina de al lado? Creo que pronto tendremos vecinos.

Annika se giró hacia su mejor amiga, que acababa de entrar por la puerta principal. La forma de describir a June en realidad dependía del día. Annika respiró hondo y trató de hablar en un tono despreocupado que ocultara sus preocupaciones internas.

—¡Hola! Sí, creo que se están mudando... —Miró la cantidad de bolsas que llevaba June en el brazo—. ¿En serio? Si apenas han pasado las diez.

June abrió sus ojos azules como platos, un gesto que ella probablemente pensara que se vería como inocente.

—Bloomingdale's estaba de rebajas. Además, comprar me ayuda a calmar los nervios. Lo necesitaba para la importante reunión de esta mañana. —Vestía su habitual y ostentoso uniforme de trabajo: unos Jimmy Choos de quince centímetros y con estampado de leopardo y un vestido de seda rosa chillón con un hombro al descubierto. Llevaba el cabello rubio recogido en una compleja trenza a modo de corona, de esas que Annika jamás podría hacerse sin ayuda de trece peluqueros.

Annika bajó la mirada hasta su propio atuendo —un top borgoña de péplum sutil pero elegante, la falda de tulipán y unos zapatos sin talón de cuero vegano— con desazón. Eran tan distintas que daban una imagen completamente inconexa de la empresa. El gerente del banco iba a pensar que eran dos jovenzuelas excéntricas incapaces de hacer la «O» con un canuto.

—¿Sabes qué? —dijo June, ponderando la expresión de Annika—. Vamos a ganarnos de calle a ese tal McManor. Yo soy más alocada y creativa, y tú, más sensata y controlada. Algo así como el yin y el yang trabajando juntas. —Metió las bolsas en el diminuto armarito de suministros como pudo y fue a sentarse a su silla de oficina (con estampado de leopardo), a medio metro de la de Annika. Tras apartar de la mesa un montón de Funkos de *Star Wars,* colocó los pies encima y empezó a toquetear la pantalla de su móvil.

A Annika no le sorprendió que June le hubiera leído la mente tan bien. Una amistad que sobrevivía a pesar de compartir habitación en la universidad desarrollaba ciertos poderes mágicos.

—Pues...

—¿Qué? —June levantó la vista del teléfono—. ¿Tú no opinas igual?

Annika se desplomó sobre su silla ergonómica, lanzó a SiSi sobre el escritorio y escondió la cara en las manos.

—No, la verdad es que no, June. Esto va a ser un desastre. Lo presiento. Y tú ya sabes lo fuerte que es mi sexto sentido.

—¡Que no va a ser ningún desastre! —Annika echó un vistazo a June por entre los dedos mientras esta continuaba hablando—. McManor verá que formamos un equipo dinámico y emprendedor y que tenemos lo que hace falta para solucionar nuestro pequeño problema de flujo de caja. Y te dará una prórroga para los préstamos. Una grande. Hoy día la economía de los demás está igual; es un tren cuesta abajo y sin frenos, no solo la nuestra.

Annika se incorporó y sonrió con desolación.

—Tiene gracia que digas eso. Antes de que llegaras justo estaba pensando que Hudson Craft era como un gigantesco accidente de tren. —Por obvias razones, no mencionó la parte en la que se refería a él como un accidente de tren *guapo.* Tampoco hacía falta decirlo. Además, June tenía ojos en la cara. Sabía qué aspecto tenía Hudson Craft.

—Vaya... —June encendió su portátil con carcasa del Halcón Milenario—. ¿Ha salido en otro artículo?

—Te acabo de enviar el enlace por correo.

Oyó a June clicar varias veces y luego ahogar un grito de indignación.

—¿*Tech Buzz*? Pero si se suponía que ibas a salir tú. ¡La periodista dijo que el artículo era tuyo!

Annika tamborileó los dedos sobre el escritorio.

—Lee el titular; se pone mejor.

—¡No! —gritó otra vez June—. Tú debías ser «Don Relaciones: ¡el caballeroso joven de veinticinco años con sonrisa *GQ* que está transformando la forma y la naturaleza de las relaciones!».

Annika enarcó una ceja.

—Bueno..., supongo, que tú serías *Doña* Relaciones, y tienes veinticuatro años. Y diría que eres más encantadora que caballerosa. —June se quedó callada un momento—. Y también tu sonrisa es más de la *Yoga Journal* que de la *GQ.* Sabía que tendría que haber llamado a mi primo. Seguro que conoce a alguien en *Tech Buzz.*

Annika suspiró.

—Tampoco habría servido de nada. Hacer que las parejas rompan es mucho más atractivo que ayudar a que se reconcilien.

—Pero su modelo de negocio se basa en las lágrimas y en el desamor. Si alguien con quien yo saliera pagara a uno de sus «terminator» para cortar conmigo... —June hizo como si le explotara la cabeza con las manos—. Joder, espero que no me pase nunca.

Annika no pudo evitar que el desdén tiñera su voz mientras leía el artículo en alto.

—«Es mejor eso a que te hagan bomba de humo». —Levantó la vista de la pantalla y miró a June—. ¿O sea que las opciones son que un «terminator» de esos corte contigo o que te hagan bomba de humo? ¿Y que hay de ser lo suficientemente amable como para hablar las cosas cara a cara con tu pareja?

June sacudió la cabeza.

—Es un imbécil integral, Annika. Esa es la única explicación.

Annika agarró otra vez a SiSi y tiró de su nariz salpicada de verrugas.

—No me gusta decir que odio a nadie, pero creo que a Hudson Craft lo odio con todas mis fuerzas. O sea, odio todo lo que él representa.

June le lanzó una miradita. Mierda. Ese era el problema de tener una mejor amiga con la que habías compartido habitación en la universidad y que ahora también era tu socia: conocía demasiadas cosas sobre ti.

—¿Que no te gusta decir que odias a nadie? ¿Y Félix el Merluzo?

—¿Quién? —Annika arrugó la nariz. Y luego se acordó—. Ah, ¿te refieres a aquel tipo de primer año que calentaba los palitos de merluza en el microondas de la cocina de la residencia? *Todos* lo odiábamos.

—¿Te refresco la memoria? —June levantó los dedos de uno en uno—. ¿Y Rehan Shah, tu compañero de laboratorio que masticaba los chicles de forma rara?

—Hacía muchísimo ruido al masticar.

—Claro. ¿Y Adrian Westinger, que siempre gritaba «AVEEEEENA» cual zombi para burlarse de tu vegetarianismo? El tipo era un imbécil, pero estoy bastante segura de que también usaste el verbo odiar con él...

—Vale, vale, ya lo entiendo. —Annika lanzó a SiSi contra June, que lo cazó al vuelo y se lo devolvió con la agilidad de un jugador de béisbol—. A lo mejor sí que he odiado a más gente de la que pensaba...

June se rio.

—Tú siempre te dejas llevar por las emociones. Unas emociones caóticas y conflictivas, admítelo.

Annika miró más allá de su amiga, al pasillo fuera de su oficina.

—Bueno, ahora mismo sí que estoy sintiendo unas emociones conflictivas y de lo más caóticas... —Se secó las palmas de las manos en la falda y volvió a guardar a SiSi en el cajón antiestrés—. Porque creo que el señor McManor del Banco de California está subiendo.

Annika nunca había coincidido en persona con el señor McManor. Resultó ser una de esas personas extremadamente ordenadas y meticulosas que probablemente se pusiera a ordenar los cajones de la vajilla durante los fines de semana por pura diversión y que tenía un par de calcetines bordados con sus iniciales para cada día de la semana. No dejaba de subirse las gafitas redondas mientras hablaba, probablemente porque tenía una nariz diminuta. Annika temía que se le cayeran al suelo si hacía un movimiento demasiado brusco. Por suerte, el hombre era tranquilo hasta el punto de parecer medio muerto, así que los movimientos bruscos no parecieron ser un problema.

—Bueno. —Estaba sentado muy quieto en una silla con estampado floral que contrastaba con la decoración, aferrando con fuerza su maletín sobre el regazo—. Me temo que las noticias no son buenas, señorita Dev. Es usted lo que nosotros denominamos una «morosa reiterada». Está extremadamente sobreendeudada.

«¿Morosa reiterada?». Annika miró a June a los ojos. Le daba la sensación de haberse inventado ese término por el mero hecho de hacerle daño.

—Sea como fuere, señor McManor, creo que si escuchara la pequeña presentación que hemos preparado... —Asintió en dirección a June, que pegó un bote hacia su portátil y empezó a preparar las diapositivas del PowerPoint—. Como puede ver, señor McManor, (Re)Médialo no es solo una empresa emergente y en expansión. Es un golpe encima de la mesa sobre todo lo bueno que hay en la vida, sobre nuestra humanidad más fundamental.

La necesidad de pertenecer a algún lugar, de conectar con otro ser humano, de...

—Tarde. —El señor McManor hizo un gesto despectivo con la mano—. Ya es tarde. Siento decírselo, pero el momento de recurrir a su último recurso ya ha pasado.

Annika se quedó mirando a aquellos ojos de pez muerto, de absoluta indolencia. Y el banco a quien él había jurado su despiadada lealtad era dueño tanto del préstamo de su negocio como del edificio donde trabajaba. «Fantástico».

—Pero... Le envié un pago. El mes pasado.

—Ah, sí. —El señor McManor consultó sus notas brevemente—. Me temo que su pago de cuatrocientos ochenta dólares y... setenta y cuatro centavos ni siquiera se acerca a cubrir una mínima parte de su monstruosa deuda.

—Puedo seguir enviándole pagos. —Annika hablaba con firmeza; quería que él viera el potencial en sus ojos, la pasión, el fuego, la voluntad de hacer lo que hiciera falta para que (Re)Médialo siguiera para adelante—. Puedo pagar el alquiler atrasado; solo necesito más tiempo. Solo es un problema temporal de flujo de caja.

—¿No es mejor tener a unas inquilinas dispuestas a tratar con usted, señor McManor? —June se sentó en el borde de su escritorio—. Más vale malo conocido que bueno por conocer, o eso es lo que dice siempre mi madre.

—Primero, el alquiler atrasado solo es parte del problema. Ponerse al día con el alquiler no tiene nada que ver con el préstamo que pidieron, y del cual aún deben una parte bastante importante. Y segundo, resulta que hay personas interesadas en esta oficina. Personas que podrían permitirse el alquiler sin problema.

June entrecerró sus ojos azules.

—¿Como quién?

—La prima de Gwyneth Paltrow.

Annika parpadeó.

—¿Qué?

—Nos ha contactado un representante de Gwyneth Paltrow. Su prima quiere alquilar este espacio para una empresa de diseño de interiores que va a montar. Está dispuesta a pagar los seis primeros meses por adelantado. —El señor McManor se puso de pie, se sacudió el traje con la mano y se aproximó al letrero de (Re)Médialo en la pared. Ese que Annika había estado tan orgullosa de encargar. El que le había dado la sensación de haberlo logrado, de haber conseguido cumplir su sueño, de ser imparable.

Se giró hacia ella con los ojos inexpresivos y distantes detrás de aquellas gafitas redondas. De haber sido otro, Annika hasta podría haberle elogiado aquel rollo de Harry Potter sofisticado que llevaba. A través de la ventana, un rayo de luz se reflejaba en su cabeza calva, pero él no pareció darse cuenta.

—A menos que salde la deuda entera, incluyendo los intereses y las multas por impago, señorita Dev, las noticias no serán buenas.

—Antes de que se marche —habló June—. ¿Quién se muda a la oficina de al lado? ¿También les han pedido un préstamo a ustedes? Porque puede que vayamos a contarles lo bien que nos ha tratado a nosotras.

El señor McManor la miró como si fuera estúpida.

—Eso es información confidencial de mi cliente, señorita Stewart, y como tal, es indivulgable.

—Esa palabra no existe —murmuró June.

Annika tamborileó los dedos en el escritorio.

—Interesante. Pero sí que ha divulgado que la prima de Gwyneth quiere esta oficina. ¿No viola eso alguna especie de confidencialidad?

El señor McManor se puso rojo como un tomate.

—Eso ha sido torpe por mi parte —dijo tras una larga pausa—. Simplemente estaba... contento. Admiro a la señorita Paltrow desde su majestuosa actuación en *Emma*.

—¿Contento? —Annika se lo quedó mirando—. ¿Me está diciendo que está *contento* ahora mismo?

El señor McManor carraspeó, enderezó aún más la espalda y el fastidio volvió a hacer acto de aparición en su rostro. Durante los veinte minutos que llevaba allí, esa había sido la vez que más animado lo había visto.

—Señorita Dev, le sugiero que piense muy seriamente qué pasos tomar a continuación. Que tenga un buen día. —Se alejó caminando con elegancia; sus zapatos negros crujían sobre la moqueta industrial conforme se dirigía a los ascensores.

—¿Por qué intenta hablar como si fuera la reina de Inglaterra cuando no lo es? —comentó June con repulsión.

—Quiere que nos vayamos de aquí. —Annika se recostó en la silla con pesadez cuando el verdadero impacto de sus palabras caló en ella. Sonrió a June con desolación—. ¿Sabes cuánto tenemos en la cuenta de empresa ahora mismo? Menos de cinco mil dólares. ¿Cuánto crees que debemos? —Negó con la cabeza y pensó: «Yo soy la jefa. No pienso llorar. Y tampoco voy a decir cuánto odio al señor McManor»—. Se acabó, June.

—Corazón... —June se agachó para quedar a la altura de los ojos de Annika—. Deja que yo te dé el dinero. Sé que probablemente vayas a rechistar, pero, por favor, piénsatelo. Me sentiría genial si pudiera echarte una mano. Podría ser, en plan, como una inversión.

Un hecho no muy conocido (porque June hacía todo lo que podía por ocultarlo) era que Violetta «June» Stewart era la única hija de dos productores cinematográficos extremadamente ricos. Sobraba decir que a ella no le hacía falta en realidad este trabajo. June contaba con un fondo fiduciario y un montón de contactos en las altas esferas. La única razón por la que se había apuntado al proyecto era porque quería echarle un cable a Annika. Annika no podía permitirse pagarle lo que realmente valía su trabajo, pero June nunca se había quejado, ya fuera por lealtad o por pena. Y tampoco era que Annika estuviera en posición de decirle que no.

Annika negó con la cabeza y apretó la mano de su amiga.

—Eso es muy muy amable de tu parte, Junie. Pero no. Yo te lo agradezco, pero no puedo aceptar tu dinero.

June suspiró. Habían tenido esta conversación multitud de veces antes y sabía que no debía esperar un resultado distinto. Aun así, era June. Y eso, suponía Annika, significaba que tenía que intentarlo.

Dándose por vencida, June se sentó con las piernas cruzadas en el suelo. Aunque llevaba puestos un vestido ajustado y unos tacones kilométricos, se las apañó, no sabía cómo, para parecer más grácil que Annika, que estaba sentada en una silla.

—¿Y qué hay de tu padre?

El padre de Annika era uno de los anestesistas más reconocidos del país. No era raro que le pagaran para viajar a distintos eventos y que diera conferencias porque, al parecer, sabía cómo dormir a la gente más que cualquier otra persona en el mundo. Annika no conocía los detalles, solo sabía que no quería dedicarse a lo mismo que él.

Aquel hecho casi le partió el corazón a su padre.

Annika aún recordaba la cara que había puesto cuando, hacía ocho meses, fue a decirle que, además de la subvención que había ganado, el banco le había concedido un préstamo y que (Re)Médialo iba a convertirse en una empresa de verdad. Él se la quedó mirando durante un buen rato, whisky en mano, y luego le dijo con su voz de barítono:

—¿Y qué pasa con la facultad de medicina?

Se había graduado por la UCLA hacía dos años, pero su padre nunca había desistido de su sueño de que su única hija entrara en razón y decidiera seguir los pasos de la familia después de todo. Annika era lo único que le quedaba en este mundo: sus dos padres, que también fueron médicos, habían fallecido; y la madre de Annika, que había sido pediatra, también lo había hecho poco después de que Annika naciera. Su padre estaba desesperado porque ella continuara con el legado familiar. Daba igual que la sola idea de diseccionar a un cadáver la pusiera enferma y prefiriera huir en dirección contraria.

Ahora que lo pensaba, después de que le preguntara por lo de la facultad de medicina, Annika se puso un tanto arrogante. Enarcó una ceja y le dijo con su mejor tono de «¿quieres pelea?»:

—Espera y verás. Dentro de tres meses, cuando mi cara esté en las revistas de todos los kioscos de aquí al hospital, ya cambiarás de opinión.

En su defensa, las cosas habían ido fenomenal al principio. No tenía ni idea de que el destino la fuera a mandar a tomar viento meros meses después.

Joder, qué vergüenza.

Annika se mordisqueó el labio inferior. En la calle, un coche pitó en mitad del perpetuo tráfico de Los Ángeles.

—¿En qué piensas? —preguntó June, jugueteando con la figurita de Baby Yoda sobre su escritorio y que Annika le regaló las navidades pasadas.

—Bueno... no me malinterpretes. —Annika se levantó y empezó a pasearse por la oficina. De su mesa a la ventana y viceversa—. Creo que podemos sacar beneficios si nos ponemos las pilas. Nuestros problemas financieros serían cosa del pasado. Pero hay una parte de mí a la que le preocupa mucho estar engañándome... ya sabes, esa vocecita molesta y repetitiva que no se calla nunca. Esperaba que la aplicación estuviera lista bastante antes... y no ha podido ser. ¿Y si he perdido el fuelle?

Los ojos claros de June le devolvieron la mirada.

—No lo has hecho. Solo son los nervios los que hablan. No puedes dejar que gane el señor McPaloEnElCulo, Annika.

Annika se acercó al escritorio y volvió a sacar a SiSi. Su corazón empezó a martillear.

—No es solo él. También está Hudson Craft. ¿Sabes lo desmoralizante que es que un tipo con demasiada gomina en el pelo y una sonrisa de anuncio de dentífrico entre en escena sin más y tenga a todos hablando de su cruel y despiadada aplicación? ¿Y que a (Re)Médialo, que va a cambiar la forma en que vemos la tecnología y su uso en espacios interpersonales, ni siquiera lo mencionen en el artículo? ¿Sabes lo mucho que me molesta? —Annika estampó a SiSi contra el escritorio. Este emitió un ruidito al impactar contra la superficie y del golpe repiquetearon las fotografías enmarcadas de June, de su padre y de la oficina, que estaban bien colocadas en línea recta junto a su portátil.

June la señaló con el dedo.

—¡Ahí está! No dejes de sentirte así. Y, que no se te olvide, Hudson es un ladrón.

Annika no se podía creer lo cabrón que había resultado ser. Cuando se conocieron en una conferencia en Las Vegas el verano pasado, se habían reído de lo desesperados que estaban todos por salir de allí para poder ir a la verdadera razón por la que habían ido a la ciudad: las mesas de blackjack. Hicieron buenas migas enseguida porque ambos tenían una edad similar, eran de Los Ángeles y les interesaba empezar pronto un negocio. Y después, los dos se... bueno, eso no era importante.

Lo importante era que, tras regresar de Las Vegas, se había descubierto pensando en él a menudo. Incluso consideró la opción de ponerse en contacto con él. Hasta que, cómo no, empezó a salir en todas las revistas de tecnología y en los artículos cada vez con más frecuencia, hablando de su nueva aplicación, (Re)Iníciate. Ahí fue cuando se dio cuenta de que le había robado la idea, o al menos la base de ella.

—No me ha robado la idea. Todos los abogados a los que llamé fueron muy claros con eso. Probablemente se inspirara en ella, lo cual no es ningún delito.

—Vale, se inspiró en ella. Aun así, no me parece bien que una aplicación tan asquerosa como la suya esté acaparando toda la atención.

Annika contempló las mejillas ruborizadas y los ojos brillantes de su mejor amiga. Sintió que su cabreo aumentaba.

—¿Sabes qué? Tienes razón. Otra empresaria de la zona coincide: es un auténtico estúpido, igual que el señor McMaleducado. Los dos son unos imbéciles que se creen que pueden pisotearnos como quieran. Bueno, pues no. Ni vamos a salir corriendo ni llorando. Hemos venido a luchar.

—¡Eso es! —dijo June, levantando el puño y al Baby Yoda por encima de su cabeza.

—Podemos hacerlo. —De vuelta en su silla, Annika se giró en el sitio.

—Sí, podemos. ¿Cómo te ayudo? Por poco que sea...

—¿De verdad? —Annika vaciló—. ¿Te importaría ir a comprar una pizarra blanca en Staples? Lleva en mi lista de cosas pendientes una eternidad. Tengo la sensación de que necesito escribir las cosas para poder tenerlas más presentes y así sentirnos inspiradas. Como, por ejemplo, para el ÉPICO el mes que viene. Hagamos una lluvia de ideas para eso.

El ÉPICO —el Evento de Propuestas e Iniciativas Curiosas y Originales— era su gran oportunidad para darle la vuelta a la tortilla.

—¡Sí! En serio, tengo muy buenas sensaciones con respecto al ÉPICO. —June dio una palmada y fue a recoger el bolso, que colgaba de su silla—. Yo voy a por la pizarra y, mientras tanto, tú sigue pensando.

—Lo haré. —Annika volvió a ponerse de pie y reanudó los paseos, pero esta vez caminando más rápido que antes. June tenía razón: la ira la ayudaba a pensar. Dios, tendría que haber abrazado su lado oscuro, eh... el mal carácter, hacía mucho tiempo.

—¡Olvídate de todas esas estupideces del yoga! —gritó June por encima del hombro mientras se dirigía hacia el ascensor—. ¡Sigue enfadada!

# 2

—Que siga enfadada. Ya. —Annika tomó aire—. Maldito Hudson Craft, con esa sonrisilla burlona y su...

¡BONNNNGGGG!

Annika se detuvo y dejó de despotricar.

—¿Qué narices ha sido eso?

Esperó un minuto y dio otro paso.

¡BONNNNGGGG!

O bien acababa de oír un gong en este modernísimo rascacielos lleno de oficinas o los vídeos de autohipnosis que se ponía por las noches le habían frito el cerebro. Ambas opciones eran posibles; al fin y al cabo, estaba en Los Ángeles.

Salió de la oficina y buscó de dónde provenía el ruido.

«Qué raro». Oyó vítores amortiguados y gritos al fondo del pasillo, donde normalmente había oficinas vacías. Tal vez la empresa nueva se hubiese instalado ya. Pero no tenía sentido. La única explicación lógica para los ruidos que estaba oyendo era una fiesta de engendros del diablo puestos hasta arriba de azúcar.

Annika aligeró el paso hasta llegar a unas puertas de cristal que conducían a la oficina contigua. Se quedó allí observando el interior durante un minuto entero, hasta que una flecha de juguete se pegó al cristal e hizo un movimiento extraño que la sacó de su estupefacción.

Su cerebro seguía sin aceptarlo, pero estaba siendo testigo de una guerra de *adultos* con pistolas de juguete. Bueno, estaban medio escondidos en fuertes hechos de cartón, pero parecían adultos.

Dos personas salieron de sus respectivos fuertes. Uno era un hombre pálido y pelirrojo, y la otra una mujer de posible ascendencia asiática. Ambos iban descalzos y llevaban vaqueros y una camiseta azul. Correteaban por la sala chillando y gritándose, como si estuvieran en unos recreativos.

Annika contempló preocupada como una flecha impactaba en un jarrón y este caía al suelo. Ninguno pareció darse cuenta. El tipo pelirrojo saltó a un sofá berreando como un rinoceronte malherido, aunque parecía contento.

BONNNNGGGG.

El ruido del gong instó a Annika a desviar la mirada a la parte delantera de la estancia. De repente, se le activaron los cinco sentidos y se le erizó el vello de los brazos. Frente a ella estaba Hudson Craft.

Increíble.

Estos meses había pasado tanto tiempo despotricando sobre él que cada detalle de él le resultaba increíblemente familiar. Su pelo rubio y grueso y ondulado sobre la frente; la mandíbula cuadrada; los hombros musculosos y adheridos a la camiseta como si quisiese decirle al mundo «¡Miradme, hago ejercicio!».

«Ya lo vemos, Hudson. Sabemos que tanto tus pectorales como la tableta de chocolate que tienes provoca que la gente en las discotecas babee».

¿Qué demonios estaba haciendo aquí? Se encontraba medio sentado en un taburete sujetando un mazo. Con cada palabra que decía estampaba el mazo contra un gong de bronce enorme.

—¡Rupturas! —BONNGGG—. ¡Trescientas! —BONNGGG—. ¡Mil! —BONNGGG—. ¡Rupturas!

¿Trescientas mil rupturas? ¿Estaba de broma?

En ese momento lo comprendió todo. Empezó a asimilar los detalles en los que no había caído hasta ahora.

Para empezar, en las camisetas azules que llevaban todos ponía «¡(Re)Iníciate!» en la parte delantera.

También había un letrero enorme que rezaba «(Re)Iníciate».

Y luego el eslogan de debajo que decía «Empieza de nuevo». Esa era la razón número 2064 por la que no se tragaba que la aplicación de Hudson Craft, una idea diametralmente opuesta a la suya, fuese una coincidencia.

Le hervía la sangre. Estaba a punto de explotar. Era probable —seguro, más bien— que le hubiera robado la idea y hubiese alcanzado el éxito que, se suponía, iba a ser para ella. ¿Y ahora encima se había instalado en el mismo edificio que ella? ¿Había venido adonde Annika se había hecho un hueco —hueco que ahora peligraba—, y se había puesto a tocar un gong en mitad de una pelea con pistolas de juguete? Pero ¿estaba el mundo loco o qué?

De sopetón, Annika abrió la puerta de cristal con el talón de la mano e ignoró el dolor que sintió en el proceso.

—¡Oye, Hudson Craft!

No la oyeron por culpa del ruido que hacía aquel ostentoso gong, los gritos y la terrible música que salía por el altavoz. Cuando Annika se dispuso a ir derechita hacia Hudson Craft, se tropezó con una pistola naranja de juguete y se torció el tobillo. Reprimió un grito, recogió la pistola del suelo y, apuntando hacia Hudson, disparó.

La flecha de gomaespuma atravesó la estancia y Annika sonrió al verla moverse por el aire.

Mientras Hudson seguía animando y tocando el gong, la flecha se le pegó en la cara.

—¡DIANA! —gritó Annika mientras alzaba la pistola.

Hudson se quedó pasmado ante el ataque. Boquiabierto. Ella bajó el arma de juguete y, sin poder resistirse a dispararle otra flecha en la boca, apretó el gatillo casi inconscientemente. Por desgracia, en lugar de impactar en él una segunda flecha, la pistola solo sonó.

«Mierda».

Hudson y ella se miraron durante un larguísimo segundo. Su rostro revelaba una amplia amalgama de emociones: sorpresa, confusión y tal vez una leve pizca de dolor o ira, aunque no entendía a qué venía eso. No obstante, antes de poder descubrirlo, él soltó el mazo, se llevó las manos al ojo derecho y empezó a gritar:

—¡Joder, mi ojo!

Annika sintió un vuelco en el estómago. Al momento le sobrevino la culpa. Eso era lo que pasaba siempre que perdía los papeles. Por eso practicaba yoga. Era pacifista... hasta que le tocaban las narices. Bajo su apariencia tranquila yacía una asesina desquiciada que no dudaba en usar pistolitas de juguete.

—Mierda —susurró, dejando caer el arma, que hizo un ruido seco en el suelo.

Los empleados de Hudson se quedaron helados.

—Ay, Dios, mi ojo. —Volvió a gruñir y se inclinó como si fuese a caer fulminado o algo.

Y a continuación se desató el caos.

El pelirrojo fue a parar la música y la mujer exclamó un «¡Ay, no, Hudson!» antes de volverse hacia Annika. Sus ojos marrones destellaron al tiempo que sacaba un móvil del bolsillo.

—Voy a llamar a la policía. Esto es agresión.

A Annika se le aceleró el pulso. Agresión. La policía. Estaba acabada. ¿Quién querría contratar los servicios de una experta en relaciones con antecedentes? Sabía que Hudson Craft acabaría con ella antes o después.

De repente se oyó una risita amortiguada y entonces Hudson habló tan campante.

—No hace falta, Blaire. Estoy bien.

—¿Seguro? Porque...

—Sí, tranquila.

Blaire, que todavía seguía fulminando con la mirada a Annika, guardó el móvil y se cruzó de brazos, interponiéndose entre Hudson y ella como si fuera su guardaespaldas o algo. El pelirrojo se había quedado mirando a Annika de manera descarada. Sintió la hostilidad a raudales de los presentes en la sala, pero estaba demasiado ocupada alegrándose de no ir a la cárcel como para que le importara.

El ojo de Hudson se había curado milagrosamente, y ahora este cruzó sus brazos grandotes y bastos —aunque algunos los llamarían musculosos— sobre el pecho.

—Vaya, vaya, vaya —habló despacio—. Annika Dev. —Lo dijo como si fuera el nombre de una especie de ave exótica que no esperaba encontrarse en Los Ángeles. Menudo bicho raro.

Entrecerró los ojos.

—Hudson Craft. —Ella pronunció el suyo como si fuese una enfermedad altamente contagiosa—. Ya veo que tu ojo está perfectamente bien, así que estabas mintiendo. No me extraña.

—¿Mintiendo? Te estaba haciendo un favor. ¿Ves lo que pasa cuando pierdes los papeles? Podías haber ido a la cárcel. Que te sirva de lección, señorita Dev.

Le había leído la mente. Annika cuadró los hombros y la irritación tomó el control.

—¿Vas a enseñarme *tú* a *mí* cómo ser una excelente ciudadana con valores? No lo puedo creer.

Hudson se echó a reír.

—No sé, por norma general los ciudadanos con valores no disparan a la gente en la cara. Tengo que admitir que me sorprende que me hayas disparado ahí, eso sí. Recuerdo que te gustaban más estos —dijo al tiempo que movía los pectorales. Sus empleados soltaron unas risitas.

Annika se sonrojó y apretó los puños contra los muslos.

—Más quisieras. —Puso una mueca en cuanto las palabras salieron de su boca. «¿Más quisieras?». Parecía que hoy solo llegaba a la altura de las respuestas de una niña de primaria.

Hudson soltó una carcajada, como si le divirtiese su patética respuesta.

—En fin, da igual. Tocamos el gong cada vez que conseguimos diez mil rupturas, y hoy hemos conseguido trescientas mil. Ya te dejaremos tocarlo alguna vez. Si es que no lo rompemos antes. —Esbozó una gran sonrisa y sus empleados se rieron.

Annika los miró y le volvió a subir la tensión. Para ellos todo esto no era más que una broma, ¿verdad? No les importaba lo que su jefe le hubiera hecho a ella o lo mala persona que fuese. Despacio, se arregló el pelo y la falda y fue esquivando las flechas de juguete hasta llegar a donde se encontraba Hudson sentado en un taburete.

Recogió el mazo del suelo, levantó la pierna y lo estampó contra el muslo para partirlo en dos. Los empleados de (Re)Iníciate ahogaron un grito.

Annika dejó caer los trozos.

—Ni se te ocurra volver a meterte conmigo.

Hudson Craft se la quedó mirando con las cejas enarcadas. Se le crispó una de las comisuras de la boca, incapaz de ocultar lo graciosa que le estaba resultando la situación. No obstante, sus empleados no sonreían lo más mínimo. De no estar tan cabreada, sus caras le habrían hecho gracia; el pelirrojo se tapaba la boca como si acabara de presenciar un asesinato horrible, y la mujer, que se llamaba Blaire, sacudía la cabeza como si no diese crédito de lo que estaba pasando.

—Tú... pero ¿a ti qué te pasa? —acabó diciendo—. ¡Acabas de romper algo nuestro!

—¿Que qué me pasa? —Annika resopló con incredulidad—. Tal vez le estés preguntando a la persona equivocada.

—¿A qué te refieres? —Los ojos de Blaire relucieron de ira. A esa mujer le vendría bien hacer yoga.

—No pasa nada, Blaire. —Hudson se levantó tomándose todo el tiempo del mundo y se cernió sobre ella, tapando la luz que se colaba por las ventanas con su cuerpo musculoso. Annika tuvo que echar la cabeza hacia atrás para mirarlo a los ojos. Qué tipo más odioso, de verdad—. A ver, señorita Dev... Annika. —Se frotó la barbilla y se miró los pies, como si estuviera reordenando sus ideas. Después, la volvió a mirar—. Cuánto... tiempo. ¿En qué puedo ayudarte?

Ella tragó saliva y se secó las manos en la falda.

—Estás *aquí*. En la oficina al lado de la mía.

Él ni se inmutó.

—Ya veo. —Annika sintió a Blaire fulminándola con la mirada desde un lateral. El pelirrojo permaneció alejado con las manos unidas y observándolos con tranquilidad. El tiempo pasaba, pero Hudson no añadió nada más.

¿«Ya veo»? ¿Qué quería decir con eso?

—Tú... ¡Tú me robaste la idea y encima has venido aquí! —explotó Annika sin aguantar que él se mostrase así de raro.

Hudson frunció el ceño y a continuación enarcó una ceja.

—¿Que te he robado la idea? Si no recuerdo mal, lo que tú querías era jugar a ser casamentera. Lo mío es justo lo contrario.

—Lo que *quiero* hacer, dirás. —Annika apretó los puños y se dio cuenta de que había caído en su trampa—. Pero no estoy jugando a ser nada. (Re)Médialo va de segundas oportunidades —explicó, sulfurada—. No me vengas con el cuento de que es casualidad. —E hizo un gesto desdeñoso con la mano.

El pelirrojo tosió para ocultar un comentario que se parecía bastante a un «loca». Blaire soltó una risita. Annika los miró mal a los dos.

—Lo siento. —Hudson seguía con la mirada clavada en ella. La ponía de los nervios que pareciera atisbar sus secretos más íntimos, como un líder sectario—. No entiendo nada. Que te he robado la idea... ¿cómo exactamente?

—Espera, que saco la lista. —Annika levantó un dedo—. Primero, los nombres; yo elegí (Re)Médialo y tú (Re)Iníciate. Venga ya, ¿se puede ser tan poco original? Otra cosa más, los eslóganes; el mío es «Enamórate de nuevo» y el tuyo «Empieza de nuevo». ¿No había nada más obvio?

Hudson frunció el ceño.

—Annika, ¿cuándo creaste tu negocio?

—En octubre del año pasado.

—Blaire, ¿cuándo lanzamos nosotros la aplicación de (Re)Iníciate?

—El dieciséis de septiembre del año pasado —respondió la chica de inmediato, sonriendo victoriosa en dirección a Annika.

—Tal vez la que esté copiando aquí sea usted, señorita Dev —apostilló Hudson. Los tres se echaron a reír.

—Ja, ja, ja, qué risa —rezongó Annika—. Mira, no lo niegues. Nos conocimos el verano pasado en ese evento. Yo... eh... te conté los planes que tenía para (Re)Médialo... —Annika se sonrojó al recordar dónde (y cómo) estaban cuando se lo dijo— y entonces *pum*. Lanzas una aplicación que, lo siento mucho, parece calcada de la mía. Y para colmo hace justo lo contrario. Peor aún, va en contra de mi filosofía de vida. Yo me esfuerzo por reconciliar a las parejas y que tengan su final feliz y tú te empeñas en que se queden desdichados y solos para el resto de sus vidas.

—Menuda historia te has montado. —El pelirrojo resopló—. Tu verdadero nombre no será J. K. Rowling, ¿verdad?

Era la réplica más cutre que hubiera escuchado nunca. Si hubiese sido en otra ocasión, Annika hasta se habría reído en su cara, pero en esos momentos no se sentía de muy buen humor que dijéramos. Lo fulminó con la mirada. Él retrocedió como si lo hubieran encontrado con las manos en la masa.

Hudson Craft levantó una mano y se dirigió a él:

—Tranquilo, Ziggy. La gente lidia con los celos de formas distintas. Por lo visto, Annika cree que el éxito que tenemos se lo debemos a ella. —Soltó una carcajada—. Oye, haz lo que te dé la gana. Ojalá yo tuviera esa confianza. Vería los fracasos de una manera más positiva. —Sus secuaces rompieron a reír.

—¡Mi empresa no es ningún fracaso! ¡Y no estoy celosa! Tú... tú... —Annika se llevó los puños a la cabeza y gruñó, frustrada—. ¡Eres un imbécil!

Se dio la vuelta para marcharse y pisó a propósito tantas flechas de juguete como pudo.

—Te acabas de instalar ¿y lo primero que sacas de las cajas son pistolitas de juguete y un gong? Sois adultos, ¡actuad como tal! —gritó por encima del hombro.

—¡Me alegro de verte, vecina! —le respondió Hudson también a voz en grito al tiempo que ella abría la puerta. Al oír la diversión en su voz, le entraron ganas de girarse y dispararle más flechas en la cara—. ¡Vuelve cuando quieras! Mañana toca leche con galletas.

Leche con galletas. ¿En serio? Annika no pudo resistirse.

—¿Y después qué? ¿Sándwiches de mermelada y mantequilla de cacahuete? ¿La hora de la siesta? —Se apresuró a cerrar la puerta para no darle tiempo a responder. Esa actitud confiada y arrogante de Hudson la ponía de los nervios.

Le costaba creer que *este* fuera el mismo tipo que había conocido en Las Vegas. Cuando lo conoció en aquella conferencia, le pareció simpático. Amable. Incluso un poco perdido, como si buscase algo. Sobraba decir que se la había colado hasta el fondo. Seguro que solo fue una estrategia para llevársela a la cama. Se le encendieron las mejillas al recordar que se había acostado con él. ¿Cómo se le había ocurrido hacer algo así? ¿Tan ciega había estado para no darse cuenta de que Hudson Craft solo era un niño grande con buenos pectorales?

De vuelta en su oficina, tardó unos tres cuartos de hora en rebajar la presión arterial, o su «foco de estrés», como lo llamaba su profesora de yoga. Se levantó para abrir la puerta y ayudar a June, que cargaba como podía con una grandísima pizarra blanca. El vestido rosa chillón de seda hasta se le había arrugado.

Annika dejó la pizarra en el suelo, apoyada contra la pared, justo debajo del letrero de (Re)Médialo.

—Madre mía. Pues sí que has decidido ir a lo grande, ¿eh? —Si hasta podrían usar la pizarra como mesa de *ping-pong*, por el amor de Dios.

—Ya sabes que no me gusta hacer nada a medias. —June estaba toda roja y sudada. Se apartó el pelo de la frente y se abanicó con la mano—. ¿Está puesto el aire acondicionado?

Se oyeron vítores provenientes del fondo del pasillo. June miró a Annika.

—Pero ¿qué...?

—Nuestros vecinos se acaban de instalar. ¿A que no sabes quién es?

—¿Quién? Ay, ¡no me digas que es Lady Gaga!

La obsesión de June con Lady Gaga no era normal. Annika se la quedó mirando.

—¿Lady Gaga? Pero ¿qué dices? No, otro tipo de artista, y mira que has oído hablar de él. Hudson Craft y su secta de (Re)Iníciate.

—¿Que qué?

Annika asintió y esperó a que June pasara por todas las fases del *shock*. Lo primero fue la negación automática, a la que siguió enseguida la incredulidad y, finalmente, la rabia desmedida. Annika se sintió ufana. Ella también tenía alguien de su lado. Hudson Craft y sus compinches se podían quedar riendo, pero Annika no estaba sola, ni mucho menos.

A June le costó aceptarlo.

—Dime que es una broma, Annika.

—Ojalá pudiera. —Annika se dirigió a su escritorio con un suspiro y recolocó los marcos de bambú antes de sentarse y girar de lado a lado—. Ya he ido y le he soltado lo que pienso.

June también tomó asiento.

—¿En serio? ¿Qué le has dicho?

—Que son unos imbéciles ladrones y copiones. Y puede que también le haya disparado con una pistola de juguete.

—¡Qué dices! —June se tapó la boca con la mano—. Seguro que se lo merecía. Entonces, ¿ha confesado que se apropió de tu idea?

Annika resopló.

—Qué va. Le dio la vuelta e insistió en que estaba celosa de su éxito y demás.

—Será cabr...

—No pasa nada. —Annika miró por la ventana al exterior plagado de rascacielos—. ¿Qué otra cosa va a decir? Seguro que ni puede dormir por la noche. Vaya, yo no podría sabiendo que les ha roto el corazón a trescientas mil personas solo para ganar dinero. Sí, por lo visto ha llegado a las trescientas mil rupturas, si es que se les puede llamar así. Su *app* es superpopular, June. La cosa no pinta bien.

June fingió que vomitaba, aunque Annika ya le había soltado el discurso de «Hudson Craft es lo peor» unas veintisiete veces en los últimos ocho meses.

Annika se giró hacia su ordenador y ojeó la carpeta de *spam* de su correo.

—Pero ¿qué mierda es esto?

—¿El qué?

—Me ha llegado al *spam* un correo de un *beta tester*.

—Joder, ¿en serio?

—Voy a echar al desarrollador web, te lo juro.

—¿Todavía sigues trabajando con él?

—No, pero... en fin. En cuanto resolvamos el problema de flujo de caja no pienso volver a contar con él. ¡Me llega *spam* a la bandeja de entrada y lo que quiero, al *spam*! —Annika miró a June—. ¿Sabes cuál es el verdadero problema? Los hombres. Ellos son el origen de todos nuestros problemas.

—Pues sí —convino June al tiempo que ponía los ojos en blanco—. Ahora que me acuerdo, anoche tuve la cita esa.

—Ah, ¿con aquel... gerente de fondos? —inquirió Annika, aunque solo le estaba prestando atención en parte, ya que estaba leyendo a la vez el correo que acababa de encontrar.

—Sí, Harry el gerente de fondos. *Uff.* —June, como siempre, se dispuso a organizar su mesa antes de ponerse a programar. Baby Yoda ocupaba un lugar privilegiado junto a su segunda pantalla—. Llegó veinticinco minutos tarde, justo cuando me iba. Me miró de arriba abajo y soltó un: «Joder. Si hubiera sabido que estabas tan buena, habría llegado a tiempo. Tienes que cambiarte la foto de Tinder, nena».

Annika se estremeció.

—*Puaj.*

—¿De dónde salen esos idiotas?

—Pues de Tinder.

—Ya, ya. Pero ¿por qué sigo usando Tinder?

Annika suspiró.

—Porque no quieres acabar como una solterona sin vida como yo.

—No eres ninguna solterona sin vida.

Annika se recostó en la silla.

—¿En serio? Entonces, ¿por qué rompen siempre conmigo todos los tipos a los que quiero?

—Tú ya sabes lo que tienes que hacer.

—Sí, pero no puedo salir con alguien así por la cara, como tú. Lo mío no son los rollos. Sino el amor. —June abrió la boca para rebatirle, pero Annika se había vuelto a distraer con el correo electrónico del nuevo *beta tester*—. Oye, ¿concertamos una cita con este tipo para que venga a trabajar con ISLA?

June se acercó y leyó el correo por encima de su hombro.

Hola, Annika:

Soy alumno de tercero en la UCLA (de la carrera de Informática) y mi compañero Sean me ha comentado que le encantó echaros una mano con ISLA hace dos semanas. ¿Podría ir como voluntario yo también?

Colin McGuire

—Genial —dijo June una vez que acabó de leer—. Me gusta que su compañero ya lo haya hecho, así ya sabe cómo funciona. Y como a los de informática normalmente les interesa el aspecto tecnológico, no preguntan estupideces como «¿con quién hablo?» o «¿por qué eres *tú* la que define la sensibilidad?».

Annika se rio.

—No te cayó bien el alumno ese de filosofía, ¿eh?

June gruñó, disgustada, mientras volvía a su escritorio.

—ISLA es una red neuronal artificial. «¿Quién define la sensibilidad?». ¿Y a quién carajo le importa? Ayúdame a desarrollarla y ya está.

Annika sonrió.

ISLA, la Interfaz Sintetizada del Lenguaje Amoroso, era una tecnología totalmente innovadora. En cuanto estuviese lista, funcionaría como un terapeuta con el que la gente podría comunicarse desde sus propios móviles, como un Google Translate para parejas. Si abrías la aplicación de (Re)Médialo y dejabas el móvil en la mesa durante una conversación seria con tu pareja, ISLA la escucharía y te ayudaría a establecer un diálogo más tranquilo y sano. Si las cosas empezaban a ponerse feas, ISLA haría una sugerencia para subsanar el error. Como, por ejemplo, reformularía una frase de manera más suave o enfocada en tu pareja. ISLA también sería capaz de detectar la ira o cualquier emoción altamente negativa en la voz de las personas y mandaría mensajes tranquilizadores para ayudar a solucionar el problema.

Annika se había leído un libro de un consejero matrimonial que afirmaba que la mala comunicación era el causante del noventa por ciento de los divorcios. (Re)Médialo solucionaría ese problema. Y ahí era donde entraban los *beta testers.*

Ambas se sentaban con los voluntarios durante horas mientras estos respondían a algunas preguntas y representaban las conversaciones que podrían darse entre parejas con el fin de enseñarle a ISLA las voces y los distintos patrones de discurso. Con el tiempo,

ISLA sería autosuficiente y cualquiera podría usarlo en cualquier lugar.

Modestia aparte, era una idea increíble. Lo que pasaba era que estaban tardando más de lo que pensaban o esperaban en acabar el prototipo, por lo que el dinero de la subvención ya había casi volado y no tenían ninguna nueva fuente de ingresos. Hecho del cual el señor McManor del Banco de California se había percatado.

Pero Annika seguía siendo optimista. Entusiasmada, respondió a Colin y le pidió que viniese. Se sintió igual cuando propuso la idea de (Re)Médialo e ISLA por primera vez, cuando se imaginaba ayudando a alguien a volver a enamorarse de su pareja. Ese sentimiento le chiflaba. No la desesperación que le provocaba no tener un centavo.

En cuanto acabó de toquetear un código en el que había estado trabajando, June colgó la pizarra en la única pared que quedaba libre en la oficina. Annika desterró al odioso de Hudson Craft de su cabeza y June y ella pasaron el resto del día buscando solventar el obstáculo más importante de (Re)Médialo: la falta de capital, debido a que la *app* ni siquiera tenía aún un prototipo.

Cartones de comida china vacíos ensuciaban sus escritorios y el olor del *lo mein* grasiento saturaba el aire. Después de una o dos horas, las risas estrepitosas y los gritos de al lado habían cesado, lo cual las ayudó a concentrarse.

Annika se estiró y sintió que la columna le crujía. Se quitó los zapatos y se paseó sobre la moqueta.

—Vale. A ver. Todavía tenemos que solucionar lo de la adaptabilidad, que ISLA se pueda usar en cualquier parte del mundo y por todos. Es lo que nos hará crecer y ganar dinero, pero todavía no hemos llegado a esa parte.

June echó un vistazo a las notas de la pizarra mientras se daba toquecitos en la barbilla con un rotulador.

—Lo sé, y no es fácil encontrar la manera.

Annika asintió y se detuvo frente a la ventana. Bajo el sol de media tarde, la gente caminaba como hormigas abajo en la acera.

—Ya. Sé que es porque queremos la mejor tecnología. Nunca se ha hecho nada igual, y precisamente por eso tenemos que ser nosotras quienes la lancemos. Vamos a cambiar el mundo.

—Si es que llegamos a lanzarla alguna vez —rezongó June, dibujando una cara gruñona en una de las esquinas de la pizarra blanca—. No conseguimos salir de la fase de prototipo ni a tiros.

Annika se giró en la ventana para mirarla.

—Ya. Pero ¿sabes qué? Ya llegaremos.

June le devolvió el gesto y las dos dijeron a la vez:

—Fracasemos juntas. —June se rio—. ¿Te acuerdas de la primera ISLA?

Annika resopló.

—¿A la que llamábamos «ISLAmentable»?

—¡Se quedaba con todo el mundo! ¿Recuerdas cuando le dijo al *beta tester* que lo dejara y se marchase a casa mientras hablaba contigo? ¿Y cuando le dijo a otra voluntaria que su pareja la iba a dejar porque sonaba como una foca fea? Que sí, que con pocas muestras las redes neuronales funcionan de manera extraña, pero joder.

Annika se sentó en el borde del escritorio con cuidado de no rozarse contra los contenedores de comida vacíos. Costaba mucho quitar las manchas de grasa.

—Ni me lo recuerdes.

—Pero conseguiré que (Re)Médialo e ISLA pronto estén listos para el lanzamiento, te lo prometo.

—Lo sé. Y si es para cuando se celebre el ÉPICO en junio, los dejaremos con la boca abierta.

June silbó.

—Los inversores de la guarda.

—Sí. Será una gran oportunidad. Lionel Wakefield está en el panel y se lo conoce por invertir en empresas que marcan la diferencia, que cambian el mundo de una manera u otra, ya sea en mayor o menor medida. Creo que deberíamos empezar por ahí. Hagamos un diagrama con todos los inversores, con sus personalidades e intereses, y veamos qué podría llamarles más la atención a la hora de presentar la idea.

—Perfecto. —June dibujó un monigote sujetando un trofeo en otra esquina de la pizarra—. Me da muy buena vibra.

Annika sonrió y se miró en el reflejo de la ventana. Tenía bolsas en los ojos, pero la forma de su mentón le gustaba mucho.

—A mí también —respondió—. Ya era hora de que la suerte volviera a estar de nuestra parte.

# 3

Algunas personas bebían y otras fumaban hierba. Otras fisgoneaban o escribían cartas groseras en la cabeza. A Annika lo que le servía era colocar los brazos y las piernas en poses extrañas.

Llevaba todo un año yendo a clases de yoga en el Árbol Feliz, y no lo pensaba dejar ni loca. Incluso cuando había que apretarse más el cinturón, o cuando los lobos financieros le pisaban los talones, siempre apartaba la cuota para el Árbol Feliz como si se tratara de gastos de primera necesidad. Era más barato que ir a terapia y le servía tanto para el cuerpo como para la mente.

Empezó con el yoga gracias a su padre, pero practicarlo diariamente había sido una de las mejores decisiones que había tomado nunca.

Cuando empezó el instituto, Annika entró en una de las fases más tumultuosas de su vida. Ese año realmente caló en ella que, a diferencia de los demás, ella nunca tendría una madre a la que preguntarle sobre la regla o los chicos. Nunca tendría esa perspectiva maternal e incondicional que los demás sí tenían.

Hasta ese año, que las hormonas y otras cosas propias de los adolescentes le empezaron a dar fuerte, nunca le había parecido una pérdida monumental. Al no saber cómo lidiar con algo tan gordo y horrible como era ser una adolescente huérfana de madre, Annika empezó a hacer novillos y a fumar porros hasta que el instituto amenazó con expulsarla. Su pobre padre, desesperado, sugirió que fuera a psicólogo tras psicólogo, a lo cual Annika respondió como haría la típica adolescente rebelde. Pero, entonces, un sábado, la arrastró a una clase de yoga en un gimnasio YMCA y se acabó. Se enganchó.

El yoga no le iba a devolver a su madre, estaba claro, pero sí que le hacía la vida muchísimo más llevadera sin ella. Annika se enamoró de la sensación de tranquilidad y calma en su alma, que no había sido capaz de sentir en ningún otro lugar. Le encantaba trabajar en su fuerza; le encantaba saber que su cuerpo estaba sano, que era resiliente y capaz de hacer cosas difíciles. Había seguido practicándolo durante el instituto y la universidad y dejarlo ya era absolutamente inconcebible para ella.

Tenía el cerebro frito después de la enorme lluvia de ideas que habían llevado a cabo June y ella, así que entró en la sala A, la que tenía ventanales del suelo al techo con vistas a una diminuta parcela de césped que había detrás del gimnasio. El nudo en el estómago se le aflojó al instante y los hombros se le relajaron.

—Hola, Seetha —saludó. Su profesora de yoga india, que estaba peleándose con la minicadena, se dio la vuelta y le sonrió.

—¡Annika! Justo estaba pensando en ti. —Seetha, el ser humano más grácil que Annika había conocido, se acercó a ella contoneándose. Su habitual trenza morena salpicada de canas le colgaba de un hombro, y llevaba un sencillo pendiente de diamante en la nariz que titilaba bajo la luz—. Anda, ¿conjunto nuevo?

Annika se miró en el espejo. Se había cambiado el top borgoña de péplum y la falda negra por un sujetador deportivo morado y unas mallas turquesa con estampado de plumas de pavo real plateadas. «Nada mal», pensó. La coleta alta le rebotaba al andar; tenía los brazos y el abdomen tonificados del entrenamiento constante y la piel lisa pese a todo el chocolate que había estado comiéndose últimamente fruto del estrés.

—Sí. —Annika sonrió—. La semana pasada me di un caprichito. Ya sabes, solo para animarme. Para salir de la rutina. —«Para evitar que me saliera una úlcera por culpa de los problemas económicos», pensó, pero no lo dijo en alto.

—Bueno, pues hoy traigo justo lo ideal para salir de ella —comentó Seetha—. Tengo una práctica nueva para el final de la clase: poses por parejas.

—Poses por parejas —repitió Annika—. ¿Es tal cual suena? ¿Nos ayudamos de un compañero para hacer una pose de yoga?

—¡Precisamente! —Seetha se frotó las manos como lo haría un villano de dibujos animados. Annika sonrió. Seetha era tan evangelista con el yoga como mucha gente con su religión—. Elevaremos la práctica al siguiente nivel. Controlaremos ese estrés elemental que sientes. ¿Qué te parece?

—Me encanta. —Annika desenrolló la esterilla ansiosa por comenzar.

La clase empezó a llenarse y, tras saludar a varias de las habituales, Annika se sentó en mitad de la esterilla y cruzó las piernas, colocando cada pie sobre el muslo contrario. Cerró los ojos, dejó las manos bocarriba sobre las rodillas y empezó a respirar hondo.

La imagen mental que usaba siempre era la misma: agua pura y azul fluyendo burbujeante por un arroyo. «Inspira... espira. Escucha el arroyo». Annika sentía que podía aislarse de prácticamente todos los ruidos que hubiera en el mundo con este ejercicio de meditación.

—Hola, Annika.

Vale, evidentemente de *ese* no. Annika abrió los ojos de golpe y se topó con otros verdes impresionantes.

—*¿Hudson Craft*?

Ahí estaba, de pie, con la esterilla sobre el hombro y la habitual confianza en sí mismo enturbiada por un atisbo de vacilación en la cara. Se la quedó mirando con una intensidad que la dejó de piedra; a juzgar por cómo apretaba la mandíbula, era como si estuviera a la defensiva. Pero eso no tenía sentido. ¿Por qué diablos se ponía a la defensiva? Este era su gimnasio. El intruso era él.

Un instante después, la intensidad, la actitud defensiva y la vacilación desaparecieron como si se las hubiera imaginado desde un principio.

—¿Sabes? —pronunció con aquel típico acento de Los Ángeles—, no tienes que llamarme por mi nombre completo cada vez que me ves. —Extendió la esterilla al lado de la suya y empezó a estirar los brazos. En el proceso se le levantó la camiseta. Expuso un trocito de piel, bronceada y plana, de su abdomen y el hilito de vello que desaparecía bajo los pantalones cortos que llevaba. Annika apartó la mirada enseguida, antes de que él pudiera pescarla comiéndoselo con los ojos y se riera de ella. *Puf.* ¿Por qué era siempre tan presumido este tipo? Y, aparte, ¿cómo pudo haberle parecido atractivo una vez?

Que sí, que Hudson era muy guapo; algunos hasta dirían que estaba al nivel de Chris Hemsworth. Podría hacer de Thor en cualquier nueva versión que Hollywood valorase producir. Annika había empezado a desconfiar de los tipos así de guapos casi de forma automática. La gente con caras y cuerpos así normalmente venía con importantes taras. Y Hudson tenía en exceso, eso por descontado.

Annika culpaba a los margaritas, o a Las Vegas, de la debilidad que mostró en aquella conferencia. Uno de los hechos comprobados de la vida era que casi todo lo malo siempre podía achacarse a Las Vegas, a los margaritas o a los hombres guapos.

—¿Cómo tienes el ojo, teatrero? —Las palabras salieron de su boca antes de poder contenerse—. ¿Dónde te has dejado a tu guardaespaldas?

Hudson sonrió, curvó la espalda y extendió los brazos hacia los dedos de los pies; ahora la cresta de los romboides se le veía a través de la camiseta. «Creído».

—No creía que Blaire te cayera tan bien.

—¿Y qué haces aquí, ya puestos? —La cabreaba sobremanera que no consiguiera alterarlo como él hacía con ella, y no pudo ocultar su enfado. Hudson interfería con todas sus señales, desbaratándolas hasta que ya no era capaz de pensar con claridad—. ¿No tenías bastante con instalarte en el mismo edificio? ¿Ahora también piensas venir a mis clases de yoga?

—¿*Tus* clases de yoga? —Hudson sonrió con suficiencia—. Encantada de conocerte, señorita Feliz. ¿O puedo llamarte Árbol?

Annika frunció el ceño, apenas consciente de que la clase se había llenado de gente.

Él levantó las manos.

—Mira, ha sido de casualidad. Tanto lo de instalarme en el edificio como lo del yoga. Perdí una apuesta con Ziggy y sus condiciones eran que tenía que venir a algunas clases de yoga. Este era el gimnasio más cercano al trabajo.

Annika resopló.

—¿Cuál era la apuesta?

—Prometí trabajar menos de ochenta horas la semana pasada y no lo cumplí. —Hudson enarcó una de las comisuras de la boca—. No creo que haya logrado trabajar menos de eso desde que se me ocurrió la idea para (Re)Iníciate. Es importante para mí. —Él le sostuvo la mirada y una expresión cruzó rápidamente por su rostro, aunque desapareció antes de que Annika pudiera analizarla.

Era adicto al trabajo. Cómo no.

—Trabajar ochenta horas a la semana rompiendo corazones es importante para ti. Genial. ¿Y tienes que empastillarte por las noches para dormir?

—No me cuesta dormir. Le estoy haciendo un favor al mundo, aunque tú no lo veas así. —Annika soltó una carcajada ante aquella afirmación atroz, pero él prosiguió haciendo caso omiso de ella—. Y no he alquilado la oficina sabiendo que tú estabas en la de al lado. A lo mejor solo tenemos gustos similares.

Annika se sumió en los recuerdos y sintió un escalofrío. Había ciertos detalles de Las Vegas que seguían estando muy presentes en su mente, como el hecho de que Hudson besaba muy muy bien. Y que sus manos eran excepcionalmente hábiles. Tragó saliva y se separó un milímetro de él.

—No creo —dijo—. No tenemos nada en común. Nada de nada.

Hudson abrió la boca para replicar, pero Seetha habló desde la parte delantera de la sala y lo interrumpió. Con una expresión vagamente frustrada, se giró hacia la profesora. «Bien». Annika esperaba que se quedara callado durante toda la hora.

Fue una clase genial. Annika pudo desterrar la presencia de Hudson de su mente más o menos el setenta y cinco por ciento del tiempo, aunque estuviera justo a su lado y lo viera torcer o flexionar sus larguísimos brazos y piernas con la visión periférica. En realidad, lo hacía bastante bien para haber venido por capricho. Y para tener esos muslos como troncos de gruesos. «Pues claro que se le da bien el yoga», pensó Annika, lanzándole una miradita fulminante cuando él no la estaba mirando. Hudson Craft era de esas personas odiosas a las que se les daba bien todo de forma natural.

Expulsó el aire y trató de reconcentrarse. Hudson era inmaterial. Ahora mismo, solo importaba el yoga.

—Y ahora, mientras salís de la postura del *vajrasana,* me gustaría que probarais algo nuevo. —La voz de Seetha les llegaba a todos conforme caminaba entre las hileras de personas—. Por favor, aprovechad ahora para emparejaros con la persona que tengáis al lado.

Seetha se acercó a Annika y a Hudson.

—Los dos sabréis trabajar juntos para este ejercicio, ¿verdad?

—Eh... ¿con él? —susurró Annika, tratando, y fracasando, de pensar en una excusa para librarse.

Los ojos oscuros de Seetha titilaron, como sabiendo lo que estaba haciendo.

—Es nuevo, Annika, y tú tienes mucha experiencia. Serás generosa con tus habilidades, ¿no es verdad?

Annika se ahogó con su propia saliva, lo cual le provocó un acceso de tos. Aprovechándose de su incapacidad para formar palabras, Hudson habló.

—Ah, Annika es muy generosa, sí.

Seetha sonrió, les guiñó un ojo y siguió moviéndose.

En cuanto pudo volver a respirar, Annika lo atravesó con la mirada. A su alrededor, los demás se estaban volviendo hacia sendas parejas con sonrisas y murmullos de ánimo. Qué envidia.

—¿Y por qué quieres emparejarte conmigo, si puede saberse?

Hudson se la quedó mirando durante un buen rato y en sus ojos verdes relució algo que ella no terminó de comprender.

—Ni idea. —Luego, como si se recompusiera, añadió enarcando una de sus pobladas cejas rubias—: Te está a punto de explotar la vena de la frente. ¿Seguro que tienes experiencia en el yoga?

Annika soltó un quejido.

—Vale, ahora me gustaría enseñaros una nueva pose por parejas —dijo Seetha desde la parte frontal de la clase—. Es imprescindible que recordéis que la vida es una asociación entre todas las criaturas sagradas con las que compartimos el planeta y nosotros. Hoy quiero que practiquéis con vuestro compañero la postura del *ardha matsyendrasana,* también conocida como la del «medio señor de los peces».

»Antes de empezar, me gustaría que los que estéis a la derecha de vuestra pareja caminéis hasta la esterilla de vuestro compañero, a la izquierda. Para este ejercicio, ambos compartiréis esterilla sentados y con las piernas cruzadas. Venga, los que estéis a la derecha, sentaos detrás de vuestro compañero o compañera.

Annika, tensa, se puso de pie y, sin establecer contacto visual, fue a sentarse detrás de Hudson. Él le facilitó las cosas echándose un poquito hacia delante. ¿Tenía que ser tan alto, por Dios? Le sacaba tanta altura que era incapaz de ver a Seetha. En su lugar, se entretuvo mirándole la espalda mientras inspiraba profundamente para volver a concentrarse. Aunque le cubría una fina capa de sudor, olía bien, como a una combinación de jabón suave, desodorante y su propio aroma. De repente le asaltó el recuerdo de cuando habían estado así de cerca y a Annika casi le dio un patatús.

Empezaron bebiendo en un bar y, entonces, de la nada, y para sorpresa de sí misma, Annika lo invitó a subir a su habitación de hotel. Más tarde, dándole vueltas, se daría cuenta de que había sido algo progresivo; su termómetro de deseo había ido subiendo con cada pequeño detalle y observación, como aquella manera tan masculina que había tenido de subir los escalones hasta el escenario y de exponer su presentación, manteniéndolos a todos en vilo. En cuanto comenzaron a entablar una amistad durante la semana entera que duraba el evento, ya la había cautivado su forma de inclinar la cabeza, cómo agarraba el lápiz con la grandísima mano y cómo le brillaban los ojos cuando rumiaba algo. Pero todo eso fue un postanálisis. En ese momento, Annika solo había sabido que quería —que *necesitaba*— estar con ese hombre.

Se habían apoltronado en el sofá de su habitación, riéndose y hablando. Poco a poco, se habían ido acercando más; Hudson le había echado el brazo por encima de los hombros y la mano de Annika había ido a parar sobre la rodilla de él. Cuando pensó en la primera vez que su lengua rozó los labios de Annika y la persuadió para abrir la boca, saboreando así el vino dulce, volvió a estremecerse. A *estremecerse.* Como si nunca la hubieran besado, por el amor de Dios.

Annika se obligó a dejar de pensar en ese recuerdo. Se removió sobre la esterilla con el corazón martilleándole y los huesos hechos gelatina. «Ay, Dios». ¿Acababa de excitarse de verdad ahora mismo? Cerró los ojos y se cantó las cuarenta mentalmente. «No es momento de revivir tu atracción sexual por este hombre, que, te recuerdo, Annika Dev, es tu enemigo. Él se lucra ayudando a romper parejas. Es basura».

—¿Estás bien?

Annika abrió los ojos y vio a Hudson mirándola por encima del hombro.

—Sí —respondió ella con remilgo, aunque sentía las mejillas encendidas. Menos mal que era prácticamente imposible que la viera ruborizarse, gracias a su dosis extra de melanina.

—Muy bien —dijo Seetha, con su habitual voz calmada—. Ahora que ya estáis todos colocados, me gustaría que los de la derecha os deis la vuelta hasta estar espalda con espalda con vuestro compañero.

A Annika le faltó tiempo para hacerlo, agradecida por no tener que seguir mirando el físico perfecto de Hudson u oliéndolo. Pegaron las espaldas. Annika tuvo que recordarse respirar, lo cual era ridículo. Hudson Craft solo era un ser humano más. Un saco de músculos y huesos, igual que ella. Que sí, que era un saco más atractivo que la mayoría de las personas que conocía, pero eso no debería importar. El yoga iba de trascender lo físico.

Estando allí sentados, tocándose, Annika se llevó una mano fría a la nuca. El calor corporal de él era intenso; la envolvió hasta que a ella también la cubría una fina capa de sudor. Un recuerdo destelló en su mente de repente: Hudson desabotonando y luego quitándole la blusa con la boca pegada a su cuello.

«Joder». ¿Cuándo iba a terminar el ejercicio?

—Ahora quiero que inspiréis y estiréis los brazos por encima de la cabeza —murmuró Seetha, felizmente ajena a la vorágine en el cuerpo de Annika—. Mientras exhaláis, torceos hacia vuestra derecha. Apoyad la mano derecha en el interior de la rodilla izquierda de vuestro compañero. Vuestra mano izquierda debe quedar encima de *vuestra* rodilla derecha.

A Annika se le cortó la respiración. Creyó percibir vacilación en Hudson también, pero enseguida hicieron lo que les pidió Seetha. Él apoyó su mano grande y cálida en el interior de su rodilla, haciendo la presión justa en su piel con los dedos. La postura los obligaba a mirar en direcciones opuestas, pero a Annika se le había secado la boca. Su mano había despertado más recuerdos: cómo la había deslizado por debajo de su falda, por el interior de su muslo...

—¿Estás bien? —repitió Hudson en susurros, aún con la cabeza vuelta para el otro lado.

—Sí. ¿Quieres dejar de preguntarme eso? —le devolvió Annika.

—Estás temblando.

Tenía razón. Estaba temblando un poco, como un diapasón que hubiera golpeado. Su mano en el interior de la rodilla de él también temblaba. Un momento después, Annika sintió la mano libre de él sobre la suya, deteniéndola.

Hudson giró la cabeza de manera que se miraran por encima del hombro. Annika no pudo evitarlo; desvió la mirada hasta sus labios.

—Vale, ahora volved a levantar los brazos y giraos hacia el otro lado.

Annika pegó tal bote que parecía que Seetha le hubiese disparado con una pistolita de juguete. Sacó la mano de debajo de la de Hudson. Sentía su espalda temblar de la risa. Annika entrecerró los ojos y dejó caer la otra mano con demasiada fuerza sobre su otra rodilla.

—Ay.

—Te lo merecías.

—¿Por qué? No es culpa mía que sigas fantaseando conmigo cada vez que cierras los ojos.

Annika abrió la boca con indignación, aunque sabía que Hudson no podía verla.

—Eso *no* es verdad.

—Ah, ¿no? —La mano en el interior de la rodilla de Annika, ligera como una pluma, se movió un ápice—. Recuerdo que tenías una obsesión rara con mis manos... y con la multitud de formas en que las usaba.

A Annika se le aceleró la respiración al sentir la presión de su pulgar en la cara interna de la pierna. Sus dedos le acariciaban la piel como si la quisieran despertar de un sueño profundo mientras incendiaban el interior de sus venas. Se le tensó la mano y sintió la musculosa espalda de él ponerse rígida contra la de ella, como si estuviera conteniendo una intensa y grandísima emoción.

—Hudson...

Él giró la cabeza y pegó la boca contra su oreja. Cuando habló, el aliento le movió el pelo.

—¿Por qué?

Annika apenas podía respirar, y mucho menos verle el sentido a lo que acababa de decir.

—¿Q-qué?

—Y con esto damos por terminada la clase —dijo Seetha—. Podéis colocaros en posición *shavasana* si queréis descansar cinco minutos. Si os vais, por favor, hacedlo en silencio.

Annika se puso de pie como si sus pies, la sala y el mundo entero estuviesen ardiendo. Recogió su esterilla sin mirar a Hudson y prácticamente salió corriendo de allí, despidiéndose deprisa de Seetha con la mano.

¿Por qué había dejado que la afectara de esa manera? «Menudo calientabragas más asqueroso e imbécil». Tampoco ayudaba que no se hubiera acostado con nadie desde su noche en Las Vegas. Abrió la puerta de cristal, dobló la esquina y se apoyó contra la pared de ladrillo en un callejón, jadeando ligeramente y tratando de centrarse.

¿Qué había hecho para merecer esta racha de mala suerte? Ella siempre había intentado ser buena persona. Y ahora su archienemigo no solo se había instalado en su mismo edificio de oficinas, sino que también iba a ir a su misma clase de yoga. No podía ser casualidad. Hudson sabía muy bien el efecto que tenía sobre las mujeres —tenía que saberlo sí o sí— y lo estaba usando para desarmarla. Sentía cargo de conciencia por las acciones horribles que llevaba a cabo con su aplicación y había pensado que quizá, acostándose con ella, de alguna manera, podría aplacarlo.

Ja. No se lo creía ni él. Annika no quería tener nada que ver con él. Nada en absoluto. Cero.

Todo parecía mejor con un *dolce latte* con canela. A la mañana siguiente, mientras Annika atravesaba el frío aparcamiento con su café y la bolsa del yoga, estaba segura de que su reacción con Hudson se había debido solamente al estrés del trabajo. Al recordarlo unas horas después, había tenido hasta su gracia y todo. ¿Cómo había podido dejar que alguien como *él* la afectara de esa manera? Era evidente que Hudson estaba intentando acostarse con ella por alguna especie de golpe maestro o para poder sentirse mejor consigo mismo por las terribles decisiones que había tomado en su vida.

Annika aguardó al ascensor y, pensativa, le dio un sorbo al café. Hoy llevaba un vestido de tubo rojo, justo el que la hacía sentir serena y segura de sí misma, y estaba funcionando. Había llegado a la conclusión de que Hudson no era más que una piedra en su camino. No merecía que pasara tanto tiempo pensando en él. El ascensor llegó y ella se subió sintiéndose más alegre que en muchísimo tiempo.

Al llegar a su planta, oyó ruidos provenientes de la oficina de (Re)Iníciate, pero mantuvo la vista al frente. No existían. Eran irrelevantes. Lo que importaba era (Re)Médialo, la iniciativa que estaba intentando hacer crecer, su mayor objetivo ahora mismo. Annika respiró hondo para aunar fuerzas y abrió la puerta de cristal.

June se encontraba de pie frente a la pizarra blanca ataviada con una camisa morada de mangas filipinas y una falda dorada. Estaba de espaldas a Annika, escribiendo «Concurso ÉPICO» en la zona superior derecha de la pizarra, obviamente preparándose para otra lluvia de ideas. Cuando la oyó llegar, se dio la vuelta sonriente, rotulador borrable en mano. Sus pendientes de araña de luces se bambolearon.

—¿A que no sabes qué?

—Eh... —Annika fue a guardar la bolsa del yoga en el armario—. ¿El señor McManor ha decidido apiadarse de nosotras? ¿Ya no tenemos deudas? ¿Hudson Craft se ha caído por la ventana? ¿La prima de Gwyneth Paltrow se ha contagiado la varicela?

June puso un puchero y se llevó las manos a las caderas.

—Bueno, tampoco te pases.

Annika se rio.

—Vale, me rindo. ¿Qué?

—Colin McGuire, nuestro nuevo *beta tester,* ha concertado una cita para mañana. —June sonrió. Había pocas cosas en la vida que a Annika la hicieran más feliz que tener voluntarios nuevos, que era sinónimo de añadirle datos a ISLA para que creciera y mejorase.

—Genial. ¿A qué hora?

—A primera hora de la mañana —respondió June—. Sé que es cuando mejor trabajas.

Annika le pegó otro sorbo a su café dulce.

—Cuantas más personas podamos traer, antes lo conseguiremos. Va a ser fantástico.

—Algunos hasta podrían decir que será... épico. —June bamboleó las cejas y Annika se rio.

—Vale, lo entiendo. Empecemos con la lluvia de ideas para la presentación. El concurso es dentro de seis semanas, lo cual no nos da margen para casi nada. Se nos tiene que ocurrir algo con gancho, entretenido y con mucho corazón. He leído que los inversores que irán sienten debilidad por las historias que les lleguen al corazón y los dejen pasmados, sobre todo Lionel Wakefield.

—Sí. —June escribió «llegar al corazón, dejar pasmados»—. Salió en *Wired* el mes pasado, ¿lo viste? «El multimillonario sensible», así lo llaman en el artículo. Y también mencionan el ÉPICO. Dicen que es un concurso que no hay que perder de vista y qué pegará el pelotazo en el mundo tecnológico próximamente. Va a ser increíble.

—Sí, lo vi. Y por eso tenemos que clavarlo.

June asintió.

—Pues sí. Si conseguimos poner a punto nuestra herramienta secreta, nos será de gran ayuda.

Annika frunció el ceño.

—¿Nuestra herramienta secr...? Ah, ¿te refieres a la predicción de futuro?

—Shh, calla. —June se llevó el rotulador a los labios e hizo un gesto hacia la puerta—. Hay espías por todas partes. —En otra esquina de la pizarra, June escribió: «Herramienta supersecreta ++(Re) Médialo»—. Vale. ¿Sabemos ya quién será la competencia?

Annika caminó hasta su mesa y dejó el café encima.

—He oído rumores de que Interiorízate, Cámbiame y CardioTecnia también van a presentar sus *apps*.

June garabateó la palabra «competencia» en la pizarra en otro lado y anotó los nombres de las empresas.

—Con esto tenemos... una aplicación de diseño de interiores, otra de moda, y otra que quiere reemplazar los marcapasos.

Annika puso una cruz azul al lado de las dos primeras.

—Creo que nuestra única competencia real entre esas tres es CardioTecnia. Por lo que he podido ver de ellos en otros eventos, Interiorízate está demasiado desorganizada, y Cámbiame no está haciendo nada innovador.

—Y a su desarrollador se le da mejor buscar cosas en Google que usando Python —resopló June—. Lo conocí en ese taller que hice el mes pasado.

—Mejor para nosotras. No sé quién más irá, pero tampoco creo que importe. Contamos con la ventaja de lo innovadora que es nuestra tecnología. Solo tenemos que centrarnos en nuestro entusiasmo y en asegurarnos de transmitir a los inversores hasta dónde somos capaces de llegar. —Empezó a pasearse por la oficina; su cerebro creaba y desechaba ideas a la vez que se movía por un trozo de moqueta alumbrado por el sol—. Nuestra *app* no está enfocada en los inicios de una relación, cuando todo es bonito y precioso. Tampoco en los líos o aventuras de una noche; esas relaciones no duran.

»Nosotras nos centramos en la convivencia duradera. Tratamos de conseguir que el amor renazca en una relación que es verdadera y en la que, por alguna razón, ambos integrantes dejaron de sentirse así. Lo que nosotras tratamos de alcanzar es una conexión importante y significativa, hacer que la gente se sienta un poquito menos sola en el mundo. Y vamos a usar la tecnología para conseguirlo. Es la mezcla perfecta de tecnología punta y sentimientos a la vieja usanza. —Se detuvo junto a la ventana y miró al bosque de rascacielos, a todas las ventanas a las que cientos de otras personas probablemente también estuvieran asomadas. Ninguna de ellas era capaz de verse entre sí—. Hay tantísima gente cerca en esta ciudad. En todas las ciudades. Y, aun así, todos somos como hojas caídas en otoño, arrastradas por el viento y embarcadas en un viaje sin destino ni propósito real. (Re)Médialo busca que ese viaje tenga un significado.

June niega con la cabeza.

—Suena muy... solitario.

—Y lo es. A fin de cuentas, todos estamos solos. Nacemos y morimos solos. ¿No dijo eso mismo alguien famoso?

—¿Una herramienta supersecreta? ¿Cuál es? ¿Un chupete para los clientes especialmente difíciles?

Annika se volvió hacia aquella voz segura y atrevida. Hudson Craft se hallaba en la puerta vestido con unos vaqueros oscuros desteñidos y un polo de color menta, y Ziggy a su lado. Ni siquiera los había oído entrar de lo concentrada que había estado en su conversación con June.

Se lo quedó mirando sin decir nada. Se le vinieron a la mente una sucesión de imágenes de él susurrándole al oído en clase de yoga, colocándole la mano en el interior de la rodilla, preguntándole «por qué» (aún no había conseguido averiguar a qué se refería; por qué ¿qué? ¿Por qué su aplicación era mucho mejor que la suya?), la forma en que se inclinó para besarla en el hotel de Las Vegas, la sensación de partir el mazo contra su muslo; y no, «mazo» no era ningún eufemismo... aunque partirle *ese* otro por la mitad era una opción que había considerado si las cosas seguían poniéndose peor. Era más fácil pensar en él como un pequeño bache en el camino si no estaba físicamente en su oficina. Lo cual la llevó a pensar lo siguiente: «¿Qué diablos estaba haciendo aquí?».

Al ver su parálisis, June dio un paso al frente con una sonrisa amplia y le tendió una mano perfectamente arreglada.

—Hola —dijo, aunque su acento sureño salió más marcado que nunca. Siempre que a June le caía mal alguien, su acento se volvía más pronunciado, como si lo usara de escudo—. Encantada. Soy June Stewart. Directora de tecnología de (Re)Médialo.

—Hudson —respondió él, su reluciente sonrisa siempre presente. Menudo tipo más presumido y autocomplaciente…—, director ejecutivo de (Re)Iníciate. —Sus ojos destellaban con diversión—. Y él es el dueño parcial de (Re)Iníciate…

—Percy —intervino el pelirrojo, que no había dejado de mirar a June desde que habían llegado. Él también extendió una mano y June se la estrechó—. Pero me llaman Ziggy.

—Vaya. —June soltó su mano, ladeó la cabeza y le sonrió con compasión—. ¿Y no has conseguido que paren?

Ziggy soltó una risotada extraña, como un ganso sufriendo un ataque de asma.

—S-supongo que no. —Siguió contemplando a June; era como si no pudiera apartar la mirada de ella.

Annika puso los ojos en blanco y se volvió hacia Hudson.

—¿Qué haces aquí? —Esperaba haber sonado tan borde como en su cabeza.

Su rostro denotaba fastidio y otra emoción más profunda que ella no supo identificar, pero entonces desvió la mirada a la pizarra blanca de la pared y aquella expresión confiada y sonriente de antes volvió a aparecer.

—El concurso ÉPICO, ¿eh? ¿Vais a participar?

Annika se cruzó de brazos.

—Sí, ¿qué pasa?

—No, nada. —Hudson se echó el pelo hacia atrás y se encogió de hombros como si nada. Como si solo estuviera hablando del tiempo—. Nosotros también.

A Annika le llevó un momento asimilar lo que acababa de decir.

—Que vosotros... ¿te refieres a que (Re)Iníciate también va a *presentar* frente a los inversores?

Ziggy se recolocó el cuello de la camisa perfectamente abotonada.

—Sí, los rumores dicen que Lionel Wakefield está buscando una *app* de citas en la que invertir ahora.

—¡Pero a vosotros no os hace falta más dinero! —soltó de pronto Annika—. Y vuestra *app* no es de citas... ¡sino de *anti*citas!

Hudson enarcó una de las comisuras de la boca en una media sonrisilla presumida.

—Sé que parecemos estar en la cima, y es verdad, pero toda empresa emergente necesita una infusión constante de capital para mantenerse a flote. (Re)Iníciate también.

«Puf... típico». Menudo cabrón engreído y codicioso. Intercambió una mirada con June, que parecía estar tan ofendida como ella. Esta era su oportunidad para enderezar su situación económica, joder. (Re)Iníciate no debería participar. No quería tener que preocuparse por el puto Hudson Craft también en el ÉPICO.

Él la miró con un pelín de compasión en el rostro.

—No voy a ponértelo fácil, que lo sepas. —Señaló con la barbilla las anotaciones que había hecho June en la pizarra sobre lo de llegar al corazón de los inversores y dejarlos pasmados y añadió—: A lo mejor os convendría pensar en un enfoque más intelectual; no creo que dejar así a los inversores os vaya a funcionar.

Annika se interpuso en su camino, a meros centímetros de él, para bloquearle la vista. Era ridículo, porque el tipo le sacaba casi dos cabezas. Es que ni siquiera le llegaba a la barbilla. Decidida a mirar a los botoncitos blancos de su polo (no quería darle la satisfacción de verla sufrir tratando de mirarlo a los ojos), dijo:

—No hace falta que me lo pongas fácil, Hudson. Aunque ya te mandaré el enlace a las ofertas de trabajo en Infojobs. Seguro que necesitarás una ayudita para pensar en otra carrera profesional cuando te pintemos la cara en el ÉPICO. He oído que Subway siempre busca gente.

Se oyó un ligero resoplido. Annika pensó que Hudson podría estar riéndose de ella, pero era imposible saberlo desde el ángulo en el que se encontraba. Maldito fueran él y sus genes de gigantismo. Se echó el pelo hacia atrás como quien no quiere la cosa y les dijo a sus pectorales:

—No te hará tanta gracia cuando os hagamos morder el polvo.

—¿Por qué no me lo dices a la cara? —La risa parecía querer abrirse camino por entre sus palabras.

Ziggy se rio por lo bajo a modo de respuesta, pero June permaneció en silencio en solidaridad hacia ella. Annika podía oírlos, pero no verlos, ya que seguía erre que erre mirando a los botones de Hudson. Joder. Iba a tener que ocurrírsele una vía de escape.

Hudson se inclinó hacia Annika y la miró a los ojos. A ella no le quedó más remedio que devolverle la mirada.

—Es usted muy perspicaz, señorita Dev. ¿Alguna vez se lo ha dicho alguien?

Algo pasó entre ellos en ese momento que Annika no fue capaz de identificar. Se le humedecieron las manos.

—Y competitiva. Todo el rato. Me alegro de que por fin te hayas dado cuenta. —Hudson no sonrió ante su ocurrencia. ¿Qué veía cuando la miraba? Rompiendo por fin el contacto visual, ella retrocedió tambaleante y se aclaró la garganta—. Bueno, entonces, ¿habéis venido hasta aquí solo para decirnos que también vais a participar en el ÉPICO?

—En realidad, no —respondió, retrocediendo también. Hudson apoyó un hombro contra la jamba de la puerta. Esta crujió, pero él no pareció percatarse. Cómo no. Sería el más feliz del mundo si la oficina de Annika se derrumbara y acabara siendo una mera pila de escombros—. Íbamos de camino a pedir que nos traigan unas cuantas cajas de champán.

Annika resopló, dejó de escudriñar el marco de la puerta y se cruzó de brazos.

—¿Y eso? Ya sé que te encanta la autocomplacencia, pero me parece excesivo hasta para ti.

Ziggy intervino, la ilusión reflejada en los ojos.

—Vamos a dar una fiesta de bienvenida el jueves. —Tras una pausa, desvió los ojos hacia June y añadió—: Deberíais venir. Bueno, si no estáis ocupadas ni nada.

Hudson le dirigió a Ziggy una mirada molesta, pero este último estaba tan concentrado mirando a June que no se dio cuenta.

—¿Y por qué íbamos a ir? —preguntó Annika, levantando la cabeza para mirar a Hudson.

Este se encogió de hombros; esos hombros enormes y anchos bajo aquel polito de seda.

—Pues no vengáis. La mayoría del edificio ya ha confirmado su asistencia. Será una ocasión perfecta para hacer contactos. —Echó un vistazo a su oficina vacía y enarcó una ceja—. Parece que te está costando atraer a *beta testers.*

—No me cuesta atraer a nadie —resopló Annika. Hudson le dedicó una sonrisa lasciva—. A voluntarios —especificó ella, tras lo cual Hudson volvió a mirarla con incredulidad. Dándose cuenta de lo que podría imaginarse alguien con la mente tan retorcida como la de Hudson al oír esas palabras, Annika se apresuró a seguir hablando—. La cosa es que no necesitamos asistir a esa fiesta vuestra para hacer contactos.

June le lanzó una mirada que decía «qué diablos estás diciendo». Ya habían hablado de ello antes; deberían relacionarse con las demás personas del edificio. Le vendría bien al negocio. Pero, por lo que sabía, todos los que trabajaban allí parecían ser antisociales; ni siquiera parecían querer compartir el almuerzo con nadie. ¡Comida gratis! ¿Quién decía que no a la comida gratis?

Annika entrecerró los ojos.

—Pero puede que hagamos una excepción en este caso por mera curiosidad, solo para ver qué clase de fiesta mediocre vas a organizar. —Se calló un momento, se metió un mechón de pelo detrás de la oreja y fingió mirarse las uñas—. Pero ¿cómo has conseguido que los demás te hayan confirmado la asistencia?

Hudson le dedicó su sonrisa más engreída, como si se hubiera tomado esa pregunta como un cumplido. Con el ego que tenía, probablemente hasta se tomase los comentarios sobre el tiempo como cumplidos hacia él.

—Gracias a todo el alcohol gratis que van a poder beber en la azotea y a los modelos más atractivos de todo Los Ángeles que lo servirán. No mucha gente le dice que no a eso. —Le guiñó un ojo y se volvió para marcharse.

Ziggy miró a June con una sonrisita esperanzadora.

—Es el jueves a las cinco. ¿Vendrás, June? Porque yo... eh... sí que iré.

June esbozó una sonrisa educada.

—Sí, claro. Te veo entonces.

Se marchó flotando por el pasillo como si hubiera accedido a casarse con él.

Annika levantó las manos en el aire en cuanto la puerta se cerró a su espalda.

—Alcohol gratis y modelos «atractivos». Cómo no. ¿Por qué no me sorprende?

June suspiró y se desplomó sobre su silla de leopardo con el rotulador de pizarra en la mano.

—Bueno, di lo que quieras sobre Hudson Craft, pero el tipo sabe darle a la gente lo que quiere.

Annika abrió la boca, pero luego la cerró de golpe. Lo que había estado a punto de responderle a June era un «Pues sí». Porque había estado pensando en Las Vegas otra vez. En la boca de Hudson, y su lengua, y el modo en que le había tirado del pelo y le había besado el arco de la garganta. Qué pena que al final hubiese resultado ser un imbécil robaideas y el dueño de la aplicación más despreciable del mundo.

Sintiéndose culpable, Annika miró a June. No le había contado *todo* lo que había sucedido en Las Vegas, y ellas nunca se ocultaban las cosas. Por ahora, no obstante, Annika tendría que guardárselo para sí. Hudson era una distracción y ninguna de las dos podía permitirse estar distraída.

En fin, Las Vegas era inmaterial. Su pasado con Hudson Craft también.

—Pongámonos de nuevo con la presentación. Tenemos que ser el doble de buenas que (Re)Iníciate, lo cual significa que tenemos que bordarlo y poner la *app* a punto cuanto antes.

June levantó la mirada hasta ella, esperanzada.

—¿Crees que aún tenemos una oportunidad?

Annika sonrió denodadamente.

—Sí. Y bien grande.

# 4

Annika tomó asiento en el balcón diminuto de su apartamento y se cerró la chaqueta con más ahínco para protegerse del aire frío. Dejó una copa de vino y el móvil en la mesita de metal junto a ella e inspiró hondo. Hiciera el tiempo que hiciera, insistía en pasar tiempo allí varias noches a la semana. Era la razón por la que se había quedado con el piso. No tenía las mejores vistas, ya que daba a un aparcamiento, pero a lo lejos se podían divisar las luces del centro por la noche y, en cierto modo, la hacía sentirse como en casa. Ver la huella de otra gente, del progreso, de esta ciudad en expansión la ayudaba a sentirse menos sola. Como si formase parte de algo.

Cuando describió a la gente como «hojas que se mecen con el viento» a June, lo había hecho desde un espacio pequeño y atemorizado en su interior. Reunir a las personas con sus seres queridos la distraía de su convicción secreta de que ella nunca encontraría lo que ellos sí tenían. Desde la adolescencia, Annika había tenido la sensación de que las personas se creaban de dos en dos, como los calcetines, y que ella era el que el universo había perdido dentro de la lavadora. Se sentía como desplazada, destinada a quedarse sola para siempre.

Y no pasaba nada. Cada uno tenía un papel y el de Annika era el de casamentera. Siempre haría de dama de honor y nunca de novia, pero al menos daba gracias por formar parte de ello, aunque fuera en menor medida.

Dio un sorbo al vino y lo sintió llegar al estómago y hacerla entrar en calor. Colin, el voluntario, vendría al día siguiente y, tuviera lo que tuviese en la cabeza, se cerciorará de aprovechar bien el tiempo que pasara en el despacho. Volvió a acordarse del señor McManor, criticando, opinando y juzgándola en su espacio, por lo que cerró los ojos. Se imaginó la cara de Hudson Craft y su sonrisa odiosa diciéndole que él también participaría en el ÉPICO.

Annika volvió a beber de la copa. Él no le daba miedo. Puede que (Re)Iníciate estuviera en auge ahora, pero (Re)Médialo le plantaría cara. Tenían una tecnología que interesaría a los inversores, sobre todo a Lionel Wakefield, que se empeñaba en que el mundo fuese un lugar mejor. Seguro que un multimillonario filántropo como él sería capaz de verlo.

Volvió a inspirar hondo, agarró el móvil y llamó a su padre. Lo hacía una vez a la semana, una rutina que dio comienzo cuando se marchó a la universidad y empezó a sentirse culpable por haberlo dejarlo solo.

—Ani. —La saludó con el apodo que usaba para ella desde pequeña y con una sonrisa. Alargaba la *i* y la hacía sentir más joven, calentita y segura.

—Hola, papi. —Se lo imaginaba en casa, en su enorme despacho con una copa de whisky escocés caro al lado mientras leía antiguas revistas médicas. Las vistas desde allí daban a Hollywood Hills, sin aparcamientos ni nada de por medio.

—¿Vienes a cenar el sábado? —le preguntó.

—Claro, como siempre.

—Perfecto. ¡Voy a hacer kalua! He mandado que me instalen un horno bajo tierra en el patio de atrás.

Annika sonrió.

—¿Un horno bajo tierra? ¿En serio?

La cocina era la pasión de su padre; adoraba el tema culinario más que mucha gente a sus familias. Su versión de la crisis de los cuarenta no fue comprarse coches de carreras carísimos, sino visitar bodegas y todo tipo de woks.

—Sí, claro. Es lo que se lleva entre los amos de casa. La gente hasta los construye en una tarde.

—¿Y tú has construido el tuyo?

—No exactamente. Fue Mike.

Annika resopló. Mike era su empleado de mantenimiento, que soportaba las muchas fases de su padre.

—Ya. Bueno, pues estoy deseando verlo.

Su padre emitió un ruidito y Annika se lo imaginó recostándose en su sillón de piel, listo para tener una larga conversación con ella. Se le encogió el corazón.

—¿Qué tal tu día, papi?

—Bien, bien. La medicina todavía me sigue interesando. Es un campo de estudio fascinante.

No hizo falta que dijese nada más. «Todavía tienes tiempo. La facultad de medicina te cambiará la vida a mejor».

Y prosiguió:

—¿Te acuerdas de la operación que te conté de ese niño de seis años con un tumor cerebral?

—Sí.

—Pues fue a las mil maravillas. —Percibió la sonrisa en su voz—. Todos se alegraron al ver que salió adelante.

Dado que su padre era anestesista, no necesitaba saber mucho sobre sus pacientes, pero él insistía en hacerlo. Decía que el día que deshumanizase a sus pacientes, entregaría su tarjeta de identificación como personal sanitario.

—¡Qué bien! Pero no me extraña.

Su padre gruñó, contento.

—Bueno, dime, ¿cómo va el negocio? Y felicidades, por cierto. Vi tu correo sobre la entrevista en la revista digital… ¿Cómo se llamaba? ¿Mujer Maravilla?

—*Mujeres Maravillosas* —lo corrigió Annika, y se estremeció levemente ante la brisa que acababa de levantarse—. Sé que no es la *Forbes*, pero está genial porque mencionan a un montón de empresarias. Además, me gusta mucho el apodo que me han puesto.

—«Doctora Remedios, la doctora de las relaciones» —lo citó su padre—. Debo decir que cuando quería que fueses médico no me refería a eso.

Annika puso los ojos en blanco.

—Qué gracioso. Respondiendo a la pregunta de antes, (Re)Médialo va muy bien. Mañana temprano viene otro voluntario y el jueves tenemos un evento para hacer contactos... estamos superocupadas. —Nunca habría un buen momento para contarle a su padre, que todavía albergaba la esperanza de que siguiese sus pasos en medicina, que el banco iba a mandarle matones para amenazarla por ser una «morosa reiterada».

—¿Un evento para hacer contactos? Eso podría veniros bien. Lleváis bastante tiempo intentando hacerlo. Me alegro de que esta vez hayáis tenido suerte.

—No he sido yo la que ha tenido suerte. —Annika agarró con fuerza el tallo de la copa y se imaginó que era el cuello de Hudson.

—Oh, vaya, entonces, ¿quién es el afortunado?

Annika suspiró y pegó un sorbo al vino a la vez que apoyaba las piernas en la silla. Tenía los pies calentitos debido a los calcetines con corazoncitos que llevaba puestos.

—Una empresa nueva se ha mudado a la oficina al otro lado del pasillo. Se llama (Re)Iníciate.

—Parecen prometedores, ¿verdad? Recuerdo leer sobre su director ejecutivo en el periódico de la semana pasada. Ay, ¿cómo se llamaba? ¿Harvey Craft?

Pues claro que su padre había leído ya sobre él. Carraspeó aún con la mano apretando el tallo de la copa con fuerza.

—Hudson Craft.

—¿Y tú... no te llevas bien con ese tal Hudson?

Annika cerró los ojos y recordó todas las cosas horribles que le había hecho.

—Digamos que no. Aunque creo que nadie podría llevarse bien con él. ¿Sabes que ha conseguido ya más de trescientas mil rupturas con esa dichosa aplicación? ¡Y ya han llegado al millón de descargas!

—¡Trescientas mil! ¡Y un millón! —exclamó su padre, sin entender por dónde iba ella—. Menudas cantidades. El artículo mencionó que todavía no llevaba ni un año en activo.

Annika suspiró, dejó caer la cabeza hacia atrás y se quedó mirando al techo, en el que había colgado lucecitas.

—No son cifras tan grandes. En fin, papá, que no me refería a eso.

Oyó que respondía con una sonrisa.

—¿A qué, entonces?

—A que Hudson es un hombre malo, descarado, condescendiente y arrogante.

Su padre emitió un ruidito, una mezcla entre bufido y risita.

—Conque un hombre malo, ¿eh? Las cosas no deben de irte muy bien.

Annika se obligó a recordar todas las cosas buenas que tenía. Salud, amigas, un padre, un buen sitio donde vivir y una empresa que adoraba.

—No. —Y lo dijo en serio—. No nos va tan mal. Me encanta esta fase de (Re)Médialo en la que recabamos información y todo está plagado de posibilidades.

—Perfecto —dijo, pero se percató de que tuvo que obligarse a sonar entusiasmado.

Había deseado tantísimas veces que su padre mostrara por (Re)Médialo una mínima parte del entusiasmo que sentía cuando le contaba algo sobre una operación que había realizado o un cadáver que hubiera diseccionado. Era el único escollo en su relación; él se negaba a ver que (Re)Médialo era su pasión, algo que había creado de la nada, un sueño que había construido desde cero.

Reprimió la punzada de decepción y soltó con suavidad:

—No es verdad que te parezca perfecto, pero no pasa nada.

—Que sí. Es solo que...

Annika frunció el ceño.

—¿Solo que qué?

—Que creo que podrías lograr muchísimo como médico, Ani. Como una doctora de verdad.

Ella dejó la copa en la mesa y se abrazó las rodillas.

—Papá, eso no lo sabes. Podría matar a gente. Ser una de esas médicos que sacan en las noticias con un apodo ingenioso como Doctora Muertes. Seguro que entonces no te disgustaría tanto lo de Doctora Remedios.

—Pero ¿cómo lo sabes si ni siquiera le has dado una oportunidad?

Ella volvió a fruncir el ceño.

—Supongo que nunca lo sabremos. —Hubo un momento de silencio—. Que descanses, papá. Me voy a dormir.

—Vale. Buenas noches, Ani. Plutón.

Y con eso, relajó los hombros y el dolor y la decepción se esfumaron.

—Plutón.

«Plutón» era lo que se decían en lugar de te quiero. Empezaron así porque, por lo visto, la madre de Annika no le decía a su padre que lo quería «un montón», sino que lo quería «hasta Plutón», porque era mucho más. Al final lo acortaron hasta solo usar el nombre del planeta. Y cuando Annika nació, su padre prometió que también lo usarían con ella, por mucho que Annika no recordase nada de su madre. Ahora Plutón era algo íntimo entre su padre y ella, una manera de decir: «Eres lo único que me queda. Haría cualquier cosa por ti».

Annika dejó el móvil en la mesa y suspiró. El «Plutón» de su padre le había puesto todo en perspectiva. Puede que no fuera perfecto, pero cuando hablaba con él sentía que encajaba. No necesitaba observar las luces de la ciudad para recordar que estaba allí y que le importaba a alguien.

Annika volvió al interior del apartamento en calcetines y apagó las luces que siempre dejaba encendidas como pequeño foco de calidez. Una vez se preparó para meterse en la cama, se acurrucó bajo las sábanas y cerró los ojos. Mañana sería otro día. Mañana...

Volvió a abrirlos. Un recuerdo de Hudson cruzó su mente sin previo aviso; el de sus manos en torno a la cintura de ella y sus dedos masculinos contra la piel desnuda de su espalda.

Se giró hacia el otro lado y lo desterró de su cabeza. Estaba más cansada de lo que creía si se había parado a pensar en Hudson Craft en la cama.

«Piensa en un arroyo bonito y tranquilo. En árboles meciéndose con el viento».

Él le había susurrado su nombre al oído y había conseguido que se estremeciera. Le había mordisqueado el lóbulo, el cuello, el hombro... La había empotrado contra la pared y le había sujetado las manos por encima de la cabeza...

Tenía la frente perlada de sudor y se le había resecado la boca. Se revolvió en la cama y sintió que la ropa la agobiaba. Le entraron ganas de sentir el aire sobre su piel desnuda, de sentir sus manos sobre su cuerpo otra vez...

«Para».

Annika permaneció tumbada en la cama, jadeando. Se llevó una mano a la cinturilla de los pantalones cortos.

Mierda. Esto complicaba las cosas.

Al día siguiente Annika llegó a la oficina a las siete de la mañana para preparar la visita de Colin. El edificio estaba sumido en el silencio y casi vacío; el guardia apenas levantó la vista de la taza de café cuando Annika pasó la tarjeta por el lector. En cuanto entró en su oficina, se quitó los tacones y se paseó por el suelo enmoquetado descalza, observando cómo lo alto de los edificios se teñía de rosa conforme el sol se elevaba en el cielo.

Delineó el letrero de «(Re)Médialo: Enamórate de nuevo» y sintió el metal frío contra la piel. Sonrió y se dirigió hacia su escritorio para revisar el cuestionario al que necesitaba someter a Colin.

June llegó a las ocho, justo cuando Annika había acabado con su meditación matutina.

—Ya veo que hoy volvemos al yin y al yang —dijo Annika señalando el vestido con estampado de cebra y los tacones rosas que llevaba.

—Me gusta tu conjunto negro —respondió June mientras dejaba el bolso en el armario y daba un repaso a la camisa y los pantalones de seda que vestía Annika—. Sobre todo con ese collar turquesa.

Annika se pasó las manos por los muslos.

—Gracias, Junie.

—He pensado que cuando se vaya el voluntario podría revisar la última capa de aprendizaje que le hemos añadido a ISLA. El algoritmo de detección de agresividad todavía está un poco verde.

Annika se apoyó contra el borde de su mesa con el móvil en la mano.

—¿Sabes? He estado leyendo un poco y creo que el problema está en la capa de razonamiento. Se me han ocurrido varias ideas. Las colgaré en la lista de seguimiento de defectos hoy mismo.

—De acuerdo. Le echaré un vistazo, tal vez consiga arreglar algo. —June recolocó su Funko de la princesa Leia y se giró hacia su portátil. Y, demasiado casualmente, apostilló—: Ziggy me escribió anoche.

Annika bajó el móvil.

—¿En serio? ¿Y qué te dijo? —Se calló un momento—. Espera, ¿cómo consiguió tu número?

A June se le arrebolaron las mejillas.

—Me encontré con él en el aparcamiento cuando me iba y puede que se lo diese entonces.

Annika enarcó una ceja que June no vio, puesto que estaba clicando a diestro y siniestro con el ratón y mirando al ordenador.

—Ya. ¿Y qué te ha dicho?

June se encogió de hombros con la vista fija en la pantalla.

—Solo que tenía ganas de verme el jueves en el evento. Y después hablamos de tecnología. Es el desarrollador de Hudson, así que tenemos bastantes cosas en común en ese sentido.

—June.

—¿Qué?

—*June*. —Annika esperó hasta que su amiga por fin la miró a los ojos—. Es el enemigo, ¿se te ha olvidado o qué?

—No, (Re)Iníciate y Hudson son el enemigo —rebatió June, acomodándose en su silla—. Y no se me ha olvidado, no. ¡Es una ventaja! Así puedo echarle un ojo a (Re)Iníciate desde dentro.

Annika lanzó un suspiro.

—Me preocupa que todo se vuelva incómodo cuando rompáis. Ellos trabajan al final del pasillo.

—¡No pienso dejar que eso ocurra! —exclamó June, ofendida—. Soy una pro, Annika. Cuando lo dejemos, Ziggy creerá que ha sido idea suya.

Annika sonrió y se separó del escritorio.

—Vale, vale. En ese caso, espero que Ziggy te sirva como distracción.

June puso los ojos en blanco.

—Sí, ¡porque nos hace falta a ambas!

Se echaron a reír y se pusieron manos a la obra a preparar lo de Colin McGuire.

—Vaya, ha ido genial. —June se apoyó contra el escritorio de Annika en cuanto se marchó Colin, un tipo alto, flaco y con diastema—. Me ha encantado ver la creación de los árboles de decisiones en tiempo real. —Le dio una palmadita a su portátil—. La buena ISLA. Va mejorando.

Annika sonrió.

—Está muy chulo, ¿verdad? Tengo ganas de terminar con la fase de prototipo. Quizá podamos volver a contactar con la UCLA para más volu...

Unas voces graves en el pasillo hicieron que Annika echara un vistazo a las puertas de cristal. Vio a Hudson Craft sonriéndole con suficiencia mientras hablaba con alguien y ahogó un grito.

—¿Qué hace hablando con Colin?

June miró hacia allí.

—Oh, oh. No sé, pero más vale que salgas.

Se apresuraron a salir al pasillo, justo a tiempo para oír a Hudson ofrecerle una tarjeta de visita:

—Es un decir. ¿Sabes la probabilidad que hay de que consigan salir adelante? Una entre dos millones. Y, mientras tanto, (Re)Iníciate ya tiene más de un millón de descargas. Trescientas mil personas han utilizado nuestros servicios. Eres universitario, ¿verdad?

El pobre Colin se limitó a asentir, desconcertado.

—Ya me imaginaba. Toma mi tarjeta. La necesitarás.

Miró a Annika mientras lo decía y a ella le dio la impresión de que no estaba tratando de captar a Colin para su empresa millonaria, sino que solo quería tocarle las narices.

Pues misión cumplida.

Annika se interpuso entre Colin y él, le arrebató la tarjeta de visita de las manos e ignoró el revoloteo en el estómago que sintió cuando sus manos se rozaron.

—Pero ¿tú qué te crees? —Intentó no mostrarse demasiado colérica delante de Colin, el cual parecía más confundido que una garrapata en un peluche. Se volvió hacia él con una sonrisa tranquila y profesional—. ¿Te acompaño al ascensor? —le sugirió con una mano en el hombro—. Y no te preocupes, hablaré con el personal de seguridad para prevenirles sobre los pordioseros que atosigan a la gente en los pasillos. —Y fulminó con la mirada a Hudson. Este se encogió de hombros con despreocupación.

En cuanto Colin entró en el ascensor, Annika se volvió hacia Hudson, que ahora se encontraba apoyado contra la pared, mirándola con sus ojos verdes. June se había cruzado de brazos y lo atravesaba con la mirada.

—¿No te basta con robarme la idea que ahora también quieres llevarte a mis voluntarios? ¡Eres un sinvergüenza!

Hudson se separó de la pared y se acercó lo suficiente a ella como para opacar la luz; lo suficiente como para mirarla desde arriba. Annika olió su colonia, fresca, ligera y masculina. Su expresión se había tornado seria y Annika sintió el pulso en la garganta.

—Tienes razón, señorita Dev —murmuró él, y sus ojos la abrasaron. La tranquilidad de antes se había esfumado—. Fastidia cuando alguien te jode, ¿eh?

Ella no rompió el contacto visual aunque aguantó la respiración al tenerlo tan cerca.

—No sabría decirte. No voy por ahí jodiendo a la gente.

El aire cargado cambió. Hudson curvó la comisura de la boca hacia arriba, aunque sus ojos seguían albergando la misma intensidad de antes.

—Ah, ¿no? Pues yo no lo recuerdo así —respondió con tono grave y ronco.

Sintió otro revoloteo en el estómago y se quedó en blanco. Por un momento no fue capaz de apartar la vista. Rememoró la fantasía de la noche anterior. A oscuras, en su cuarto, *esto* era en lo que pensaba.

June carraspeó.

Annika se sonrojó al darse cuenta de que su amiga estaba ahí mirándolos con las cejas levantadas. Mierda.

—No sé de qué me hablas. —Annika retrocedió y regresó a su oficina.

—¡Nos vemos el jueves! —gritó Hudson desde el otro lado de la puerta.

June entró y se la quedó mirando mientras Annika se dejaba caer en el sofá.

—¿Hudson... y tú? —Lo dijo con el tono de voz casi tan agudo como el ladrido de un perro—. ¿Por qué no me lo habías contado? ¡Me parece increíble que me lo ocultaras!

Annika se frotó las sienes.

—Lo sé, lo sé, perdóname. Fue un impulso y un error en Las Vegas. No debería haber pasado nunca. Tú estabas de vacaciones en Maui cuando volví y un par de meses después la industria se volvió loca con su aplicación. Me dio vergüenza confesar que me había acostado con alguien como él, que se lio conmigo y después me robó la idea con la esperanza de que estuviese demasiado obsesionada como para darme cuenta. —Al decirlo en alto sonaba fatal, como el peor ataque hacia su orgullo—. Esperaba que nunca saliera el tema, pero se ha mudado aquí al lado y es evidente que no quiere que lo olvide.

June se sentó junto a ella y la abrazó.

—Lo siento... Me parece fatal. No tenía ni idea de que os hubierais enrollado en aquella conferencia.

Annika ni se molestó en corregirla. Para ella había sido mucho más que un rollo, pero quedaba claro que para Hudson no.

—Ya. No tuve muchas luces que digamos.

June le dio un apretón en el hombro.

—Nos ha pasado a todas, nena. —Se quedó callada y le preguntó—: ¿Lo hizo... bien?

Annika la fulminó con la mirada.

—*June.*

—¿Qué? Es una pregunta muy lícita. A ver, tiene una personalidad de mierda, pero su cuerpo es de toma pan y moja. —Cerró los ojos como para ilustrarlo—. Pero ¿cómo es?

—¿Podemos dejar de hablar del tema?

June enarcó una de sus cejas perfectamente depiladas.

—Conque muy bueno, ¿eh?

Annika gruñó y se dirigió a su ordenador.

—Me voy a poner a trabajar. ¿Tú no tenías un algoritmo de agresividad que arreglar?

—¿Sabes lo que te hace falta? —dijo June desde el sofá, ignorando a Annika—. Una cita. Un tipo simpático, atractivo y divertido que te lleve a algún lado y te haga sentir especial. ¿Cuánto tiempo llevas sin hacerlo? ¿Te has acostado con alguien después de Hudson?

Annika atravesó con la mirada a su amiga, se puso los auriculares y subió el volumen de la música tanto como sus oídos pudieron soportar.

# 5

El jueves llegó demasiado pronto. Annika era muy consciente de que se había pasado gran parte de la noche anterior dando vueltas en la cama. Había probado todos sus remedios habituales para el insomnio: escribir sobre lo que le provocaba ansiedad, contar ovejas, escuchar música relajante. En cierto momento, se bajó de la cama para hacer algunos estiramientos, pero ni siquiera fue capaz de completar un *asana* antes de volver a rumiar sobre el gran evento de Hudson y cómo le faltó tiempo para restregarle los cientos de miles de rupturas que había conseguido, los modelos, el alcohol gratis y lo patética que se sentiría cuando todos en el edificio, salvo June y ella, hubieran caído bajo su influjo.

Y... tal vez hablar con June hubiese dado rienda suelta a su mente, pero no podía evitar comparar otra vez al Hudson que había conocido en Las Vegas y al Hudson de ahora. Había algo en él que no terminaba de cuadrarle. Parecía querer fastidiarla y estar en su mismo espacio a la vez que marcar las distancias con ella; mostraba una frialdad que no recordaba en él.

En Las Vegas se había mostrado... dulce. Sensato. Divertido. ¿Tanto lo había cambiado el éxito? Y entonces Annika entraba en bucle; cada recuerdo se sucedía como una presentación de diapositivas interminable.

Recordaba a Hudson hablándole de sus padres. Ninguno de los dos había terminado el instituto, pero al ver la pasión que sentía, le habían brindado todas las oportunidades en su mano para que alcanzara el éxito. Estaban decididos a que su hijo más joven lo consiguiera. Compartió con Annika su idea para una aplicación que ayudara a los artistas a visualizar sus proyectos en pantalla antes de llevarlos a la práctica. Ella había sido su orientadora. Le había dado ideas sobre cómo mejorarla.

Y todo había sido una burda mentira.

Había estado esperando a que ella le diera detalles de su propia idea sobre una *app* de citas que pudiera reconciliar a parejas con solo pulsar un botón para luego robársela y modificarla a su antojo. Todo ese sexo alucinante y las conversaciones a corazón abierto no habían sido más que una estratagema para hacerle bajar la guardia y confiar en él, lo cual había funcionado a la perfección, claro.

Pero tenía que ir a ese evento porque, si no, se sentiría peor. Se preguntaría si había hecho todo lo posible por (Re)Médialo, sobre todo con el runrún de las amenazas del señor McManor en la cabeza.

Annika salió de la cama, pese al edredón extragrande y las seis almohadas esponjosas, apagó la alarma que no había sonado todavía y se encaminó al cuarto de baño para ducharse y cepillarse los dientes. Después, eligió un modelito sexy que siempre la hacía sentirse serena y segura de sí misma: una falda de corte sirena verde azulada, una camisa de color coral con ojales y unas manoletinas. Annika se dio el visto bueno en el espejo. Con ojeras o no, podía hacerlo. Lo *haría.*

Aferrando su *dolce latte* con canela diario, Annika atravesó el cavernoso aparcamiento. Apenas reparó en una mujer enfundada en un traje que sacaba un maletín de un descapotable plateado hasta que un hombre al que nunca había visto se acercó a ella vestido con una camiseta de (Re)Iníciate y unos vaqueros. Annika ralentizó el paso para asegurarse de que la mujer estuviera bien. La vio mirar al tipo y fruncir el ceño ligeramente.

—¿Heather Formley? —preguntó el hombre.

Ella asintió.

—Soy un *terminator* de (Re)Iníciate. Me ha enviado Yuri Trent para decirte que vuestra relación se ha acabado y que ya no le interesa ir a terapia de pareja. No hay posibilidad de reconciliación. Por favor, no trates de llamarlo ni de ir a su casa. Él te enviará esta semana por FedEx tu pijama de Hello Kitty y tu cepillo de dientes eléctrico. —El tipo le dio una tarjeta de visita, se dio la vuelta y se alejó de allí a la vez que tecleaba algo en el móvil.

La mujer —Heather— no había dicho ni mu. Hasta que el tipo no salió del aparcamiento, no gritó un «¡Espera!», pero, por supuesto, ya fue demasiado tarde para entonces. El *terminator* ya no podía oírla.

Annika se acercó a ella.

—Hola. ¿Puedo ayudarte? He visto lo que ha pasado. Ha sido... —Negó con la cabeza.

Heather se giró hacia ella con expresión de puro desconcierto. Agarraba el maletín de piel como por inercia con una mano y en la otra seguía sosteniendo la tarjeta de visita.

—¿Qué... qué acaba de pasar?

—¿Tu... novio? ¿Yuri?

Heather asintió.

—Sí. Llevamos saliendo un año.

Annika trató de no encogerse al oír sus palabras. Mantuvo la voz tan suave como pudo.

—Yuri contrató los servicios de una empresa llamada (Re)Iníciate para romper contigo. Son como Uber Eats o Deliveroo, pero con rupturas en vez de comida. Esa persona era uno de sus repartidores. Mira la tarjeta que te ha dado.

—Se ha llamado a sí mismo *terminator* —repuso Heather, como si aún no se creyera que eso fuera la vida real. Levantó la tarjeta. Tenía el nombre de (Re)Iníciate, igual que la camiseta del tipo. Debajo había una línea que rezaba: «Escanee el código QR para más detalles sobre su ruptura», con un código QR debajo.

—Sí. Lo sé. —Annika reparó en que a la mujer le costaba hablar—. Lo siento mucho.

—¿Qué... qué hace el código? —Heather parecía seguir absolutamente perpleja.

Annika respiró hondo y le dio vueltas a cómo decir lo que tocaba con tacto, pero no había manera. Hudson Craft la había puesto en esta posición. «Imbécil».

—Creo que lleva a un vídeo que Yuri ha grabado para ti en el que te cuenta mejor por qué corta contigo.

Heather se rio.

—No puede ser. Tiene que ser una broma o una cámara oculta, ¿no? Me refiero a que... es imposible que Yuri haya hecho algo... —Se calló y dejó la mirada perdida—. Solo que Yuri no quería ir a terapia de pareja. Se lo mencioné la semana pasada y nadie más sabía que habíamos hablado de ello. Y luego están el pijama de Hello Kitty y el cepillo eléctrico. —Volvió a reírse, pero esta vez fue sin gracia, de forma vacía—. Claro. Te dan varios detalles para que sepas que es realmente tu pareja la que los ha contratado. —Escaneó el código QR con el teléfono y este la redirigió a un vídeo de un tipo delgado con una perilla descuidada—. Yuri. —La derrota en la voz de Heather le dolió—. Sí que es él.

De verdad. ¿Cómo podía parecerle esto bien a Hudson Craft?

—Lo siento —repitió, deseando poder decirle algo de mayor utilidad—. Toma. —Le tendió a Heather su café intacto—. Tú lo necesitas más que yo.

Heather lo aceptó.

—Gracias.

—¿Quieres que dé un paseo contigo? Supongo que vas al trabajo, ¿no?

Heather bajó la mirada hacia sí misma, como si estuviera comprobando que seguía entera.

—Sí... sí. Pero ¿sabes qué? —Lanzó el maletín de nuevo a la parte trasera del descapotable—. Creo que voy a tomarme el día libre para ir a la playa.

Annika sonrió.

—Buena idea.

Heather asintió, se subió al coche y, tras una breve despedida con la mano, salió del aparcamiento a toda prisa.

Annika pasó junto a su oficina y entró en la de Hudson Craft con la sangre hirviéndole en las venas. No estaba segura siquiera de por qué iba a hablar con él; tampoco iba a cambiar de mentalidad así como así ni decidir ingresar en un monasterio para poner freno a su maldad. Tal vez fuera una estupidez, pero a una parte de ella le costaba creer que al tipo que conoció en Las Vegas le pareciera bien lo que acababa de presenciar. Una parte de ella sentía que debía de haber otra explicación. Y tenía que verla por sí misma.

Blaire se encontraba sentada en un sillón papasan escribiendo mensajes con el móvil ataviada con una camiseta de (Re)Iníciate y pantalones cortos, pero en cuanto divisó a Annika, dejó el teléfono y se acercó a ella.

—¿Puedo ayudarte en algo? —le preguntó con los ojos brillantes.

Blaire parecía ser la clase de persona que se regía por las convenciones sociales —como la de no sacarle los ojos a alguien que te caía mal— casi por obligación. Annika enseguida dio un paso atrás.

—¿Dónde está Hudson?

—En su despacho. —Blaire señaló a su espalda—. Pero no se lo puede molestar. Ahora mismo está en mitad de un proyecto importante.

—Apenas tardaré un minuto —repuso Annika, rodeándola.

Blaire era como mínimo un palmo más bajita que ella, pero se envalentonó.

—Pide cita.

—¡Blaire! —Era la voz de Hudson—. Si es la cotilla de nuestra vecina, puedes dejarla pasar.

Blaire negó con la cabeza y se apartó. Annika dobló la esquina y entró en el despacho de Hudson, pero entonces, de pronto, se le cortó la respiración. Su despacho era tan grande como la oficina que compartían June y Annika. Las ventanas eran enormes y, a diferencia de las vistas que ella tenía, las suyas daban a una preciosa zona verde. Ay, ¡la magia que podría haber hecho en un espacio como aquel!

En vez de magia, tenía una alfombra de Pac-Man bajo un sencillo escritorio blanco que parecía sacado de Ikea... hacía unos diez años. Sobre la mesa había un cuenco deformado de madera lleno de todo tipo de frutas. En las paredes había colgado pósteres de videojuegos retro, y en una de ellas, grande y vacía, había atornillado una canasta de baloncesto luminiscente. Justo detrás de Hudson había galardones y artículos de revista que sacaban su sonrisilla arrogante en primera plana. Lo único visualmente placentero allí era un tiesto de barro grande y solitario colocado sobre un estante, de una gama de colores azules que pasaba del turquesa al azul zafiro, al índigo y luego a un lavanda claro.

Hudson se reclinó en la silla; tras un segundo vistazo, Annika reparó en que era una pelota de ejercicios gigante pintada para simular un globo terráqueo. Como si realmente tuviera al mundo bajo su malvado dominio.

—Bueno... —dijo—. ¿Soy yo o parece que siempre me buscas?

Annika puso los ojos en blanco.

—Sí, me moría por llegar a esta guardería de oficina y estar contigo.

Hudson apretó la mandíbula, pero no dijo nada.

Cruzándose de brazos, Annika prosiguió:

—Hoy he visto a uno de tus *terminators* en acción.

Hudson se inclinó hacia delante parpadeando, tomó una manzana del cuenco y empezó a comérsela.

—¿En serio? ¿Y qué te ha parecido?

Ella no pudo evitar arrugar la nariz, como si hubiese olido algo asqueroso.

—Ha sido vil. Absolutamente insensible y horrible. Esa mujer llevaba un año saliendo con el imbécil de su novio. Iban a empezar a ir a terapia de pareja.

—Vaya. Así que no eran felices. No la tomó por sorpresa, entonces.

Annika se lo quedó mirando. Era imposible que pensara de esa manera.

—¿Eres parte robot o qué? ¿No tienes sentimientos?

Hudson dejó de masticar para pensar.

—Sí, espera, aquí tengo uno. Es... ¿tristeza? No, espera... Es... hambre. —Le pegó otro mordisco a la manzana sin apartar sus ojos verdes de ella—. Sí, no hay duda. Tengo hambre. ¿Eso cuenta?

Annika se pellizcó el puente de la nariz con una mezcla de irritación y decepción burbujeando en su interior.

—Vale. ¿Sabes qué? Sigue regodeándote en tu odiosidad. Cuando el karma te llegue, ya te arrepentirás.

—Estoy bastante seguro de que está de vacaciones, pero me aseguraré de darle recuerdos tuyos cuando se pase por aquí.

Annika entrecerró los ojos. Ya había pensado en ello en multitud de ocasiones, pero ¿por qué diablos creía Hudson que el karma no funcionaba con él? Ese hombre lo tenía todo.

—Lo que tú digas. —Y se giró para marcharse.

—Te veo luego en la fiesta. —Se calló un momento para contemplarla—. Supongo que no estarás tan ofendida como para no disfrutar del alcohol gratis o no comerte con la mirada a los hombres guapos. Bueno, o a las mujeres. Habrá modelos de toda clase para elegir.

Annika sacudió la cabeza.

—Adiós, Hudson.

—Hasta luego, Annika.

Imágenes de Heather, el *terminator* y Hudson Craft danzaron por la mente de Annika durante toda la mañana hasta que al mediodía, por fin, agarró su bolso del armario.

—Voy a por algo de comer —dijo a June, que estaba concentrada codificando—. ¿Quieres algo?

June negó con la cabeza, pero no levantó la vista del ordenador, lo cual era normal; cuando se metía de lleno en algo no era raro que desapareciera mentalmente durante horas y que pareciera que en la oficina no hubiese nadie. A Annika no le importaba mucho la soledad, pero hoy le estaba dando demasiado tiempo y espacio para pensar. Ni siquiera pudo ponerse a escribir el guion de la presentación para el ÉPICO. De todas formas, aún quedaban semanas, así que podía postergarlo un poco si hacía falta.

Annika bajó en ascensor y se encaminó hacia el norte por la avenida Worthington, hacia un pequeño restaurante que servía los boles de quinoa más deliciosos que hubiese probado nunca. Pero su enfado y decepción no desaparecieron, por mucho que lo esperase.

Es que seguía atónita con Hudson Craft, de verdad. ¿Cómo de desalmado había que ser para que no te importase que las personas rompieran de esa manera tan fría e insensible? ¿Para empezar, a qué clase de persona se le ocurría una aplicación como (Re)Iníciate? ¿Dónde estaba el tipo que le había dicho que creía que el arte estaba muy abandonado y que la tecnología podría ser la forma de cambiarlo? ¿Dónde estaba el hombre que le había acariciado la mejilla con tantísima ternura que Annika se había inclinado hacia su mano y cerrado los ojos solo para disfrutar del momento? ¿Dónde estaba ese hombre que le había retirado la silla y que la había acompañado porque era así de caballeroso? Era como si ahora hubiese conocido a su gemelo malvado.

¿Y eso de decirle que necesitaba ayuda para atraer a voluntarios? JA. (Re)Médialo podría no haber llegado al mismo nivel de éxito que (Re)Iníciate, pero no les iba mal; ya llegarían algún día. ¿Y eso de insinuar que seguro que iba a su fiesta en la azotea para gorronearle el alcohol y disfrutar de su frívolo entretenimiento? Como si estuviese desesperadísima porque Hudson preparara ese fabuloso evento para ella. *Tenía* que aplastarlo en el ÉPICO. Era la única manera de quedarse tranquila.

Se encontró de pronto un barullo de gente en la calle bloqueándole el paso. Frunció el ceño y trató de sortearlos antes de percatarse de que se trataba de una banda mariachi, preparándose para cantar y tocar.

Se apartó y se los quedó observando unos cuantos minutos a la vez que una idea empezaba a arraigar en su mente. Sonriendo de oreja a oreja, Annika se abrió paso entre la muchedumbre. Hudson no sabía la que se le venía encima.

Tras almorzar, regresó a la oficina y se encontró con June concentrada trabajando.

—Hola —la saludó Annika sin aliento. June no levantó la vista. Tenía la típica expresión de alguien con la mira puesta en un enemigo; el teclado era su arma, el algoritmo insatisfactorio, su enemigo—. Holaaaa. —Annika movió la mano frente a la cara de su mejor amiga. Cuando June por fin levantó la mirada, estaba aturdida, como sorprendida por estar en una oficina de Los Ángeles en vez de dentro del mismísimo código.

—Ah. Hola. ¿Qué hora es? —Miró el reloj y ahogó un grito—. ¿Las cuatro? ¿Dónde has estado toda la tarde?

Annika le sonrió con esperanzas de parecer entusiasmada y no trastornada.

—Se me ha ocurrido una idea sensacional. No te preocupes, te pondré al día. Pero, primero, ¿seguimos teniendo la banderola que pusimos en el evento de SBA en enero?

—Creo que sí. —June se levantó y ya estaba a mitad de camino hacia el armarito cuando Annika se percató de lo que llevaba puesto.

—Te has cambiado —le dijo, tratando de no sonar acusadora. Jamás, en toda la historia de los muchos rollos que había tenido, había hecho el esfuerzo de ponerse *guapa* para una cita. Ya era bastante despampanante de por sí como para que a los tipos les importara que fuera vestida como un saco de patatas, y ella lo sabía.

June enrojeció. Se pasó las manos por el vestido negro, con un hombro al aire y que le realzaba el escote de forma muy conveniente.

—Más o menos...

—¡Y te has puesto el *push-up* de La Perla! —exclamó Annika, acercándose—. Reconocería ese escote en cualquier parte.

—Y qué, ¿eh? Voy a atraer a futuros contactos con el cerebro *y* las tetas. No tiene nada de malo.

—No, es verdad —convino Annika, dando golpecitos en la moqueta con el pie—. Salvo por el presentimiento que tengo de que por «contacto» tú tienes otra cosa en mente. ¿Un pelirrojo, por casualidad?

June se la quedó mirando con expresión circunspecta durante cinco segundos antes de ceder.

—Vale. Tú ganas. Quiero tirarme a Ziggy esta noche. Pensaba que no te importaba.

—Has querido tirarte a muchos tipos y nunca te había hecho falta arreglarte y ponerte un sujetador de La Perla. —Annika entrecerró los ojos mientras June regresaba a su silla y se sentaba—. No te irás a enamorar del secuaz de nuestro enemigo acérrimo, ¿verdad?

June puso los ojos en blanco, sacó un pintalabios fucsia y se pintó los labios usando el móvil de espejo.

—Vale; primero, él no es el secuaz de Hudson. Es su desarrollador, su mano derecha.

—¡Lo mismo da! —En la cabeza de Annika empezaron a sonar campanitas de alarma.

—Y segundo —prosiguió June, hablando por encima de ella mientras guardaba el pintalabios—, no es más que un rollo. De verdad. June Stewart no está por la labor de sentar la cabeza. Lo sabes de sobra.

Al cabo de un momento, Annika se relajó y soltó una risotada.

—Sí, lo sé. No sé en qué estaba pensando.

June se puso de pie y sacó la banderola enrollada del armario.

—¿Para qué te hace falta?

Annika sonrió.

—Ven y te lo enseño.

Para cuando llegaron a la azotea, el lugar ya estaba en su pleno apogeo. Annika permaneció inmóvil en la entrada, mirando incrédula en derredor.

La música retumbaba bajo sus manoletinas. Había un bar a la izquierda, donde un barman que bien podría haber sido el doble de Pantera Negra mezclaba, con absoluta pericia, cócteles con el alcohol de la mejor calidad.

Aunque aún no había visto a Hudson, ya se había formado una cola larguísima frente al bar con gente a la que Annika apenas recordaba de haber coincidido en el ascensor. Sin embargo, ahora, en vez de ser unos rancios antisociales, se habían transformado en unos juerguistas redomados con las corbatas aflojadas, las camisas remangadas y los maletines olvidados. Las mujeres se recogían el pelo en moños prácticos para lidiar con el calor, además de deshacerse de las americanas y las rebecas. Los atractivos modelos que dejaban a los dioses griegos a la altura del betún ya circulaban por la zona con sonrisas perfectas y blancas y bandejas de canapés en las manos. Junto al barman, alguien estaba montando una enorme fuente de chocolate. Un hombre que hacía malabarismos con lo que parecían ser orbes de cristal caminaba entre los invitados, ataviado solo con unos pantaloncitos apretados con estampado de guepardo.

—Mierda —susurró, echándole una miradita a June, que parecía impresionada. Al ver la cara de Annika, se apresuró a cambiar la expresión por otra de absoluta impasibilidad.

—Bah. Las he visto mejores. —Señaló la banderola y las bolsas—. ¿Qué hacemos con todo esto?

Annika cuadró los hombros y se sacudió el pelo.

—Vamos a prepararlo todo.

Barbillas en alto, cruzaron la azotea ignorando las miraditas curiosas de los asistentes, rechazando cada canapé que le ofrecían los camareros del catering. Tenían todo el derecho del mundo a hacer lo que estaban haciendo. Annika se negaba a dejarse intimidar por aquel alarde de superficialidad. Aquella fiesta bien podría ser una metáfora de lo que era (Re)Iníciate. Todo fachada sin un fondo real. Aquellos canapés probablemente fueran un noventa por ciento de aire.

El lado este de la azotea, que tenía forma de L, estaba dominado por una pérgola, bajo la cual había una mesa de caballete y sillas plegables. Unos globos rojos y plateados con forma de corazón y que Annika había atado a las barras de la pérgola hacía una hora oscilaban con el viento y relucían con la luz del sol del atardecer. June dejó las bolsas sobre la mesa y sacó los envases de comida para llevar, así como platos y vasos para ambas. Tras quitarse los zapatos, Annika se subió a una silla y colgó la banderola de la pérgola, y luego retrocedió varios pasos para admirar su obra.

—Va a ser la caña. —June saludó con la mano a Ziggy, que las había estado observando con el ceño fruncido. Él le devolvió el saludo con demasiada efusividad y terminó empapándose la manga de la camisa con su bebida. June no pareció darse cuenta—. Pero no veo a Hudson.

Annika barrió la azotea con la mirada.

—En algún lado estará. Nosotras a lo nuestro. Ya aparecerá.

June asintió y luego echó un vistazo a la entrada y agarró el brazo de Annika.

—Aquí vienen. —Su voz era de absoluta felicidad.

Annika contempló cómo la banda mariachi que había contratado —muy cara, pero que merecía totalmente la pena— pasaba junto a los asistentes del evento, que se habían detenido para observarlos con una mezcla de confusión y sorpresa.

—¿Señorita Annika? —la llamó el líder de la banda—. ¿Nos colocamos aquí?

—Sí. —Annika señaló el espacio junto a la mesa de caballete a la que estaban sentadas June y ella—. Por favor, empezad a tocar cuando queráis.

El líder vaciló y echó un vistazo a las personas al otro lado de la azotea, en el lado de Hudson.

—Ya está sonando música.

Annika sonrió con tanta dulzura como pudo.

—Pero yo he alquilado esta parte de la azotea, así que tenemos el mismo derecho que ellos a poner música. —Annika se había cerciorado de ello cuando habló antes con el administrador—. Por favor, empezad cuando queráis. Y si podéis, tocad la canción más ruidosa y alborotadora que se os ocurra.

El líder se encogió de hombros y asintió a sus compañeros antes de empezar a tocar una melodía maravillosamente ensordecedora. Ocultando una sonrisa, Annika no perdió detalle de cómo la música mariachi neutralizaba la de Hudson. Sus invitados se quedaron parados, copas en mano y boquiabiertos, mientras miraban a la banda mariachi y al lado de la azotea de Annika con estupefacción. Unos cuantos hicieron gestos con las manos y hablaron entre ellos. Hasta el malabarista se había detenido para ver qué ocurría.

Bien. Tenía el presentimiento de que Hudson ya no la infravaloraría más. Punto para (Re)Médialo.

Se volvió hacia June y señaló a los envases de comida.

—¿Cenamos?

June agarró un taco vegano.

—Mmm. Las vistas, la música, el ambiente... ¿qué más se puede pedir?

—Ya te digo. —Annika les sirvió a cada una un vaso de agua con sabor a tamarindo, evitando mirar a conciencia a la otra parte de la azotea, por mucho que quisiera hacerlo. La cosa era parecer casual, controlando la situación, aunque sabía que Hudson, donde fuera que estuviese, cazaría al vuelo lo que había hecho. Y entonces empezaría lo bueno.

Le dio un trago a su agua saborizada, incapaz de dejar de sonreír.

—Ya ni siquiera oigo su odiosa música, ¿y tú?

—No, ni una nota. —June tragó y luego dijo en voz baja—: Ya viene.

Tratando de ocultar su deleite, Annika miró por encima del hombro y vio a Hudson caminando hacia allí, con la vista puesta en ella. Se había cambiado la camiseta azul y ahora llevaba una camisa Ralph Lauren remangada hasta los codos. Se movía con plena confianza por el lugar, como si dejase claro que estaba justo donde debía.

La sonrisa de Annika flaqueó. Mierda, parecía muy cabreado. Cuadró los hombros y se alisó la falda de corte sirena en un intento por parecer calmada y segura de sí misma, aunque le sudaban un poco las manos.

—¿De qué vas? —inquirió Hudson en cuanto estuvo lo bastante cerca como para hablar con ella. Echaba fuego por los ojos; los tenía ensombrecidos, como el cielo previo a una tormenta. Se le habían movido unos cuantos mechones de pelo rubio sobre la frente, pero no hizo amago de apartárselos. Una brisita agradable y cálida soplaba por la azotea, y gracias a ella pudo olerlo. Olía maravillosamente bien. Debía de haberse echado algún tipo de colonia, una que le recordaba al océano, a la arena, al viento y al salitre.

—Hola a ti también —repuso ella, levantando el vaso en su dirección.

—Annika, este evento es *mío*. —Su voz sonó grave y llena de molestia. Echó un vistazo a la banda, a su banderola gigantesca y a la mesa. June le dedicó una sonrisita sosegada—. ¿Qué diablos te crees que estás haciendo?

—El administrador del edificio me dijo que solo habías alquilado la mitad de la azotea —dijo Annika, repitiendo las mismas palabras que había ensayado justo para este momento. Parpadeó varias veces—. ¿No es verdad?

—Sí, pero solo porque no había nadie más interesado.

Annika se encogió de hombros.

—Bueno, pues no haber sido tan rata y haber alquilado la azotea entera por si acaso.

Hudson dio un paso hacia delante y ocupó el espacio que había previamente entre ellos. Ahora la diferencia de altura era más evidente, sobre todo porque ella estaba sentada. A Annika se le cortó la respiración, pero estaba decidida a que él no se diera cuenta.

—Creía que estabas enfadada porque supuestamente te había robado la idea. Ahora quién roba a quién, ¿eh?

Annika se puso de pie con el deseo de poder mirarlo desde su misma altura. Pero, bueno, qué se le iba a hacer.

—Primero, no es de buena educación acercarte de esa manera. Y segundo, ahora ya sabes lo que se siente.

Él la fulminó con la mirada.

—Que. Yo. No. Te. He. Robado. La. Idea —dijo, pronunciando cada palabra por separado—. Y esto —señaló a la banda mariachi— es pasarse tres pueblos. Estoy intentando dirigir un negocio.

—Sí, lo sé. —Annika hizo lo propio con su mesa—. Yo también.

Negando con la cabeza, Hudson se frotó el mentón y tomó aire antes de murmurar algo muy parecido a «cabezota». Annika trató de no sonreír. Que ahora se frustrara él, para variar. Él volvió a estudiar su rostro y sonrió muy escuetamente a la vez que entrecerraba los ojos.

—Vale. ¿Así es como van a ser las cosas?

Annika enarcó una ceja y ladeó la cabeza, pero no dijo nada.

Hudson se dio la vuelta y regresó a su lado de la azotea; con cada paso que daba su irritación era más notable. Sin perderle ojo, Annika lo vio acercarse al equipo de sonido y quitar la música que había puesto, y entonces, tras dar unas palmadas para llamar la atención de los presentes, anunció con la voz cual bocina:

—¡Muy bien, gente! ¡Oíd! ¡Que empiece la fiesta mariachi! Nuestro barman va a prepararos margaritas de sabores con los que nunca habríais soñado. Ah, y, por favor, ¡disfrutad de nuestra banda invitada y bailad hasta que el cuerpo aguante! —Hizo un gesto a la banda mariachi como si hubiera sido idea suya.

La gente vitoreó y gritó de felicidad. Haciendo contacto visual con Annika desde el otro lado de la muchedumbre, Hudson agarró una copa recién servida del bar y la levantó en su dirección. Curvó la boca en una sonrisita de suficiencia.

Echando humo, Annika se giró hacia June, que la miraba con los ojos bien abiertos. Le dio un gran trago al agua saborizada.

—Mierda.

June le dio un bocado al taco y observó cómo los asistentes al otro lado de la azotea se ponían en cola para hacerse con los margaritas de todos los colores del arcoíris que estaba preparando el barman.

—Bueno... ¿nos quedamos aquí sentadas cenando o qué?

Annika miró a la gente que ya se había quitado los zapatos y bailaba a ritmo de la música mariachi.

—Sí —repuso, desafiante, dándose la vuelta otra vez y llenándose el plato de tacos—. Comamos.

# 6

Annika pasó casi una hora tratando de cenar todo lo dignamente que pudo y después se recostó en la silla plegable y se quitó los zapatos debajo de la mesa. Desde luego, el otro lado de la azotea rebosaba de actividad. El malabarista había vuelto a lo suyo, el tequila era de primera y la fuente de chocolate manaba igual que el maldito Vesubio. La banda mariachi se paseaba por la zona y le daba a la fiesta un toque exótico de diversión. Era como si hubiera pagado para entretener a Hudson, cosa que a él no se le había escapado dadas las veces que lo había encontrado mirándola de manera triunfante.

Se oían estallidos de risas y la gente se paseaba y charlaba. Incluso Blaire, que normalmente tenía cara de perro, se había desmelenado y estaba con un grupo de personas contándoles que un verano había trabajado en un circo. Ziggy había estado repartiendo tarjetas. Al principio tenía cientos; Annika había visto la torre detrás de una mesa. Y de la torre solo quedaba un tocón. Ziggy ahora se encontraba tumbado en una hamaca con June, que había abandonado el barco y se había marchado al otro lado.

Se había quedado junto a Annika durante una hora. Ambas se habían empeñado en parecer pasárselo en grande con su triste cena para llevar, pero al final Annika la instó a que fuera a pasárselo bien. No hacía falta que ambas se quedasen deprimidas.

A pesar del tiempo agradable, sintió un pequeño escalofrío, por lo que se abrazó a sí misma. Empezó a preguntarse si lo mejor no sería volver a casa cuando un margarita apareció de repente delante de ella.

Alzó la mirada y vio a Hudson.

—Hola. Creo que te vendría bien una copa.

Annika levantó el vaso e inspeccionó el líquido rosa y verde.

—¿Qué es?

—Una ofrenda de paz para esta noche. Es un margarita de fresa y jalapeño. Recuerdo que te gustaban.

Casi se le había olvidado. Se habían tomado la primera copa juntos en Las Vegas, en el bar de un hotel un pelín gótico. Cuando ella le dijo que nunca había probado el margarita de fresa y jalapeño, él fingió quedarse atónito y le pidió uno de inmediato. Ella lo miró por encima del vaso mientras bebía y él le devolvía la mirada, impávido. La bebida picante y el deseo le subieron la temperatura hasta sentir que se volvía de gelatina.

De nuevo en la azotea, Annika estuvo a punto de rechazar la bebida. Aquel Hudson no era como este. Sin embargo, sí que le apetecía beber algo picante y ácido a la vez. Le pegó un sorbo y cerró los ojos al tiempo que el tequila le calentaba la garganta y se le asentaba en el pecho.

—Gracias. —Volvió a calzarse, arrastró la silla hacia atrás y se levantó para cerciorarse de mantener las distancias—. Parece que tu fiesta está siendo todo un éxito.

—Y espera a que enciendan las antorchas tiki. Seguro que nadie querrá marcharse.

Se miraron durante un buen rato. Annika resopló y al mismo tiempo Hudson soltó una carcajada. El ruido pareció resonar en su pecho.

—Buena jugada, por cierto —apostilló al tiempo que señalaba a la banda, que continuaba paseándose por el sitio. Detectó cierto tono de admiración—. Le han dado un buen toque.

—Bueno, a ti se te da bien reaccionar rápido. —Señaló a los asistentes—. La gente se piensa que eres todo un organizador de fiestas.

—Por un momento pensé que se iría todo al traste —confesó él al tiempo que le lanzaba una mirada irónica—, pero creo que al final conseguí darle la vuelta a la tortilla, sí. —Volvió a desviar la vista hacia los asistentes, que llevaban una bolsa de regalo de (Re)Iníciate en la mano que había ido repartiendo una modelo durante la fiesta, y añadió—: Creo que no nos olvidarán en mucho tiempo. —Lo dijo como si nada, pero Annika detectó cierta intensidad en el tono de su voz.

Se volvió hacia ella y siguió hablando.

—Bueno, ¿qué tienes pensado hacer ahora? —le preguntó. Gracias a una racha de viento le volvió a llegar la colonia masculina de él. Los ojos de Hudson parecían refulgir bajo la luz del atardecer—. ¿Te vas o te quedas?

Ella parpadeó y se negó a que le afectara.

—Me quedo. —Al ver que él correspondía su sonrisilla, añadió—: Pero contigo no. —Le dio otro sorbo al margarita y se dirigió hacia la multitud reunida en la azotea, incapaz de resistirse a ver su reacción por encima del hombro.

Hudson no le quitó los ojos de encima. Su pelo dorado se había teñido de rojo gracias a la luz del sol al ponerse.

Para su consternación, Annika se percató de que estaba disfrutando de su atención más de lo que debería. Su plan había sido tratarlo como un bache en el camino. Una no se quedaba con los baches charlando en una fiesta, ni tampoco aceptaba margaritas de ellos.

Annika gruñó para sus adentros mientras se internaba entre la gente y se preparaba para hacer contactos. De una cosa sí estaba segura: tenía que averiguar por qué le afectaba tanto Hudson, y rápido.

Durante las siguientes dos horas, Annika —y June, aunque esta parecía algo distraída por los intentos de Ziggy de impresionarla con sus dotes de bailarín— fue de grupo en grupo y de posible cliente en posible cliente. Le sorprendió que mucha gente estuviera interesada en (Re)Médialo. Le quedaba un taquito de tarjetas en el bolso que lo demostraba. Cuando la aplicación estuviese lista para lanzarse, tendrían a un montón de gente para empezar a probarla.

Al final, cuando se le empezó a poner ronca la voz debido a todo lo que había hablado sin parar durante horas —y cuando los tres margaritas que se había tomado habían empezado a hacer mella en ella—, la fiesta comenzó a decaer. La gente fue marchándose en grupitos de dos o tres personas. Por culpa del fuerte alcohol, la mayoría pidió un Uber. En cierto momento de la noche le perdió la pista a June, aunque supuso que seguía en la fiesta.

Hudson dio con ella en cuanto el empresario con el que había estado hablando se despidió de ella.

—Rosemary Lotts acaba de despedirse de mí. Por lo visto tu discurso la ha impresionado mucho.

—¿Quién? —Annika dejó la copa vacía del margarita en la mesa—. Ah, ¿la rubia de la inmobiliaria? Supongo que sí. —Y añadió a regañadientes—: Gracias por organizar todo esto. Debo admitir que ha sido todo un éxito.

Hudson enarcó una ceja.

—¿Qué? Me has dado las gracias y me has hecho un cumplido en la misma frase. ¿Cuánto has bebido?

Annika resopló.

—Ya vale, no hagas que me arrepienta.

Las comisuras de la boca de Hudson se crisparon.

—Cuando hablas de (Re)Médialo desprendes una energía increíble. Eso le gusta a la gente —murmuró en voz baja.

—¿En serio? —exclamó Annika, sorprendida por su arranque de sinceridad.

—Desde Las Vegas hay varias cosas de ti que recuerdo de forma muy vívida. —Hudson le dedicó una mirada seria al tiempo que se apoyaba en la barandilla de la azotea—. Una era lo mucho que te apasionaba tu idea. Es como un campo de energía a tu alrededor. Electrizante.

Se quedaron mirándose un minuto entero, o eso le pareció. A Annika se le aflojaron las rodillas cuando le asaltaron los recuerdos. ¿En qué estaba pensando?

Inspiró hondo para recomponerse, pero volvió a oler la colonia de Hudson, masculina y suave, y tuvo que agarrarse a la barandilla para sujetarse.

—Yo... —dijo, volviéndose.

Se calló cuando sintió un brazo en torno a su cintura.

El corazón le dio un vuelco. Sintió un subidón de adrenalina. ¿Qué estaba haciendo? ¿*Quería* que lo hiciera?

Annika se giró con el cerebro a mil por hora y sin saber qué decir.

Pero solo encontró a June a su lado, sonriente.

—Ah. —Annika parpadeó—. Hola.

—Hola. —June le dio un beso en la mejilla—. Yo ya me voy.

—¿Ya te vas a casa? ¿Sola?

Ziggy apareció al lado de June, sonriendo.

—No —respondió ella—. Ziggy me va a invitar a cenar.

—¿Que te va a invitar a cenar? —Annika frunció el ceño. Otra novedad para June. Ella solía irse a tomar algo a un bar con sus ligues, no a cenar—. Ah, guay. Divertíos. Escríbeme luego para saber que estás bien, ¿vale?

—Claro. —Con el pelo rubio meciéndosele por culpa del viento, June la abrazó y le susurró al oído—: ¿Qué hay entre el guapo de Hudson y tú?

—¡Shh! —Annika se llevó a June aparte. Por suerte, este se encontraba hablando con Ziggy y no la había oído—. Más vale que no te oiga llamarlo así; se le subirá si no.

—Y de eso ya sabes tú, ¿no?

Annika soltó un quejido.

—June, venga ya. —Tras una pausa en la que June sonrió sin parecer ni un poquitín avergonzada, le preguntó—: ¿A qué te referías con lo de que qué había entre nosotros?

—Por vuestra manera de hablar, con las cabezas juntas, y la intensidad con la que te miraba... ¿Qué te estaba diciendo?

Annika se frotó la nuca y desvió la vista.

—No me acuerdo.

June le sonrió con un brillo en los ojos.

—Mentira.

—¿Tú no te ibas a cenar o qué?

—Vale, vale. —June lanzó un suspiro cargado de dramatismo y regresó con los brazos abiertos adonde se encontraban los hombres—. Ziggy, ¡sácame de aquí!

Ziggy le ofreció el brazo y, juntos, se marcharon de la azotea.

Annika los vio irse. Se sentía un poco descentrada por algo que no llegaba a comprender aún.

—¿Es buen tipo? Ziggy, digo —le preguntó a Hudson.

—El mejor —respondió sin más—. Es una de esas personas con las que siempre puedes contar. June ha elegido al mejor.

Annika lo miró.

—Eh. No creo que haya nada serio entre ellos —añadió ella rápidamente.

Hudson se encogió de hombros y miró a los camareros a su espalda, que estaban recogiendo las bandejas y las copas vacías.

—Ya están recogiendo. —Se calló un momento—. Puedo acompañarte. Voy a pedir un Uber y supongo que tú también.

Annika desvió la mirada hacia la acera de abajo, hacia las luces de los edificios y los coches. Hudson se estaba ofreciendo a acompañarla. Solo estaba siendo cortés, pero por dentro se sintió viva y animada, una emoción que creía dormida en su interior.

«Para. Es Hudson Craft, ¿recuerdas? El robaideas y arrogante director de Rupturas S. A. Un supervillano».

—Pues... —Annika dirigió la mirada hacia la mesa de la que todavía colgaba la banderola y sobre la que tenía todo el papeleo.

—Si quieres, le doy más propina a Mel para que también baje tus cosas a mi oficina y mañana las recoges.

—¿Mel?

—Mi nuevo ayudante. —Hudson señaló con la barbilla a un tipo pálido y delgado que estaba dando instrucciones a algunos de los camareros.

Pero ¿quién se creía, una estrella de rock? Primero la fiesta pomposa y ahora lo del ayudante.

Aunque lo cierto era que no le apetecía nada desmontarlo todo ahora; estaba cansada, un poquito ebria y con ganas de volver a casa con unos tacones que ya empezaban a hacerle daño.

—¿Seguro que no le importará?

—Qué va.

Mientras entraban en el ascensor —Annika pensando en que era como la típica escena de cualquier comedia romántica de las que veía, y después mandando a su cerebro a freír espárragos—, alguien llamó a Hudson a voz en grito.

Se volvieron y encontraron a dos mujeres y un hombre que corrían hacia el ascensor con las mejillas encendidas y los ojos brillantes.

—Hola, chicos —los saludó Hudson con cordialidad a la vez que evitaba que se cerraran las puertas. Annika se dio cuenta de que era su voz de publicista, la que había usado cuando había estado hablando con la gente en la azotea. Qué raro; con ella no la había usado ni una sola vez—. ¿Lo habéis pasado bien en la fiesta?

—Como para no —respondió una mujer al tiempo que se agarraba del brazo de Hudson—. Ha estado genial. Tú sí que sabes cómo hacer que la gente se divierta. —Pegó su cuerpo al de él y entrecerró los ojos de manera seductora. Su respuesta no fue sutil en absoluto.

Annika sintió una punzada de molestia que desechó al instante. ¿Qué le importaba a ella que esa clon de Emma Stone estuviese coqueteando con Hudson Craft? ¡Que la fuerza la acompañara! Con suerte, cuando se despertase no le habría robado el bolso o algo.

Hudson se separó con cuidado de la mujer y sonrió, aunque mostrándose distante.

—Me alegro de que os lo hayáis pasado bien.

Sus ojos y los de Annika se encontraron, pero ella desvió la mirada con el corazón a mil sin razón aparente.

Aquello no era asunto suyo. Para nada.

En cuanto salieron, el trío se fue hacia donde los esperaba el Uber. Hudson se dispuso a caminar con ella y giraron a la izquierda en dirección al final de la calle, donde esperarían a sus respectivos taxis cuando los pidiesen. Annika sentía que el pulso iba en consonancia con cada paso que daban. Hudson estaba tan cerca de ella que casi podía sentir una pequeña corriente entre sus brazos, como una chispa a punto de encenderse. Trató de apartar ese pensamiento de su mente.

Pasaron por delante de un vagabundo envuelto en mantas viejas y raídas sentado en el escalón de una licorería cerrada. Hudson se llevó la mano al bolsillo, sacó un paquete de ositos de gominola y se lo dio.

—¿Qué me has traído esta noche? —El hombre le dio la vuelta al paquetito, ansioso—. Ah, mis favoritos. Que Dios te bendiga, Hudson.

—Y a ti, Tommy. Hasta mañana.

El hombre se despidió con la mano y abrió el paquete, contento.

Annika miró a Hudson y sacudió la cabeza. Se le mecieron los rizos en el viento.

—¿Qué? —exclamó él. Sus ojos verdes relucían en la oscuridad.

—Das comida a los indigentes, pero no te importa romperles el corazón a los demás. No te entiendo.

—Puede que no te esfuerces lo suficiente —respondió él al tiempo que se metía las manos en los bolsillos.

Menuda contestación más enigmática.

—¿Qué quieres decir con eso?

Él seguía mirando al frente, pero Annika vio un atisbo de emoción —¿enfado?, ¿dolor?, ¿actitud a la defensiva?— cruzar por su cara.

—Puede que lo que para ti sea romperle el corazón a la gente no signifique lo mismo para los demás.

—¿A qué te refieres? —Annika frunció el ceño mientras pasaban por delante de un callejón estrecho en el que un gato estaba rebuscando en la basura—. Vi a la mujer en el aparcamiento. Estaba totalmente sorprendida. No sabía qué era lo que estaba pasando.

Hudson se encogió de hombros.

—Mejor eso que otras alternativas.

Annika lo miró con incredulidad.

—¿Como qué? ¿Morir?

—Como tener una relación que no lleva a ninguna parte en la que los dos lo saben muy bien. O que te abandonen. —Se detuvo y se volvió hacia ella—. O que pasen de ti, sentir que no has cerrado esa puerta y no tener un momento en el que realmente se terminen las cosas.

Annika se detuvo e intentó poner nombre al destello que atisbó en sus ojos.

—Hudson... Yo... —Dio un paso hacia él y sintió que el calor de su cuerpo la envolvía—. Yo no... Es decir... lo que... —No estaba segura siquiera de lo que quería decir. El brillo de sus ojos estaba dejando inservible su cerebro; seguro que era útil en una guerra contra el enemigo.

Hudson miró por encima del hombro de ella.

—Ven. —Pasó por su lado y sus brazos se rozaron. Sintió la piel masculina arder contra la suya.

Hizo caso omiso de la corriente que sintió y se apresuró a seguirlo. Cruzaron una verja de hierro y llegaron hasta lo que parecía un hotel.

—¿Adónde vamos? Todavía no he pedido el Uber. No me habrás traído aquí para robarme, ¿no? Solo llevo billetes pequeños.

Él puso los ojos en blanco mientras caminaban.

—¿Siempre eres así de desconfiada? Pídelo después, primero quiero enseñarte una cosa.

La condujo por el lateral del hotel, hacia un patio pavimentado en la parte de atrás. En el centro había una fuente el doble de alta que Annika. La base estaba iluminada con luces multicolor. Unas enredaderas cubrían la verja de hierro a su alrededor.

—Vaya. —Annika oyó el agua recorrer la superficie. Sonaba igual que la música de meditación que usaba ella para tranquilizarse—. Es precioso.

Hudson alzó la mirada hacia el cénit de la fuente. Los tonos morados, azules y rosas de las luces iluminaban su rostro.

—Sí que lo es. A veces me gusta venir, sentarme y pensar. Normalmente no hay nadie, como ahora.

—¿Y al personal del hotel no le importa?

Hudson le lanzó una sonrisilla pícara y se sentó en el borde de la fuente antes de hundir los dedos en el agua.

—El gerente disfruta de ciertas... ventajas si me deja venir.

Annika se alisó la falda por la parte de atrás y se sentó a su lado.

—Ya veo. ¿También le das ositos de gominola?

—Por desgracia, le interesa más Benjamin Franklin. —Hudson soltó una carcajada y salpicó el agua de los dedos. Una gota cayó en el cuello de Annika y se deslizó hacia su pecho, resbalando entre sus senos. Ella se estremeció y se quedó sin aliento. Se removió en el borde de la fuente y sintió la dura piedra contra su trasero y los muslos. Llevaba muchísimo tiempo sin sentir el deseo que se apoderó de ella.

—Pues... qué caro —comentó al darse cuenta de que él no había añadido nada más.

Hudson la miró con los ojos entrecerrados, como si supiese en qué había estado pensando. Con la respiración algo agitada, Annika se obligó a romper el contacto visual y a mirar hacia delante.

Permanecieron juntos y sentados escuchando el ruido del agua y el zarandeo de las hojas de los árboles. Annika inspiraba y espiraba para controlar el ritmo de su corazón. Lo logró en parte. Miró a Hudson y se preguntó qué había querido decir con lo de antes, lo de que romper era mejor que pasasen de ti. ¿A qué se refería? Abrió la boca para tratar de volver al tema, pero fue él quien habló primero.

—Que sepas que no te robé la idea —dijo en voz baja. Las luces de la fuente se reflejaban en sus ojos—. Yo no haría algo así.

Annika lo observó en busca de algún tic que revelara que mentía o que se sentía culpable, pero solo vio sinceridad en su expresión.

—Entonces, ¿no es más que una mera coincidencia? Te conté mi idea de reconciliar a las parejas, y fruto de eso ha nacido (Re)Médialo. De lo que tú me hablaste fue de crear una aplicación para ilustradores.

Él se frotó la mandíbula y rompió el contacto visual.

—Todavía sigo dándole vueltas a esa *app*. No he descartado la idea. Y que tú me hablaras de (Re)Médialo... (Re)Iníciate no se basó en eso.

Ella apoyó la mano en la piedra fría de la fuente y se quedó pensando en sus palabras.

—Vale, te creo. Más o menos. —Pero sí que lo hacía. Tal vez todo fuera una enorme casualidad y él ni siquiera hubiera pensado en ella al fundar la empresa.

Pero eso no lo exculpaba de todo. Seguía siendo el dueño de una empresa, y de una idea, que le parecía horrible.

—Entonces, ¿qué te llevó a crear (Re)Iníciate?

Él negó con la cabeza despacio y se la quedó mirando.

—¿Te acuerdas de lo que pasó en Las Vegas? ¿De cuando nos conocimos?

Annika bajó la cabeza con las mejillas arreboladas.

—Sí.

*Annika estaba ocupada mandándole un mensaje a June mientras entraba en el restaurante del hotel para desayunar. Aquella fue la única razón por la que se había ido a sentar en la silla más cercana a la puerta. Para su gran consternación, se dio cuenta de que se había sentado en el regazo de alguien.*

*Ese alguien acabó siendo un hombre de ojos verdes increíblemente guapo que dejó a Annika sin palabras. Muda.*

Y ahora, en la fuente secreta, se descubrió esquivando la mirada de Hudson. El recuerdo, y el hecho de que él también se acordase, volvió a traer a su mente que él le seguía pareciendo una persona distinta a entonces. Pasó una semana entera con él en un hotel de Las Vegas. ¿Qué había pasado para que ahora fuese de esta manera?

Sin saber qué más decir, Annika se quitó los zapatos y se volvió para meter los pies en la fuente. Se le cortó la respiración al instante.

—Dios, ¡qué fría!

Un instante después, Hudson la copió.

—¡Joder!

Annika se echó a reír.

—Si ni siquiera te has remangado los vaqueros. Vas a quedarte pajarito. Menudo palo para (Re)Iníciate.

La comisura de la boca de Hudson se elevó un poco.

—Y para el mundo en general.

Ella puso los ojos en blanco.

—Ego no te falta, eso está claro. No sé cómo hay gente que te aguanta. —Lo miró por el rabillo del ojo y movió los dedos de los pies en el agua—. Tu novia debe de ser una santa.

Él negó con la cabeza y desvió la vista al agua. En su piel se reflejaban las ondas.

—No tengo novia. Quizá hasta sea lo mejor dado lo mucho que trabajo.

Pasó un instante en el que Annika hizo desaparecer de golpe la leve punzada de felicidad que sintió.

—Me parece mucha coincidencia que te hayas mudado a mi edificio.

Él la miró, solemne.

—¿Insinúas que te estoy siguiendo?

Annika volvió a mover los dedos de los pies.

—¿Es verdad o no?

Hudson sacudió la cabeza y se la quedó contemplando.

—No. Le había echado el ojo hace bastante tiempo, así que cuando se quedaron libres dos oficinas supe que tenía que hacerme con ellas. Simplemente derribamos la pared para convertirla en una más grande.

Annika miró los pies de ambos dentro del agua. Los de él, pálidos, eran enormes comparados con los suyos. Eran diferentes en todos los sentidos. No sabía qué hacía allí, sentada en una fuente hablando con él.

—Eres diferente de como eras entonces.

Annika sacó los pies helados del agua y los apoyó en el borde de la fuente. Se acercó las rodillas al pecho.

—Te refieres a Las Vegas —especificó Hudson. Sus ojos verdes eran como los de un león; fijos, intensos. Él también sacó los pies del agua y le copió la posición hasta quedar de frente a ella.

—Sí. —Annika vio una sombra cruzar por su rostro, pero no supo interpretar por qué.

—A ver, han cambiado muchas cosas desde Las Vegas. —Hudson se pasó una mano por el pelo, despeinándose—. ¿Tú sales con alguien?

Annika, sorprendida, no pudo evitar soltar una carcajada.

—Llevo un año sin tener más de una cita con alguien. —Mierda. No tenía que haberle confesado eso. Malditos margaritas.

Hudson parecía extrañado.

—¿En serio?

Annika se encogió de hombros y volvió a mirar hacia el agua, que ondeaba por culpa del aire.

—Sí. Solo he tenido una larga sucesión de primeras citas o encuentros fortuitos.

Hudson apoyó los codos en las rodillas y gruñó.

—¿Qué? —exclamó ella a la defensiva—. ¿A qué viene ese gruñido?

Hudson clavó los ojos en ella.

—Supongo que me cuesta creerlo —confesó a regañadientes. ¿Le daba miedo ofenderla o qué?

Annika no apartó la mirada.

—¿Por qué?

El silencio entre ellos se alargó para después convertirse en algo de lo más interesante. Annika fue consciente entonces de que las puntas de los dedos de los pies de ambos se estaban rozando. De que estaban a solas en aquel patio tan romántico. De que los margaritas que había bebido a lo largo de la noche todavía recorrían su cuerpo y transformaban el mundo en una brillante fantasmagoría de oportunidades románticas, inhibiendo los neurotransmisores de su cerebro que se ocupaban de tomar las decisiones correctas.

—Por la misma razón por la que no dejo de pensar en Las Vegas —respondió Hudson en voz baja, agachando la cabeza para mirarla a los ojos.

Annika le copió el gesto.

—Para, anda. —Quiso mostrarse indiferente, pero la voz le salió temblorosa.

Hudson apoyó las puntas de los dedos sobre el dorso de la mano de Annika durante un instante. El corazón le martilleaba en el pecho como un pajarillo confuso y lastimero.

—Dime que tú no has pensado en ello. —A él sí que no le temblaba la voz. Annika se habría molestado de no estar sin aire y hecha un manojo de nervios.

Fue entonces cuando lo miró a los ojos y ella oyó el latir de su corazón en los oídos debido a los recuerdos que pugnaban por salir a la superficie.

—Puede que un poco —admitió. Su voz apenas salió como un susurro en el ambiente nocturno y templado. «Si me besa, le corresponderé», pensó. No sabía si culpar a la noche estrellada o al gesto de amabilidad que había demostrado al darle los ositos al indigente; o al hecho de que había dicho que emanaba una energía electrizante; o a la forma con la que la estaba mirando en ese momento. «Quiero besarlo. Aquí y ahora».

Él siguió mirándola. El momento se intensificó hasta que ella ya no pudo aguantarlo más. Estiró el brazo y rozó la comisura de la boca de Hudson con los dedos. Él cerró los ojos y lanzó un prolongado suspiro.

Annika lo tomó como un incentivo, por lo que se inclinó y, con el pulso latiéndole tan fuerte que creyó que hasta él lo oiría, rozó sus labios de manera suave y segura.

Por un momento, apenas un instante, sintió que los labios de Hudson se adaptaban a los suyos y notó la barba áspera contra su piel. Ella se inclinó todavía más para intentar profundizar el beso. Sin embargo, entonces, él posó sus manos enormes en los brazos de ella e hizo presión para que dejara de besarlo.

Annika se lo quedó mirando con la cabeza llena de feromonas e irritabilidad. Lo único que fue capaz de soltar fue un quejido al ver que él había frustrado su avance.

—¿Eh?

Hudson se la quedó mirando con una intensidad que le resultó de lo más sensual.

—¿Por qué me has besado?

Ella no entendió la pregunta.

—¿Que por qué te he besado? Porque quiero. —Parpadeó.

Los ojos de él eran como dos esmeraldas en la oscuridad.

—Porque quieres. ¿Seguro?

Annika sintió que los labios se le curvaban en una sonrisa.

—¿Que si quiero? Espera, que te lo demuestro. —Ella hizo amago de volver a inclinarse, pero las manos de él en torno a sus brazos eran como dos cepos que evitaban que se acercara.

—No, Annika. Esta noche has bebido mucho. —Se quedó callado un momento. Pasaron tantas expresiones por su cara que a ella le costó seguirles la pista—. Créeme, yo... me alegro de que hayas querido besarme, pero así no.

—No estoy tan borracha —dijo al tiempo que volvía a mirarle los labios.

Hudson medio sonrió ante su voz, pero habló con tono serio.

—Cuando te vuelva a besar, quiero que estés serena. No quiero que sea otro error.

Annika se echó hacia atrás con las mejillas sonrojadas. Le estaba diciendo que no quería besarla porque estaba borracha. Pero tal vez solo estuviera rechazándola de buenas maneras. Puede que todo ese tonteo en la clase de yoga y lo de preguntarle por lo de Las Vegas fuese solo eso: un tonteo.

—¿Nos vamos? —le preguntó mientras levantaba los pies y se volvía a calzar. No la miró a los ojos.

A Annika le dio la sensación de que se le paraba el corazón; sintió una oleada de decepción.

—Sí, claro.

Durante el trayecto a donde los recogerían los Uber, hablaron de cosas sin importancia y Annika se recompuso. Se alegraba de que Hudson no la hubiera besado. De que le hubiera parado los pies. Porque lo cierto era que tenía razón. Sí que había perdido la cabeza al querer besarlo; a él, a Don Rupturas, a Don Pectorales, a Don Sonrisitas, a Don Ojazos, a... Anda, su Uber ya había llegado.

# 7

Era sábado por la noche, lo que significaba que ya tocaba la visita semanal de Annika a casa de su padre en Hollywood Hills. Aunque nunca se lo confesaría a Hudson, la verdadera razón por la que le resultaba complicado conocer a gente eran sus cenas semanales con su padre. Los sábados por la noche era cuando normalmente más se salía, y Annika sabía que nadie comprendería su necesidad de pasar todos y cada uno de ellos con su padre. Nadie entendería la culpa que sentiría al dejarlo solo en aquella gigantesca casa ahora que ella ya no estaba allí para llenarla con un mínimo de ruido.

Aparcó en el largo y sinuoso camino de coches, salió de su Honda Accord híbrido y se detuvo. Las colinas se veían a lo lejos, con el crepúsculo tiñéndolas de tonos rosáceos y púrpuras. Respiró hondo; incluso tras todos estos años fuera, esta seguía siendo su casa.

Subió los anchos escalones de la entrada y entró. La gigantesca araña de luces de cristal que colgaba del techo del vestíbulo desde antes de que ella naciera brilló y titiló, dándole la bienvenida.

—¡Papi! ¡Ya estoy!

Él salió de la cocina, con un medio delantal a rayas atado alrededor de su esbelta cintura.

—¡Ani! —La aupó en un abrazo y luego la agarró por los hombros y la examinó con ojo crítico de médico—. ¿Estás comiendo?

Annika resistió la necesidad de poner los ojos en blanco. Todas las semanas su padre le preguntaba lo mismo. Era como si tuviera miedo de que, sin él preparándole sus deliciosas recetas, ella fuera a morirse de hambre o algo. Daba igual que llevara viviendo sola —y cocinando para sí misma, o pidiendo comida, que básicamente contaba igual— seis años.

—Sí, estoy comiendo. —Le dio un besito en la mejilla recién afeitada.

—Entra y tómate un vaso de limonada casera. —Annika siguió a su padre y a los compases de Vivaldi procedentes de la cocina, que la transportaban de nuevo a su época de instituto.

Solía sentarse a la barra de la cocina a hacer deberes mientras su padre cocinaba y Vivaldi les hacía compañía y los unía. Annika había crecido escuchando solo música clásica. Incluso ahora, era capaz de identificar el compositor y la pieza para cada melodía de música clásica que oyera. A June le reventaba que le interrumpiera algún anuncio especialmente emotivo o de pruebas de embarazo gritando el título de la pieza que ponían de fondo, pero Annika no podía evitarlo. Su padre le había inculcado ese conocimiento y aprecio por la música clásica.

Se sirvió un vaso de limonada de fresa de la jarra de cristal y se sentó donde siempre lo hacía a la barra.

—¡Huele genial!

—Gracias. —Su padre parecía orgulloso, como siempre que ella alababa sus dotes culinarias. Señaló la olla burbujeante sobre el fuego y dijo—: Esta es la salsa picante de frutas tropicales que va con el cerdo kalua.

Ella se lo quedó observando durante unos minutos mientras se movía con eficiencia por toda la cocina, sacando una bandeja de rollitos hawaianos calientes del horno. Una sensación de felicidad y alegría la recorrió de pies a cabeza.

De forma ocasional, Hudson se colaba en su mente, pero ella lo desterraba enseguida usando sus técnicas de meditación. Se imaginó el fluir de un arroyo en vez de la forma en que se había inclinado para besarlo y cómo él la había detenido con las manos. *Él* la había detenido. Él, que se suponía que no era más que un bache en su vida.

Se imaginó el arroyo fluir justo por encima de su cara.

—¿En qué piensas?

Annika casi se ahogó con la limonada.

—¿Q-qué?

Su padre meneó una mano, envuelta en una manopla, en el aire.

—Estás en tu mundo, como si estuvieras intentando hacer un esquema del genoma humano en la cabeza.

—Ah. Eh... no. Definitivamente no. —Trató de soltar una risilla. Ya sabía lo que se avecinaba.

—Aún no es demasiado tarde para ir a la facultad de medicina. —Ahí estaba. Aun a espaldas de ella, ella sabía qué expresión tenía su padre en la cara: seria, preocupada y condescendiente a partes iguales.

—Lo cual sería genial si quisiera ser médico. Pero no es el caso.

Se volvió y la miró. La tenue iluminación brillaba en su pelo cano impecablemente peinado.

—¿Y por qué no?

Annika levantó las manos.

—Papá. ¿Puedes, por favor, no empezar? Ya hemos tenido esta conversación muchas veces. Tengo trabajo, ¿recuerdas? Tengo mi propio negocio. ¿Cómo crees que me siento cada vez que mencionas la facultad de medicina?

Su padre frunció el ceño.

—¿Cómo te sientes? —repitió, como si esas palabras no tuvieran sentido para él.

Ay, madre. ¿Por qué cada vez que discutían Annika sentía como si se la hubiera tragado un remolino y volviera a tener quince años?

—Sí, ¡cómo me siento! Las personas tenemos sentimientos, papá, y ahora mismo no me estás haciendo sentir muy bien que digamos.

Él seguía confundido.

—Pero esto no tiene nada que ver con los sentimientos, sino con tomar una decisión profesional que te asegure una estabilidad económica.

Annika lo atravesó con la mirada.

—Hay más cosas en la vida que el dinero. —Sabía que no estaba siendo del todo justa. Su padre no era superficial y siempre había sido muy generoso con ella. Pero ya la estaba sacando de quicio.

—Ya lo sé. Y cuando tengas dinero, podrás disfrutar de esas otras cosas mucho más. Yo te lo digo, Annika. A los cinco años después de haber acabado la carrera, ya no tuve que volver a preocuparme ni una sola vez por cómo pagar las facturas. —Le dedicó una miradita—. ¿Puedes tú decir lo mismo?

Annika sintió cómo la presión arterial le subía, junto con la vergüenza.

—No. Aún no. Pero eso no significa que vaya a ser siempre igual.

—¿Tienes idea de cuándo va a cambiar?

Annika agarró su vaso y deslizó los dedos por la condensación del cristal.

—Estamos trabajando en algunas cosas. El dinero llegará.

—¿Cómo? ¿Tenéis un plan que os asegure un flujo de caja estable? ¿Cómo vas a cuidar de ti misma? ¿Cómo vas a mantener una familia algún día? Esas son las cosas en las que tienes que pensar y empezar a plantearte ahora.

—Papá, por favor. Formar una familia no entra en mis planes ahora mismo. Y ya me las arreglaré, ¿vale? Muchos nuevos negocios pasan por esto.

—Yo solo me preocupo por ti, Ani.

—Bueno, ¡pues no tienes por qué preocuparte! Ya soy una mujer adulta. Puedo cuidar de mí misma. No hace falta que te preocupes.

Él sonrió un ápice.

—Soy tu padre.

Annika negó con la cabeza, se puso de pie y dejó la limonada allí olvidada.

—Voy a salir al balcón un rato.

Salió de la cocina antes de que él pudiera responder, recorrió el pasillo hasta el gran salón y atravesó las puertas de cristal que daban a la enorme terraza con vistas a las montañas a lo lejos. Ahora ya casi era noche cerrada. Annika encendió la chimenea de gas y se quedó contemplando un momento las llamas bailar.

Su padre la quería, eso lo sabía. Eso nunca lo había puesto en duda. Pero cada vez que hacía como que (Re)Médialo no era un negocio «de verdad» y que su trabajo no era «de verdad», sentía que la ponía en duda. Permaneció en el balcón un buen rato, hasta que lo oyó acercársele por la espalda.

Se colocó justo a su lado.

—Plutón.

A ella se le relajaron los hombros.

—Plutón.

—A tu madre le encantaban estas vistas, ¿sabes? Las luces de la ciudad a lo lejos, la silueta de las colinas al atardecer hasta que la noche se las lleva consigo... Creo que fueron las vistas lo que hizo que se decantara por esta casa. Decía que te criaría en esta misma terraza. —Se rio.

—¿Por eso no quieres irte? —preguntó Annika, mirándolo—. ¿Porque te recuerda a ella?

Tragó saliva.

—Sí. Es demasiado grande para mí solo, pero... irme sería como abandonarla a ella también.

«Así es como yo me siento con (Re)Médialo», pensó Annika, pero no reunió el valor para decirlo en voz alta. No sabía si su padre lo entendería o le restaría importancia. (Re)Médialo era un homenaje al amor de sus padres. Desde que tenía cuatro años, lo único que

Annika había deseado era darles a su madre y a su padre una segunda oportunidad, para, de algún modo, cambiar el pasado. Conforme se fue haciendo mayor, se dio cuenta de lo imposible que era eso, pero se centró en hacer por otras personas lo que no pudo hacer por sus padres.

—¿Te arrepientes, papá? —le preguntó con suavidad—. ¿Alguna vez te arrepientes de haberte enamorado tanto de mamá, y luego...?

—¿Perderla nada más empezar?

Annika asintió.

Su padre sonrió.

—Nunca. Para empezar, me dio a ti. —Le frotó la espalda y Annika sonrió también—. Luego, ¿cómo puedo arrepentirme de lo más bonito que me ha pasado en la vida? ¿Desearía que no hubiera contraído cáncer para que pudiese seguir aquí con nosotros? Con todas mis fuerzas. Pero arrepentirme de enamorarme de ella sería como arrepentirse de ver una lluvia de meteoritos solo porque no ha durado para siempre. Tú tampoco lo harías, ¿verdad? Simplemente se disfruta del momento. Mientras sucede, te sientes embelesado, cautivado y feliz. Y luego siempre recuerdas con cariño ese momento en que pudiste verlo con tus propios ojos.

—Es una forma muy inspiradora de verlo. —Apoyó la cabeza en su brazo—. ¿Nunca te sientes solo?

Su padre le dio unas palmaditas en la cabeza.

—¿Contigo viniendo todas las semanas? Qué va.

Pero bajo la superficie, pudo oír el vacío en su voz.

Cenaron no mucho después de eso. Incluso siendo vegetariana a excepción de cuando iba a ver a su padre (que ya se preocupaba bastante por su ingesta diaria de proteínas de por sí), Annika tenía que admitir que el cerdo estaba tan bueno como había esperado.

—Mmmm. —Cerró los ojos y saboreó el último bocado. Estaban sentados a la mesa en el jardín de atrás, iluminados por una ristra de lucecitas y faroles. A lo lejos, se oía una pequeña cascada artificial—. En serio, papá, podrías dejar el trabajo y participar en algún programa de cocina y convertirte en un chef famoso por ahí.

Él se rio por lo bajo y se limpió la boca con una servilleta.

—La cocina solo es una afición. Pero me alegro de que te guste. Tu madre siempre opinaba que era un pelín demasiado aventurero.

«Es como si siguiera aquí», pensó Annika. «Está presente en casi todas las conversaciones que tenemos, y no está desde hace casi veinticinco años».

—Me encanta. ¿Hay más para que pueda llevarme?

Su padre sonrió, satisfecho.

—Pues claro.

—Genial. —Annika se reclinó en la silla con el estómago lleno y el cuerpo calentito de la copa de vino tinto que se había tomado.

—¿Qué tal anda June? —June era una de las personas favoritas de su padre. Lo único que disfrutaba más que darle de comer a Annika era darle de comer a June, en la rara ocasión que viniera también con ella.

—Muy bien. Ya le tiene echado el ojo a alguien.

—Anda, ¿sí? ¿El gerente de fondos ese que tan emocionada la tenía?

Annika arrugó el ceño.

—No, él no. Con ese la cosa no salió bien; resulta que era un poco imbécil. Pero el tipo que le gusta ahora parece simpático. Trabaja al otro lado del pasillo. Es el copropietario de (Re)Iníciate.

—Ah, sí. Junto al hombre aquel del que me hablaste. ¿Cómo se llamaba?

—Hudson. —A Annika se le aceleró un tanto el pulso. Recuerdos de la noche en la fuente resurgieron una vez más, como un nido de bichos del que pensabas que te habías deshecho, pero que seguían escondidos en un agujero en algún lado de la casa. Dio un buen trago de agua fría—. Hudson Craft.

—Ah, sí, Hudson. —Hubo un momento de silencio en el que ambos se sumieron en los recuerdos. El titilar de las luces se reflejaban en las gafas de su padre como las estrellas—. ¿Y tú qué?

—¿Yo qué? —Annika se preguntaba si se habría perdido algo porque había estado distraída pensando en Hudson otra vez.

—¿Le tienes echado el ojo a alguien? ¿Como June?

«No, y el último tipo al que he intentado besar prácticamente salió huyendo de mí. No es que fuera muy halagador que digamos». Annika meneó una mano.

—No tengo tiempo para eso.

Su padre se reclinó en la silla y el mimbre crujió con el movimiento.

—¿En serio? ¿Que no tienes tiempo? ¿Y crees que eso va a cambiar? Eres tú la que tiene que sacar tiempo.

—No todos tenemos la suerte de conocer a nuestra alma gemela a los veintitrés, papá. Además, yo soy feliz como estoy.

Su padre le dio unas palmaditas en la mano.

—Ya lo sé —dijo, pero pudo atisbar otra vez la preocupación en sus ojos.

Por una vez, Annika deseó no sentirse como si estuviese decepcionando a su padre en todos los aspectos.

A la tarde siguiente, Annika se encontraba sentada en el suelo de su apartamento vestida con una vieja camiseta de la UCLA y unos pantalones de chándal mientras usaba unas pincitas para ir colocando pegatinas en un dibujo.

Por organizada que le gustara mantener la oficina, su apartamento era todo lo contrario. Era el único lugar en el que no tenía que preocuparse por que pareciera ordenado y pulcro. Aquí podía dejar salir a su yo más puerco y a nadie le importaba.

Los ácaros de polvo flotaban en la luz del sol que entraba por las puertas de cristal a su derecha. Los cojines estaban tirados por el suelo, donde Annika a menudo se sentaba. Sobre la mesilla auxiliar había una pila de libros: autobiografías de empresarios, manuales para empresas emergentes en el ámbito de la tecnología, y, por supuesto, románticos. La taza de café de June se encontraba junto a una macetita en un extremo de la mesa, que no era más que montón de ramitas, ya que la planta debió de haberse muerto por exceso de agua hacía semanas. Estaban emitiendo *Algo para recordar* en la tele, aunque ni ella ni June le estaban prestando mucha atención; igualmente se sabían todos los diálogos de memoria.

—Se ve tedioso —comentó June desde donde se encontraba repantingada en el sofá azul marino con rayas blancas. Llevaba unos pantaloncitos viejos y un top corto, pero de alguna manera seguía pareciendo tener tanto glamur como una antigua estrella de Hollywood.

—Sí... pero es relajante. —Annika, con cuidado, colocó una pegatina morada sobre la nariz del león.

—Bueno, me he enterado de algo que no te va a relajar tanto —dijo June con la nariz arrugada—. Ziggy me ha dicho que la *Time* está preparando un artículo sobre Hudson y (Re)Iníciate. Para hablar de «su meteórica escalada en el sector tecnológico», o algo así. Van a ponerlo como el próximo Zuckerberg.

Annika apretó las pinzas.

—Pues claro. Y los inversores del ÉPICO lo verán y alucinarán seguro. Mierda. —Tras una pausa, añadió—: Pero ¿sabes qué? Hablemos de otra cosa.

Ya había pasado bastante tiempo pensando en Hudson Craft y en su casi beso y lo que implicaba que hubiese querido besarlo. Le había estado dando vueltas y más vueltas, como un tiovivo que nunca paraba. Tenía el cerebro tan frito que ni siquiera contaba con la fuerza necesaria para contarle a June lo que había pasado. Annika miró a su mejor amiga. Pronto se lo contaría. Solo que no ahora mismo. Tampoco quería estresarse por lo de la entrevista en la *Time*.

Ya habría tiempo luego para hacer control de daños. Ahora mismo se encontraba mentalmente agotada y necesitaba un respiro.

Levantó la vista hacia June.

—Ziggy y tú salisteis anoche otra vez, ¿verdad? ¿Qué tal fue?

June agachó la mirada hasta sus manos, que estaban jugueteando de manera obsesiva con un par de hilachos del sofá. Annika resistió la necesidad de detenerla antes de que se lo deshilachara entero y se desmoronara debajo de ella.

—Fue... —June suspiró—. No sé.

Annika levantó la mirada de su dibujo y dejó una pegatina de color ámbar que iba en el ojo del león pendiendo peligrosamente de las pinzas.

—Vaya. Eso no suena muy bien.

—Bueno, sí que empezó bien. Fuimos a lanzarnos en tirolina. Madre mía, qué subidón. Lo digo en serio, Annika, en la próxima cita que tengas, asegúrate de hacer algo que te active la adrenalina. Teníamos las mejillas encendidas y los corazones acelerados... mejor afrodisíaco, imposible.

Annika medio sonrió.

—Gracias por el consejo. Tampoco es que lo vaya a necesitar en un futuro cercano. —June frunció el ceño y abrió la boca para decir algo, pero Annika la interrumpió con la mano—. Prosigue.

—Vale, luego fuimos a cenar a La Rouge, y entonces... yo sugerí ir a nadar desnudos.

Annika se rio y eligió otra pegatina.

—Buena elección.

June sacudió la cabeza y se sentó con las piernas cruzadas.

—Esa es la cosa, que él *no* quería ir a nadar desnudos.

Annika abrió los ojos como platos, tanto que tuvo la sensación de que se le fueran a salir de las cuencas.

—Espera, ¿qué? ¿Que no quería ir a nadar desnudo *contigo*?

June se mordió el labio y movió el dedo por una de las rayas del sofá.

—Me miró bajo la luz de la luna y me dijo: «Eres preciosa. Y no sabes lo difícil que es para mí decirte esto, pero... No creo que debamos. Quiero ir despacio». —Enterró la cara en las manos—. Yo ya me había empezado a desnudar y tuve que volver a ponerme el top. Fue *horrible.*

Annika dejó las pinzas y estiró el brazo para darle un apretón a su amiga en la rodilla. De pronto cayó en la cuenta de que esta era la primera vez que un tipo rechazaba a June.

—Lo siento. Pero...

June miró a Annika por entre sus uñas pintadas.

—Pero ¿qué?

Annika se encogió de hombros y dijo, vacilante:

—Me da la impresión de que te dijo eso precisamente porque le gustas. En plan, que le gustas de verdad.

—¡No! —rebatió June al instante, como Annika había supuesto que haría. Agarró la taza de café—. *No* le gusto. Venga ya, si apenas nos conocemos. Probablemente le incomode el sexo o cualquier cosa.

Annika se quedó contemplando a su amiga durante un momento.

—¿Y qué harías tú? —le insistió—. Si de verdad le gustas. ¿Seguirías saliendo con él?

June la miró por encima del borde de la taza, donde el humo envolvía su pálido rostro.

—No... no lo sé —respondió, completamente confundida.

—Madre mía. —Annika se la quedó mirando—. Esta es la primera vez que has respondido con otra cosa que no sea: «Pasar página, porque los hombres son como los trenes. Cuando uno se va, siempre hay otro que viene».

—Eso no significa nada —dijo June, pero evitando mirar a Annika. «Interesante. Muy interesante»—. ¿Podemos hablar de otra cosa?

—Claro. —Annika volvió a sujetar las pinzas y se giró para examinar la paleta con las pegatinas de colores—. Por supuesto.

Si de verdad había algo entre ellos —si Ziggy de verdad estaba arreglándoselas para entrar en el corazón de su amiga—, Annika se alegraría por ella. Un montón. Pero había una pequeña parte de ella que se sentía... «Celosa» era una palabra demasiado fuerte. Mejor «inquieta». Sí, esa se acercaba más.

June tenía un montón de primeras citas porque ella quería, no porque nunca la llamaran, a diferencia de Annika. Ella siempre decía que los veinte eran para salir por ahí y pasárselo bien y los treinta, para casarse y tener críos. Tenía toda la vida planificada, una vida que hacía sentir a Annika infinitamente mejor al no tener un novio serio todavía. Y aquí estaban ahora, a sus veinticuatro años y June que parecía estar cambiando de idea. ¿No era un poco pronto para hacerlo?

Y si June había encontrado al adecuado cuando ni siquiera lo había estado buscando, ¿dónde dejaba eso a Annika, que siempre había estado abierta a empezar una relación seria? ¿Estaba perdida sin remedio y abocada a la soledad?

—Oye. —June chasqueó los dedos. Annika parpadeó y la miró—. ¿En qué piensas? Tienes cara de Ígor después de que hayan atropellado a su perrito.

Annika se obligó a sonreír.

—¡En nada! Es solo que... le estoy dando vueltas a lo de tener citas y eso. Nada más.

June entrecerró los ojos; a ella no se la engañaba tan fácilmente.

—Ajá...

Annika dejó las pinzas en la mesita y torció el gesto, incapaz de guardar el secreto durante más tiempo.

—Pasó algo el jueves por la noche.

June le dio un sorbo al café y aguardó a que continuara. Conocía a Annika lo suficiente como para saber cuándo presionarla y cuándo no.

—Con Hudson. Después de la fiesta en la azotea. —Annika respiró hondo, colocó las dos manos sobre la mesita auxiliar y lo soltó atropelladamente—: Me dijo que no podía dejar de pensar en Las

Vegas y yo le dije que yo también le había estado dando vueltas y, entonces, me dejé llevar por el momento e intenté besarlo y él me detuvo y me rechazó. Ah, y no creo que, después de todo, me haya robado la idea para la *app*.

June soltó la taza despacio.

—Dios santo. Eso es *mucha* información.

—Sí, lo sé. Lo he soltado todo de golpe.

—Entonces él piensa en ti.

—Sí.

—Y tú en él.

Annika puso una mueca.

—Eh... sí.

—¿E intentaste besarlo, pero él te dijo que no? —June frunció el ceño—. ¿Por qué?

Annika se apoyó contra el sofá y gimió.

—Dijo que era porque había bebido mucho y quería que estuviera en mis cabales cuando me besara, pero no sé. Probablemente no fuera más que una excusa, ¿verdad?

June se encogió de hombros.

—No sé. O sea, yo vi cómo te miraba esa noche. No creo que haya alguna parte de él que no quiera besarte. —Se calló un momento y se inclinó hacia delante—. ¿Cabe la posibilidad de que solo sea... un caballero?

Annika resopló.

—El creador de (Re)Iníciate, ¿un caballero? Lo dudo.

June se echó hacia atrás.

—Pero no crees que te haya robado la idea de (Re)Médialo y la haya convertido en (Re)Iníciate.

—No. En eso parecía bastante sincero. No sé muy bien cómo se le ocurrió montar (Re)Iníciate, pero... —Apagó la voz y se encogió de hombros antes de volver a agarrar las pinzas.

Solo se oía el silencio, aparte del personaje de Meg Ryan hablar con ese prometido que todos sabían que no le hacía ningún bien.

—Pero no quieres salir con él —añadió June, como si nada, como si la respuesta, fuera cual fuese, no le importara.

—¡No! —Annika levantó la mirada hacia ella—. June, ¿Hudson y yo? ¿De verdad te lo imaginas? No funcionaría. Nuestras filosofías de vida y de hacer lo correcto son tan diametralmente opuestas que el universo explotaría si saliéramos juntos.

—Vale —respondió June, encogiéndose de hombros—. Lo capto. Pero, eh, si no vas a salir con él... Ziggy me ha hablado de un tipo que conoce, es griego y se llama Alesandro. Le va muy bien con su propia pastelería y...

Annika levantó una mano.

—Echa el freno ahí, amiga. No.

June tomó uno de los cojines, se lo llevó al regazo y lo abrazó antes de que su teléfono sonara con la notificación de un mensaje. Comprobó la pantalla, apartó el móvil y puso una mueca.

—*Puaj.* Harry el gerente de fondos. Ha estado intentando que tengamos otra cita. —Volvió a girarse hacia Annika—. Pero, de verdad, lo de Alesandro puede ser la caña. Yo saldré con Ziggy durante un tiempo; tú con Alesandro, y luego podemos ir a citas dobles juntas y todo...

Annika colocó una pegatina en el hocico del león y enarcó una ceja ante la memoria selectiva de su mejor amiga. Qué conveniente.

—¿Me estás vacilando? Solo he ido a dos citas a ciegas en toda mi vida y las dos fueron un completo desastre.

—Venga ya. ¿Qué probabilidad hay de que el pelo de Alesandro eche a arder? ¿O de que lo atropelle un mensajero en bici mientras camináis por la ciudad? —Agarró la taza y la meneó en el aire sin darse cuenta de las gotitas de café que cayeron sobre la alfombra.

Annika suspiró y tomó otra pegatina del muestrario, aunque por culpa de los nervios, la rompió ligeramente por una esquina.

—No sé, pero con mi suerte, probablemente el cien por cien.

June sujetó el móvil de la mesita.

—Vale, pero al menos mira una foto suya. ¿No es adorable? Además, no tendrías que preocuparte por que el universo explotara si salieses con él. Tenéis muchas cosas en común. —June le tendió el teléfono a Annika.

Alesandro era un tipo con la piel olivácea, de unos veintimuchos, y con los ojos marrones que se le arrugaban en los bordes cuando sonreía. También vestía de manera decente: con una camisa con el cuello abierto y vaqueros oscuros. Se estaba quedando calvo, pero eso no era problema. Sí que parecía ser un buen tipo. Había pasado mucho tiempo desde que Annika saliera con uno así.

Suspiró y la sonrisa de June se agrandó, como si percibiera debilidad. Pero permaneció sentada en silencio.

—Vaaale —cedió Annika, girándose de nuevo hacia el muestrario de pegatinas—. Iré. Dile a Ziggy que me apunto.

Un par de pensamientos cruzaron su mente: «¿Se lo diría Ziggy a Hudson? ¿Se pondría Hudson celoso?». Negó con la cabeza, molesta consigo misma. ¿Por qué iba a molestarse Ziggy en mencionárselo? Además, no podía permitirse pensar así. Hudson y ella no funcionarían nunca. ¿Encontraba a Alesandro tan atractivo como Hudson? Pues no. Pero eso no venía al caso. Todos sabían que la atracción física debería ser tan solo una pequeña parte de la ecuación. Y la atracción emocional probablemente llegase pronto. Tal y como había dicho June, Alesandro tenía más cosas en común con ella que Hudson.

June soltó un chillido y empezó a escribir a toda prisa en el móvil.

—Vale, hecho. Ya te diré qué días le vienen bien y lo hablamos.

—Genial. —Annika colocó una pegatina blanca en la melena del león con una sensación aciaga en el cuerpo. Aquí estaba otra vez, saliendo a la palestra. El gran número de primeras citas que había tenido solo el año pasado le decía que no serviría de nada, pero al menos hacía feliz a June.

El teléfono de June sonó con un mensaje y ella soltó una risita antes de responder. Annika suspiró.

# 8

El lunes por la mañana June ya estaba en su escritorio escribiendo afanosamente cuando Annika llegó a las ocho.

—Hola —la saludó al tiempo que dejaba el café en la mesa y guardaba sus cosas de yoga en el armario. Por suerte, después de aquella vez en que se habían encontrado en el Árbol Feliz, Hudson no había vuelto a ir a sus clases. Seguro que no le gustaba nada que requiriera de una gran fuerza interior y conciencia a partes iguales, como en el caso del yoga—. Has llegado temprano.

June le lanzó una sonrisa amplia.

—Sí. Y he avanzado con el algoritmo de agresión. Estoy terminando el código.

—¡Genial! —Annika encendió el portátil y le pegó un sorbo al café mientras esperaba y miraba la oficina con satisfacción. El espacio era perfecto. Las ventanas arrojaban cuadrados de luz sobre las paredes y destacaban el cuadro sobre el sofá—. Cuando acabes, me gustaría echarle un vistazo.

—Claro. —June se volvió hacia la pantalla un momento antes de volver a levantar la cabeza—. Ah, por cierto, ¿qué te parece lo del voluntariado de esta tarde?

Annika se encogió de hombros.

—Me parece bien. Programar es Poder es una de las organizaciones benéficas preferidas de Lionel Wakefield. Debería ser un evento bastante informal. Espero que sea fácil caerle bien antes del ÉPICO. Además, desempeñan una muy buena labor, así que era de cajón ofrecer los servicios de (Re)Médialo.

June se recostó en la silla.

—Básicamente seremos (Re)Médialo y un par de empresas emergentes más hablando frente a algunos adolescentes emprendedores, ¿no?

—Eso es. Por lo visto, la directora ejecutiva de Programar es Poder es la mejor amiga de Lionel, así que, si conseguimos impresionarla, le llegará a Wakefield, y entonces puede que tengamos el ÉPICO en el bote. —Sonrió. Le gustaba ese subidón de adrenalina habitual previo a un evento en el que sabía que lo iba a bordar.

June asintió.

—Me alegro de que lo veas con tanto optimismo. —Se quedó contemplando a Annika mientras trasteaba con su figurita de Darth Vader.

—¿Qué pasa? —El entusiasmo de Annika empezó a demudar en preocupación.

—No es nada, pero... Ziggy me ha comentado que también han invitado a (Re)Iníciate y que Hudson va a dar una charla.

Annika se la quedó mirando.

—¿Qué? ¿Cuándo?

—Por lo visto hace un montón de tiempo. ¿No te lo dijeron los de Programar es Poder?

—No. No me han dicho nada.

June torció los labios.

—Pero... no importa, ¿verdad? Te parece bien y tal, ¿no?

A Annika le faltó tiempo para girarse hacia su portátil.

—Eh, no, sí. Me parece bien. ¿Por qué debería importarme que esté allí?

Hudson y ella no habían vuelto a hablar desde aquel extraño cuasi beso en la fuente el jueves, lo cual no importaba. En lo que a ella respectaba, no había nada de lo que hablar. Y punto.

—Que por qué, dice. Solo es Hudson Craft y os saboteáis cada vez que podéis. Nada importante.

Annika la atravesó con la mirada.

—¿Estás burlándote de mí?

June abrió mucho sus ojos azules.

—Claro que no. —La risa teñía sus palabras—. Solo digo que, participando los dos, sabes que tendrá algo pensado, ¿no?

—Claro que lo sé. Siempre está igual. Nunca hay que confiarse con él. —Annika metió la mano en el cajón para buscar a SiSi y empezó a aplastarlo—. Pero ¿sabes lo me gusta de Hudson? Que siempre subestima a su oponente. Y yo no soy tan niña buena como se cree. —Esbozó la sonrisita más malévola que pudo—. Así que dile a Ziggy que le diga eso a Hudson.

June soltó un quejido.

—Es como volver al instituto. —Al ver que Annika entrecerraba los ojos, añadió—: Vale, vale, lo haré. Pero primero voy a acabar este código de aquí y lo subo al repositorio.

—Me parece bien. —Apartó a Hudson y al fórum tecnológico de su mente, volvió a dejar a SiSi en el cajón y abrió el documento de Word en el que había empezado a preparar su presentación para el ÉPICO.

Leyó todos los puntos uno por uno un par de veces. Comenzaron a hormiguearle las manos y a acelerársele el pulso. Podía visualizarlo; podía ver por dónde tirar.

Acercó el portátil a su regazo y empezó a escribir lo que veía con diligencia. Apenas oyó a June cuando le dijo:

—A alguien se le ha ocurrido algo...

Cuando Annika dejó a un lado el documento tres horas después, vio a Hudson llamar a la puerta y entrar en la oficina.

Se irguió y echó la silla hacia atrás a pesar de que apenas había espacio para maniobrar dado que él ya ocupaba bastante de por sí.

Parpadeó, mareada por todas las ideas que se le habían estado ocurriendo escasos momentos antes.

—Ah...

El escritorio de June estaba vacío. Ni siquiera la había oído irse. Annika pestañeó y movió el cuello en círculos para volver al presente. Sí, allí estaba Hudson de verdad. Se empezó a sentir incómoda al recordar cómo habían terminado su último encuentro.

—¿Qué... eh... qué haces aquí?

Él le dedicó una sonrisa sosegada, como si pudiese leerle la mente.

—Ya es hora de ir al fórum tecnológico. He pensado que podríamos ir todos juntos. Ziggy, Blaire y June están esperando junto a los ascensores.

—¿Ya? ¿Qué hora es? —Fue a agarrar su bolso del armario.

—Casi las doce.

Justo entonces a Annika le sonaron las tripas. Se dio cuenta de que no había picado nada, algo que siempre solía hacer a esa hora.

—Más vale que alimentes a lo que sea que tengas ahí dentro —bromeó Hudson.

Annika lo miró mal de camino a la puerta. ¿Iba a fingir que todo estaba bien entre ellos? ¿Que no la había rechazado? ¿O es que ahora eran amigos?

—Algunos trabajamos para ganarnos el pan, y eso significa saltarnos alguna que otra comida. —Aunque fuera sin querer.

Él ni se inmutó ante su bordería.

—Ya. Me he encontrado a Seetha en el aparcamiento de camino al trabajo. Me ha comentado que te perdiste la clase de yoga del viernes, así que le he dicho que me pasaría a saludarte. —Se calló un momento y, cruzándose de brazos, se apoyó contra el marco de la puerta. Hoy llevaba una camisa verde que conjuntaba con sus ojos—. Hola.

Annika lo miró mientras salía al pasillo con la barbilla en alto.

—Hola.

Un instante después, él la siguió.

—¿Estás nerviosa por tener que hablar frente al mismo público que yo?

Annika puso los ojos en blanco. Podía oír a June y Ziggy al final del pasillo, justo al doblar la esquina. Estaba cerca de ser libre y no tener la atención de Hudson únicamente puesta en ella.

—Sí, estoy como un flan pensando lo genial que les voy a parecer después de que te oigan hablar más de dos segundos seguidos.

Hudson no respondió. Ella se volvió y lo vio con la cabeza ladeada, contemplándola.

—Estás cabreada porque no te besé —dijo al final, lanzándole una sonrisilla torcida y engreída—. Pues que sepas que eso se puede arreglar ahora mismo. No has bebido nada todavía, ¿no?

Annika farfulló durante unos diez segundos antes de contestarle.

—Eres de lo que no hay —murmuró lo suficientemente alto para que lo oyera mientras se giraba y volvía a encaminarse hacia los ascensores.

Él soltó una carcajada.

—Confiésalo, sí que te molesta.

Annika aferró el bolso con más fuerza, aceleró y se negó a responder; no quería que Hudson supiese que tenía razón.

—¡Hola! —saludó a June en cuanto dobló la esquina que conducía a los ascensores—. Vamos juntas, ¿no? Las dos, me refiero.

June le sonrió.

—Ziggy ya me ha dicho que me llevaba a mí y a Blaire. —Se inclinó para susurrarle al oído—: Sabía que a ti no te importaría ir con Hudson.

¿Que *qué*? ¿Qué le hacía pensar a June que no le importaría ir con Hudson Craft?

—Sí —intervino Ziggy antes de que Annika pudiese sacar a June de su error—. En mi coche solo podemos ir cuatro; ¿os importaría a Hudson y a ti ir juntos?

—¡Claro que no! —respondió Hudson efusivamente a su espalda. ¿Cómo la había alcanzado tan rápido?

Ella se giró hacia él e intentó no atravesarlo con la mirada.

—Puedo ir en mi coche, gracias.

—Annika —Hudson sonaba sorprendido, aunque le brillaban los ojos—. Piensa en el medio ambiente.

Ella miró a June, la cual se encogió de hombros como diciendo «tiene razón».

—Tengo un híbrido —rebatió ella, mirándolo de manera altiva—. Al medio ambiente no le pasará nada.

El fórum tecnológico se celebraba en la Biblioteca de Manhattan Beach. Era un edificio de cristal con vistas al mar. Habían transformado el espacio al aire libre para el evento; en la parte delantera habían colocado un pequeño escenario con un atril y un proyector. El resto del espacio lo completaban un montón de sillas, seguramente para los adolescentes emprendedores, que no habían llegado todavía.

Annika, June, Hudson y su equipo se dispersaron. Los de (Re)Iníciate se quedaron hablando sobre un premio que iban a recibir de *Tecnologízate* y que deberían mencionarlo en la conversación con Rita Davenport, la directora ejecutiva de Programar es Poder, porque eso seguro que impresionaba a Lionel Wakefield. De vez en cuando Hudson le llamaba la atención por encima de las cabezas de Ziggy y Blaire, pero ella se obligaba a apartar la mirada siempre. No pensaba dejarse arrastrar por el remolino que era Hudson.

Caminó hacia las ventanas con June y se quedaron mirando el mar un rato. Annika inspiró hondo y se relajó.

—Conocer gente joven e interesada en la tecnología es bastante cool. ¿Cuántas chicas crees que habrá?

Cuando le daba el bajón por no progresar tan rápido como le gustaría con (Re)Médialo, Annika se recordaba que estaba enseñándoles a otras jóvenes emprendedoras que sí se podía. Que, aunque hubiera barreras, se podían superar.

—Espero que esta vez sean la mitad —comentó June, siempre optimista, al tiempo que se volvía hacia Annika y esbozaba una sonrisa fucsia.

—¿Annika Dev? ¿Hudson Craft?

Ambos se volvieron hacia la voz y vieron a una mujer negra de unos treinta y pico años aproximándose. Llevaba un vestido de tubo blanco y unas alpargatas. Les ofreció la mano con una sonrisa encantadora.

—Soy Rita Davenport. Hemos hablado por correo. Gracias por aceptar darles una charla a los chicos. No sabéis lo mucho que significa para ellos y para la asociación.

Hudson le estrechó la mano con firmeza. Annika se aseguró de estrechársela más fuerte aún.

—El placer es nuestro, Rita —respondió Hudson con esa disposición suya tan encantadora. Madre mía. Annika vio cómo embelesaba a Rita en tiempo real—. Eso es a lo que se dedica (Re)Iníciate: a ofrecer ayuda.

—Ja.

Rita, Hudson y June se volvieron para mirarla. Los ojos de él titilaron con molestia. *Ups.* No había querido decir eso en voz alta. Annika miró a Rita y añadió:

—Lo siento, tenía algo en la garganta. En (Re)Médialo hacemos lo mismo, solo que nosotros ofrecemos ayuda tanto a la sociedad como a quienes contratan nuestros servicios. Queremos que el mundo sea un lugar mejor. —Miró a Hudson, que tenía los ojos entrecerrados como pensando qué hacer a continuación.

—Me parece maravilloso —contestó Rita. Parecía un poco sorprendida. Se recompuso y añadió—: Bueno, me he enterado de que ambos vais a participar en el ÉPICO, en junio. Ya veo que hay cierta rivalidad amistosa entre vosotros. —Soltó una risa ronca y Annika se obligó a reír con ella, aunque se aseguró de que su mirada le transmitiera una cosa muy distinta a Hudson. «Vas a perder, Craft. Que gane el mejor». Él no parecía muy intimidado, pero eso no significaba nada. Ya vería cuando lo opacase delante de Rita.

—En fin —prosiguió Rita, sin darse cuenta—, los demás empresarios llegarán en cualquier momento. En cuanto estéis todos, llamaremos a los alumnos. ¿Os gustaría tomar un café o un té?

—Me encantaría un té, gracias, Rita. —Annika le dedicó una sonrisa afable—. Pero primero, ¿te importaría decirme dónde puedo enchufar mi portátil?

Para cuando Annika acabó de enchufar el ordenador en el único espacio libre junto al escenario, los demás empresarios habían llegado. Uno era un hombre coreano-americano alto y el otro, un hombre bajito y con gafas. Rita los presentó junto a la mesa de las bebidas y después se marchó para darle la bienvenida al primero de los estudiantes.

Hudson estrechó la mano de los dos hombres e inmediatamente después dijo:

—Si me disculpáis. Empiezo las presentaciones yo, así que quiero cerciorarme de que el sistema audiovisual esté bien conectado.

Annika lo vio marcharse y después se volvió hacia el coreano-americano, que se llamaba Tom.

—Yo soy la segunda, y creo que después vas tú, ¿verdad? —Tom asintió—. Bueno, pues espero que vaya bien. Creo que los tres —y en esa ocasión incluyó al hombre bajito, Gavin— vamos a hacerlo de miedo.

Gavin le dio un mordisco a un dónut con glaseado de chocolate.

—Pues no sé. (Re)Iníciate es bastante buena. Creo que nos hará sombra.

Annika soltó una carcajada.

—Son inofensivos, Gavin. Yo que tú no me preocuparía mucho.

—Pero no es ninguna competición ni nada, ¿no? —Tom se abrió el cuello de la camisa. Parecía nervioso—. Pensaba que solo había que dar una charla para los chicos. No me habían dicho nada sobre una competición.

Annika miró a Hudson, que estaba trasteando con el micrófono en el escenario, y entrecerró los ojos.

—Siempre es una competición.

Tuvo que admitir que la cadencia de Hudson fue genial. Su presentación fue breve, divertida y estuvo cronometrada a la perfección. Acabó exactamente a los siete minutos y dejó tres para preguntas y respuestas. Qué pena no haber tenido tiempo de planear algún tipo de sabotaje.

Annika se encontraba junto a la mesa de las bebidas. Observó que los adolescentes, que habían permanecido en silencio excepto cuando había que reírse, levantaron las manos cuando preguntó si querían decir algo.

—He visto por internet que (Re)Iníciate estaba en las veinte aplicaciones de citas más descargadas este mes. ¿Qué significa el éxito para alguien como usted? —preguntó deprisa un chico negro de pelo rizado.

Hudson respondió con firmeza agarrando el micrófono inalámbrico que había tomado del atril.

—Para mí el éxito es la única manera de seguir adelante. —Se encogió de hombros, pero sus ojos verdes titilaron con intensidad—. El éxito es la manera de demostrarte a ti mismo que te has ganado todos esos sacrificios que han hecho los demás para llegar hasta donde estás. El éxito no significa nada si no te empujas a ti mismo a esforzarte más que ayer. Es dar gracias por todo cuanto te han dado.

Annika frunció el ceño mientras masticaba lo que le quedaba del hojaldre con frambuesa. Para estar a punto de rozar la cima, sonaba... obsesionado.

—El concepto de (Re)Iníciate es genial. ¿Cómo se le ocurrió? —Un chico pálido y desgarbado con las mejillas sonrosadas fue quien formuló la pregunta.

Los ojos de Hudson se desviaron hacia Annika durante un instante.

—Gracias —le dijo al chico al tiempo que daba varios pasos hacia delante—. Fue un proceso complicado. Cuando pensaba en la forma que tenemos de salir con alguien, u otra cosa, me di cuenta de que la sociedad occidental carece de muchas cosas. No nos comunicamos. Si podemos, tratamos de evitar los sentimientos complicados. Y huir de ellos... solo crea más caos. Creé (Re)Iníciate para la gente que no sabe cómo decir dos simples palabras: «Hemos terminado». —Y en ese momento la volvió a mirar y elevó las cejas levemente.

Annika le correspondió el gesto y se encogió de hombros. Vale, de entrada, la explicación parecía razonable. Noble, incluso, en cierta manera. Pero al final lo que Hudson estaba consiguiendo era hacer daño a la gente con su aplicación. La usaban personas como el novio de Heather, la chica que había visto en el aparcamiento, donde habían roto con ella. Había sido brutal.

Sus pensamientos se vieron interrumpidos por los aplausos ensordecedores para Hudson. Él volvió a dejar el micrófono en el atril y giró el mango antes de levantar la mano y salir del escenario directo hacia ella.

Annika cuadró los hombros y, de manera discreta, se limpió las migas de las comisuras de la boca.

—Ya veo que lo has hecho lo mejor posible —le dijo cuando estuvo lo bastante cerca como para oírla—, pero deja que te enseñe cómo hacerlo mejor. —Esbozó la típica sonrisa de June de «que Dios te bendiga, pero te odio» y se encaminó hacia el escenario.

—Espero que puedas hacerlo con el portátil a punto de morir —dijo Hudson como si nada antes de sonreír y meterse un hojaldre de nata en la boca.

—¿Que qué? —Annika se giró para echar un vistazo al portátil al frente de la sala. Ya no tenía el cargador enchufado a la pared; en su lugar había un cargador para móviles conectado a uno que no era el suyo—. Pero ¿qué demonios? ¿Me lo has desconectado? ¿Eres así de rastrero?

Él terminó de masticar el hojaldre de nata, pensativo.

—Es que he estado escuchando unas canciones de mariachis de camino y me ha dejado la batería bajo mínimos. —Annika se puso como un tomate—. Así que tenía que cargar el móvil. Odio que baje del noventa por ciento.

—Serás... Serás... —Annika era como una olla a punto de explotar—. ¿Cómo se supone que voy a...? ¡Aj!

Hudson soltó una carcajada, impertérrito.

—Parecía que solo le quedaba un cinco por ciento, así que más vale que te des prisa en hablar.

Cerró las manos en puños para no hacer algo que pudiera constar en una ficha policial. Se dirigió hecha un basilisco al frente de la sala y echó un vistazo a su portátil. Ya estaba al cuatro por ciento; no sería suficiente para la presentación de diez minutos. «Mierda». Hudson tenía razón; tendría que hablar deprisa y quizá improvisar al final.

Lo volvió a fulminar con la mirada y se subió al escenario con el portátil en las últimas. Mientras el público permanecía en silencio, observándola, Annika buscó enseguida un lugar en el escenario provisional para cargar el ordenador. Pero, claro, no había ningún enchufe.

Esbozó una sonrisa, dejó el portátil en un pequeño banco de madera, conectó los cables y bajó la altura del micrófono de la de Hudson a la suya.

O eso intentó. Hudson lo había apretado demasiado, seguramente para verla forcejear con la cara sonrosada, como ahora, hasta que al final consiguió sacarlo del atril.

—Hola —comenzó demasiado alto, y los adolescentes se encogieron ante el ruido, pero ella prosiguió—. ¡Encantada de conoceros a todos! Soy Annika Dev, directora ejecutiva de (Re)Médialo. —Echó un vistazo al portátil y vio que le quedaba un tres por ciento—. Sin más dilación, empezaré la presentación. Lo que veis aquí —señaló la pantalla mientras hablaba a mil por hora— es ISLA: la Interfaz Sintetizada del Lenguaje Amoroso. ISLA es una red de aprendizaje profundo que creemos que es bastante innovadora. —Miró a June, que estaba al fondo de la sala haciéndole gestos para que fuese más despacio, pero no podía—. Aloqueiba —prosiguió Annika, viendo que el dos por ciento se iluminaba en la pantalla—, básicamentees-unamaneraparaquelagente...

Un chico con casi el mismo tono de pelo rojo que Ziggy levantó la mano.

—Disculpe.

Annika trató de no gruñir por la frustración que sentía.

—Dime.

—No entiendo lo que dice.

Se oyeron risas en la parte de la sala donde se encontraba Hudson. Ella lo fulminó con la mirada y se volvió hacia el chico, obligándose a sonreír.

—Vale, hablaré más despacio. —Inspiró hondo y empezó más lentamente—. Como decía, ISLA es básicamente una manera para que la gente pueda comunicarse mejor con su pareja. Por ejemplo, si miráis hacia la pantalla... —Pasó las diapositivas todo lo deprisa que pudo sin parecer una desquiciada o sin que otro adolescente le pegase un toque de atención.

Hudson bebía café de un vaso de plástico que alzó hacia ella con una sonrisilla pícara, como si estuviera en una fiesta de lo más entretenida.

—Y esperamos que la aplicación esté operativa dentro de unos meses. Seguro que lo lograremos —dijo Annika con una sonrisa.

—Oye —dijo un chico repantingado en una silla y, al parecer, con ganas de echarse un sueñecito, en alto y arrastrando las palabras—, el portátil se te ha quedado sin batería.

Annika se volvió y vio la pantalla en negro. Mierda. Se volvió hacia el público con una gran sonrisa y aferrando el micrófono como si le fuera la vida en ello.

—Ah... ya. Lo sé. He acabado. ¡Empecemos la ronda de preguntas!

Los adolescentes no parecían muy entusiasmados. Escuchó carcajadas por la zona donde estaba Hudson.

Otro chico, que llevaba una gorra de baloncesto hacia atrás y una camiseta de rugby, levantó la mano.

—Oiga, ¿tiene novio? —preguntó, con una sonrisa perezosa. Los chicos en torno a él se echaron a reír al momento.

Los ojos de Annika se desviaron sin querer hacia Hudson, que lo observaba todo con el ceño fruncido.

—No tengo novio, no —respondió a través del micrófono, aunque podía ver que Rita Davenport le hacía un gesto como queriendo decir «no tienes por qué contestar a eso»—. Pero tengo una cita dentro de poco que me hace mucha ilusión. —Y esbozó una sonrisa victoriosa, a lo «para que no veas que me acuerdo del cuasi beso», hacia Hudson. Vio que este se erguía y le palpitaba un músculo en la mandíbula a la par que dejaba el vaso de café en una mesa.

Annika se volvió a girar hacia el público un poco descentrada. Una chica latina de la primera fila levantó la mano.

—Y... eh... ha dicho que su programadora también es una mujer, ¿verdad?

Annika sonrió.

—Sí. Mi programadora, June Stewart, es lo más. De hecho, está ahí detrás. —Señaló hacia el fondo de la sala. June sonrió y los saludó.

La chica volvió a mirar a Annika con los ojos marrones bien abiertos.

—Quiero trabajar de eso algún día.

—Seguro que lo consigues —dijo Annika, seria—. No dejes que nadie te convenza de lo contrario, ¿vale?

La chica asintió.

Otra persona levantó la mano. En esta ocasión se trataba de una chica de pelo castaño con ortodoncia sentada en la tercera fila.

—Ha dicho que el año pasado ganó la Subvención para Jóvenes Emprendedores, ¿no? Es muy difícil conseguirla. He leído que solo al uno por ciento de quienes la solicitan se la conceden. ¿Por qué cree que la eligieron?

Annika se paseó por el escenario mientras hablaba.

—¿Sabes? Creo que fue por el hecho de que me apasiona lo que hago. Quiero unir a las personas, y todos los días voy a trabajar con la ilusión de intentar ayudar a los demás con nuestra aplicación. Lo cierto es que, aunque no hubiésemos conseguido la subvención, lo habría tomado como una victoria. ¿Sabes por qué? —La chica negó con la cabeza con la mirada fija en Annika—. Porque el éxito es sinónimo de hacer cosas buenas en el mundo. Significa levantarse todos los días sabiendo que has conseguido que el mundo sea un lugar mejor, en mayor o menor medida.

La chica sonrió.

—Qué guay. Yo quiero crear una aplicación para emparejar a los perros guía con los discapacitados según su personalidad y necesidades.

Annika agarró el micrófono con ambas manos.

—Es una idea fantástica. ¿Cómo te llamas?

—Taylor.

—Pues, Taylor, si alguna vez tienes preguntas acerca del sector informático, escríbenos a June o a mí, ¿vale? —Taylor asintió con entusiasmo; Annika miró a la chica latina—. ¿Y tú cómo te llamas?

—Angélica.

—Y tú también, Angélica. De hecho, cualquiera de las chicas que hayáis venido... tomad una tarjeta y hacedlo. Porque nosotras estamos trabajando y queremos que vosotras también podáis hacerlo.

La sala se llenó de aplausos. Los de las chicas fueron los más ruidosos, pero también estaban los de June. Y... ¡toma ya! Los de

Rita Davenport. Sí. Y... Annika se quedó a cuadros. Hudson también estaba aplaudiendo.

Bajó del escenario y fue directo hacia él.

—Pensabas que me ibas a sabotear, ¿eh? —le dijo al tiempo que Tom se dirigía al escenario.

Él bajó la mirada hacia ella y esbozó una sonrisa perezosa.

—No ha estado nada mal, señorita Dev. Casi los has convencido de que eres competente.

Ella echó la cabeza hacia atrás y lo miró por encima del hombro, cosa imposible teniendo en cuenta la diferencia de altura, pero lo intentó.

—Y tú casi les has convencido de que eres humano. Espero que hayas aprendido la lección, señor Craft. Soy invencible e imparable. Y te dejaré por los suelos en el ÉPICO.

Su rostro reveló molestia mientras se volvía hacia la mesa de las bebidas y se servía otro café.

—Yo que tú no me haría tantas ilusiones.

Annika se apartó el pelo detrás de los hombros y se dirigió hacia June. Notó, aunque no mirara, que él se había quedado contemplándola. Puede que la acusaran de mover las caderas más de lo necesario, pero no era cierto. Para nada.

# 9

Después de que Tom y Gavin terminaran sus presentaciones, Annika y June pasaron unos minutos hablando con varios grupitos de adolescentes, incluidas las dos chicas que les habían hecho preguntas. Al final, Rita Davenport subió al escenario para agradecer a todos los empresarios y dar por finalizado el evento. Los adolescentes se despidieron y empezaron a recoger.

Rita se acercó a los emprendedores con una enorme sonrisa.

—¡Muchas gracias a todos por tal espléndido trabajo!

Los cuatro le devolvieron los comentarios amables y, poco después, Tom y Gavin se marcharon. Rita se aproximó aún más a Hudson y Annika. Le brillaban sus cálidos ojos marrones.

—Debo decir que vosotros dos os habéis llevado la palma con los estudiantes. Ver a dos emprendedores de tanto éxito... —«¡Ja!». Annika le dedicó a Hudson una sonrisilla engreída, pero él permaneció impasible—... y tan jóvenes hacer lo que les gusta y hablar con ellos con tanta naturalidad... Tenéis un don para esto, en serio. Deberíais venir de voluntarios más a menudo.

—Me encantaría —dijo Annika, y lo decía en serio—. Vuestra organización es increíble.

—Coincido. —Hudson echó un vistazo en derredor a los chicos, algunos de los cuales aún estaban recogiendo sus cosas y saliendo de la sala—. Estáis plantando semillas que pronto se convertirán en robles preciosos.

Rita pareció impresionada con la metáfora. *Uf*, menudo lameculos era.

—Bueno, pienso comentarle a Lionel el fantástico trabajo que habéis hecho los dos hoy. Y mucha suerte en el ÉPICO.

—Gracias —dijeron, y entonces, por lo bajo para que Rita no lo oyera, Hudson añadió para ella—: La vas a necesitar.

Tras despedirse, Annika y June caminaron hasta Gravedad Cero, un bar de moda decorado con cromo y cuero en la misma calle de la biblioteca y que organizaba una *happy hour* especial donde solo servían margaritas. Ziggy había querido salir con June, lo normal, pero esta le había dicho que Annika y ella tenían que recapitular, cosa que Annika agradecía.

Se hicieron con una mesa en un rincón medio iluminado del interior prácticamente vacío. Annika suspiró.

—Ha ido bien, ¿verdad?

—Pues sí. —June sonrió justo cuando una camarera con un *piercing* en la nariz se acercó para tomarles nota. En cuanto pidieron, un cosmo para June y un margarita de mango para Annika, June prosiguió—: Los estudiantes se han interesado mucho por (Re)Médialo y por lo que hacemos. Y a mí hasta me han hecho un montón de preguntas al final sobre cómo es ser desarrolladora, así que ha molado mucho.

—Es que es genial hablar con los estudiantes, en especial las chicas. Recuerdo una vez, en el instituto, que trajeron a una pequeña empresaria para que nos diera una charla en el Día de las Profesiones. Era la dueña de una imprenta, pero, aun así, recuerdo lo impresionante que fue escuchar a una mujer hablar sobre lo que era ser su propia jefa y tener el poder de tomar todas las decisiones. Ahí fue cuando empecé a pensar en que quizá yo también podría hacerlo. Y, bueno... ¿has podido oír alguna de las respuestas de Hudson?

June sacudió la cabeza. Annika gimió.

—Suerte la tuya. Es insufrible. No sé qué clase de malabarismos mentales hay que hacer para describir lo que hace como algo bueno, pero es que es alucinante. Se piensa que el mundo es un escenario y él, la atracción principal que todos llevamos veinticinco años esperando ver.

June asintió.

—Ziggy también cree que le estén haciendo un favor al mundo. Dice que Hudson es un visionario.

Annika casi se ahogó con su propia saliva.

—¿Un visionario? ¿De qué? ¿De sueños rotos y mares de lágrimas? Venga ya. Pobre Ziggy, está claro que lo han adoctrinado. —Negó con la cabeza—. En fin, tengo ganas de relajarme y de dejar de pensar en Hudson Craft durante lo que queda de día.

June puso una mueca y miró por detrás de Annika.

—Eh... entonces no te va a gustar quién viene por ahí.

Annika miró por encima de su hombro y vio a Hudson y a todo el equipo de (Re)Iníciate caminando en su dirección.

—Fantástico —murmuró, justo cuando llegaron a su altura.

Ziggy se colocó junto a June, pero Blaire permaneció por detrás de Hudson con expresión seria. Aún no le había perdonado a Annika aquel primer día que disparó la pistolita de juguete.

—Hola otra vez, Hudson —saludó Annika, haciendo un esfuerzo monumental por ser educada.

—Annika —respondió él, inclinando la cabeza ligeramente.

—Ay, no —exclamó June de repente en voz baja. Se inclinó hacia delante y agachó la cabeza.

Annika se giró hacia ella.

—¿Qué pasa?

June apretó los puños.

—Harry, el gerente de fondos —susurró, ladeando la cabeza hacia la puerta.

Annika se dio la vuelta y vio a un hombre delgado y alto vestido con un traje gris y caro a la vista. Llevaba el pelo oscuro peinado hacia atrás y un reloj del tamaño de un planeta en la muñeca.

—¿Quién es ese tal Harry? —preguntó Ziggy con voz normal, siguiendo la dirección de sus miradas.

—¡Calla! —dijo June, pero ya fue demasiado tarde.

Harry se giró hacia ellos. Annika vio el momento en que reconoció a June y luego se encaminó hacia su mesa con una sonrisa perfecta en su rostro cuadrado. Tenía un hoyuelo en la barbilla, el talón de Aquiles de June.

—¡June! —la saludó con demasiado entusiasmo—. Te he escrito varias veces.

Una de las manos de Ziggy estaba apoyada sobre la mesa y June se la agarró. Annika enarcó las cejas, pero no dijo nada.

—He estado ocupada —repuso June.

Harry fijó la vista en sus manos unidas y luego en Ziggy como si estuviera analizando ese nuevo desarrollo de los acontecimientos.

—Ah —exclamó despacio y levantando las manos—. Veo que estás... Yo respeto el territorio de otro hombre.

June se tensó y Ziggy dijo:

—Ella no es mi territ...

—Eres guapa, pero ya no salgo con asiáticas desde que la madre de mi última novia se cargó nuestra relación. —Harry se había centrado en Blaire—. Era coreana. —Soltó una risotada.

—No sé por qué, pero estoy segura de que las mujeres asiáticas de todo el mundo conseguirán superar este duro revés —espetó Blaire con voz socarrona, aunque su rostro seguía impasible.

Los ojos de Harry se iluminaron tras posarse en Annika.

—¡Anda! Hola, guapa —dijo, dedicándole lo que, seguramente, en su opinión era una sonrisa encantadora—. ¿Cómo te llamas?

—Yo soy indio-americana, lo cual entra dentro del grupo de las asiáticas —repuso Annika antes de tomar un sorbo de agua. A su lado, Hudson soltó una risita.

—Los indios apenas son asiáticos —rebatió Harry—. Pero, bueno, creo que podemos hacer una excepción por esta vez… —Agrandó su sonrisa aduladora.

Hudson dio medio paso hacia él, interponiéndose entre el gerente de fondos y Annika.

—Creo que es evidente que no le interesas. —Tenía los labios apretados en una fina línea.

Harry lo miró con molestia, pero un segundo después cayó en la cuenta de algo.

—Oye. —Le tendió una mano—. Tú eres Hudson Craft. El tipo de (Re)Iníciate.

Hudson se quedó mirándole la mano, pero no se la estrechó. Luego se volvió hacia Ziggy.

—Supongo que me…

Pero Harry no iba a rendirse tan fácilmente.

—Hombre, me has salvado el culo muchísimas veces. De verdad. Desde que me descargué tu aplicación, siento que mi vida es mía otra vez. Ya no tengo que lidiar con todas esas lágrimas y gritos de las chicas cuando rompo con ellas. Ya sabes, el tiempo es dinero.

Hudson lo miró con frialdad.

—Ese no es el objetivo de (Re)Iníciate. Se supone que es para que ambas partes puedan cortar por lo sano y sin complicaciones. —El tal Harry abrió la boca para decir algo, pero Hudson lo cortó con gran habilidad—. Pero, bueno, ahora mismo estoy descansando del trabajo. Si me disculpas.

El tipo parecía vacilante, como si no estuviese acostumbrado a que le dieran puerta.

—Claro. Cuídate. —Despidiéndose con la mano, se encaminó hacia la barra a la vez que repasaba con la mirada a todas las mujeres menores de cincuenta.

Lo observaron marcharse en silencio. June soltó un suspiro audible.

—Madre mía. ¿De qué va ese tipo?

Hudson se giró hacia Blaire.

—Oye, ¿estás bien? Lo que ha dicho sobre las asiáticas...

Blaire le restó importancia con la mano.

—No es nuevo. Ni siquiera ha sido original. —Miró a Annika a los ojos—. Buena evasión, por cierto.

Annika trató de no demostrar lo mucho que la había sorprendido ese cumplido.

—Sí. Gracias. —Levantó la vista hacia Hudson—. Y, eh... gracias por dar la cara por mí.

Él la estaba mirando con expresión inescrutable.

—No hay de qué. —A juzgar por la seriedad con la que pronunció las palabras, parecía que lo decía en serio.

Annika sintió que le ardían las mejillas y mantuvo la vista fija en el vaso. Solo la levantó una vez y vio que Hudson seguía mirándola fijamente. Luego miró a los otros, segura de que debían de haberse dado cuenta también, pero estaban hablando entre ellos de algo distinto, completamente ajenos. Volvió a centrarse en Hudson, el cual continuaba escrutándola.

—¿Te pongo nerviosa, señorita Dev? —preguntó con diversión.

Ella se obligó a devolverle la mirada, aunque le costó la misma vida.

—N-no. —Annika levantó la barbilla—. Para nada.

Él se acercó, lo suficiente como para que la sedosa tela de sus pantalones rozara su pierna desnuda. Lo suficiente como para que a ella se le parara un segundo el corazón y se le cortara la respiración.

—¿Estás segura?

Tenía la boca seca. No podía apartar los ojos de él, ni dejar el vaso de agua en la mesa, ni musitar palabra.

—No creo que tu *cita* vaya a tener el mismo efecto en ti, ¿verdad? —insistió, mirándola como si fuera la única persona en el bar, la única que importara.

Annika fue a sacudir la cabeza para darle la razón cuando la camarera regresó con las bebidas de June y de ella y rompió el momento. Annika soltó un suspiro de alivio entrecortado.

—Nosotros también deberíamos pedir —comentó Hudson tras una larga mirada a Annika. El equipo de (Re)Iníciate se encaminó hasta su propia mesa, pero solo después de que Ziggy le diera un besito en los labios a June. Ella lo vio marcharse con un amago de sonrisa que Annika estaba segura de que no tenía ni idea de que hubiera esbozado.

Dio un sorbo al margarita para apaciguar todos esos sentimientos tan desconcertantes —el efecto que Hudson tenía sobre ella y la forma de interactuar de June con Ziggy— en la boca del estómago.

—Mmm... qué bueno está.

—Esto también —respondió June, pegándole un sorbo al cosmo—. Ah, Alesandro dijo que podría quedar este viernes a las siete, en Neón. Irás, ¿no? ¿Harás el esfuerzo?

Annika desvió la atención hacia la mesa de Hudson, unos cuantos metros más allá, donde este estaba sentado y con los codos apoyados sobre la lustrosa madera.

—Eh, sí, iré. —Se obligó a mirar otra vez a June y se sentó con la espalda un poco más recta—. Y sí, haré el esfuerzo. —Ni de broma iba a dejar que Hudson le arruinara la cita.

June le dio unas palmaditas en la mano de manera maternal.

—Genial. Creo que te lo pasarás bien.

Annika se permitió soltar un resoplido evasivo.

—En fin, ¿cómo va tomando forma el prototipo?

—Pues muy bien. —June le dio un sorbo al cóctel y sonrió—. Estoy añadiendo un montón de información al algoritmo, así que está quedando fenomenal.

—Perfecto. —Annika siguió con el dedo una gotita de condensación por el lateral del vaso—. Y la nueva herramienta de la que hemos estado hablando... ¿la de predecir el futuro? Sé que estás trabajando a tope, pero ¿has tenido tiempo de echarle un ojo a las notas que te envié?

—¡Sí! Creo que va a estar genial. Sinceramente, ahí estuviste iluminadísima.

Annika le restó importancia con la mano.

—Qué va, lo importante es la ejecución, y eso es cosa tuya. Pero sí, si somos capaces de predecir un futuro realista para las parejas que usen (Re)Médialo basado en los datos de cada una, creo que la *app* tendrá muchísimo más potencial. Eso sin mencionar que haría que las parejas intentaran luchar más por su relación si creen que hay un futuro sostenible para ellos.

—Lo volvería más real —convino June, jugueteando con la servilleta—. Es ambicioso, pero creo que podremos conseguirlo. Tus anotaciones e ideas estaban muy bien detalladas, así que serán un buen punto de partida.

—Bien. —Annika le dio un sorbo al margarita y observó cómo un tipo intentaba llamar la atención del camarero en vano en la barra.

—Ay, mierda, casi se me olvida decírtelo. —June dejó la bebida con estrépito—. ¿A que no sabes qué?

Annika enarcó las cejas.

—Eh... ¿Alesandro está en la lista de los más buscados del FBI? ¿Lady Gaga quiere que salgas en su próximo videoclip? ¿La princesa Leia te ha invitado a tomar un tentempié en Alderaan?

June suspiró.

—Déjalo. Y tomar un tentempié allí sería imposible, teniendo en cuenta que la Estrella de la Muerte destruyó Alderaan en la película original de 1977. —Respiró hondo—. Bueno, te acuerdas de que la *Time* iba a dedicarle a Hudson un gran artículo, ¿no?

Annika, taciturna, le dio otro sorbo al margarita.

—Sí. Me acuerdo. Aún tenemos que hacer control de daños para ese tema, cómo contrarrestarlo e impresionar a los inversores en el ÉPICO a nuestra manera.

Una sonrisilla se extendió por el rostro de June. Se inclinó hacia adelante y su pelo creó un velo protector alrededor de su cara.

—Bueeeno... puede que no haga falta. Da la casualidad de que conozco a Megan Trout, que es editora de la *Time* y que también da la casualidad de que es la mejor amiga de Emily Dunbar-Khan, que es la que va a escribir el artículo. Megan me puso en contacto con Emily y yo le dije: «¿Sabes, Emily? Hay una empresaria, dueña de una *app* que hace justo lo contrario que (Re)Iníciate. Mientras Hudson Craft separa a las parejas, Annika Dev vive para juntarlas. ¿No sería divertido enfrentarlos cara a cara en el artículo? Que sean los lectores los que decidan con quién posicionarse: el rompecorazones o la Doctora Remedios».

Annika dejó el margarita sobre la mesa despacio y con el corazón latiéndole a toda pastilla. Un grupo grande y ruidoso de gente pasó por su lado y se chocaron con su silla, pero ella apenas se dio cuenta.

—¿Y qué te dijo, June?

June sonrió.

—Dijo que sí, Annika. ¡Vas a salir en la *Time*! —Se calló un momento—. No se lo he dicho a Ziggy. Supuse que preferirías ser tú la que compartiera la noticia con Hudson.

Annika soltó una risotada.

—Primero tengo que preparar estrategias para contrarrestar lo que me eche encima en la entrevista. Seguro que no va a ceder sin oponer resistencia, sobre todo ahora que nos las hemos apañado para salir nosotras también.

June le dio unas palmaditas en el brazo.

—Puedes con él. Siempre has podido. ¿Qué más da si es la *Time*?

Annika se la quedó mirando sacudiendo la cabeza.

—La revista *Time* —susurró, secándosele la boca al asimilar por fin la información—. Madre mía.

—La entrevista es dentro de un par de semanas —le informó June—, así que tenemos que entrenarte para entonces. Emily me dijo que nos enviaría unas cuantas preguntas a lo largo de la semana, así que supongo que podemos practicar hasta que las tengas dominadas. Esto nos va a venir genial con vistas al ÉPICO en junio. ¡Nos va a poner en el mapa, junto con (Re)Iníciate!

Annika levantó el vaso.

—¡Por ti, Junie!
June chocó su vaso con el de Annika para brindar.
—¡Por darle un palizón a (Re)Iníciate!
Annika se rio.
—¡Por hacernos con el puto mundo!

# 10

Era viernes y habían acabado de trabajar, lo cual significaba una cosa: noche de cita. June miró el reloj.

—¡Son las cinco y media! —anunció con una sonrisa al tiempo que apagaba el monitor y agarraba el bolso que colgaba de la parte trasera de su silla—. ¿No vas a arreglarte para ir a ver a Alesandro? —Pronunció fuerte la erre del nombre.

Annika soltó una carcajada y miró a su mejor amiga por encima de la pantalla del portátil.

—Sí, pero voy a seguir preparando la presentación un poco más.

—Pues vale. —June se acercó a ella y la besó en la mejilla. Iba a salir con Ziggy esa noche, pero al contrario que Annika, que tenía que lucirse en la primera cita, ella solo llevaba unos vaqueros y una blusa campesina—. Pásatelo bien y, si puedes, escríbeme para contarme cómo te va.

—Vale. Disfruta tú también. Saluda a Ziggy de mi parte.

June meneó los dedos y se marchó hacia los ascensores. Un instante después, oyó que Ziggy la llamaba «preciosa». Se volvió hacia el ordenador.

El cielo se fue oscureciendo a medida que trabajaba y empezó a anochecer. Por fin, en cuanto llegó a un buen momento donde dejarlo, apagó el portátil y giró varias veces las muñecas. Se dirigió al armario para agarrar la ropa que iba a ponerse para la cita y se metió al baño. Esta vez quería ir con pocas expectativas, así que esperaba que Alesandro la sorprendiera.

Mantuvo la cabeza en alto al pasar por delante de la oficina de (Re)Iníciate. Se podía entrever luz en el despacho de Hudson por la puerta de cristal, pero la suya estaba cerrada. Mejor. Con suerte podría cambiarse e irse antes de que la viese.

Pero, en todo lo referente a Hudson, las cosas nunca salían como ella quería.

Se lo encontró en el pasillo al volver del baño, donde se había enfundado el vestido negro y ceñido de tirantes finos y brillantitos y que dejaba a la vista gran parte de la espalda. Lo había conjuntado con unos tacones rojos. Él llevaba unos vaqueros desgastados y una camiseta con el logo de (Re)Iníciate. Annika se sentía demasiado elegante y, por alguna razón, vulnerable.

Hudson la miró de arriba abajo a la vez que se le oscurecían los ojos. Ella sintió un vuelco en el estómago.

—Esta noche tienes la cita.

No lo formuló como una pregunta, así que Annika no contestó.

—Te diría que espero que te lo pases bien, pero mentiría. —Se acercó a ella y Annika pudo oler la cálida fragancia de su piel envolviéndola como una capa.

El pasillo estaba vacío, al igual que el edificio. La mayoría terminaba antes los viernes, pero ella no. Y Hudson tampoco.

—¿Por qué? —inquirió ella. Esperaba poder enmascarar el ligero temblor de su voz con la seguridad en sí misma que fingía sentir.

Él acarició suavemente el pendiente de candelabro que ella llevaba hasta hacerlo balancear. El corazón de Annika latía acelerado, como tratando de escapársele del pecho.

—Creo que ya sabe la respuesta, señorita Dev.

—Pues la verdad es que no —logró responder ella, con una mezcla de descaro y deseo—. Y ahora, si me disculpas. —Pero no hizo amago de pasar por su lado, aunque sabía que debía.

Él se inclinó hacia ella hasta acercar la boca a su oreja. Su respiración le hacía cosquillas y también que se le erizara el vello de los brazos y las piernas.

—Si por mí fuese, te levantaría en brazos y te llevaría a mi despacho ahora mismo. No durarías con ese vestido puesto ni diez segundos.

Annika tragó saliva, y muy audiblemente a su parecer. Notó su propio pulso a mil por hora cuando posó una mano sobre el corazón de Hudson. Su mano parecía minúscula, tan pequeña e intrascendente, en comparación con el torso ancho de él. Sentía el corazón de Hudson latir con fuerza y a él se le dilataron las pupilas ante aquel gesto.

—Tengo una cita con otra persona —le dijo ella. Le tembló un poco la voz—. Esto es del todo inapropiado.

Él deslizó un dedo por su clavícula y Annika sintió arder el rastro que le dejaba en la piel. Cerró los ojos.

—Me lo tragaría si no te notara temblar —murmuró él con voz ronca, apenas controlándose—. Parece... que te confundo. —Desvió el dedo hacia su hombro y lo movió por el brazo—. ¿O me equivoco?

Ella había empezado a respirar de manera irregular.

—Alesandro —balbuceó con un jadeo—. Neón. Tengo que irme. —Y se obligó a darse la vuelta y a marcharse sintiendo su mirada ardiente en la espalda.

Annika había supuesto que bebería, así que pidió un Uber. Mientras el conductor paraba en Neón, ella sintió un aluvión de mariposas en el estómago al recordar el encontronazo con Hudson en el pasillo, pero se obligó a recomponerse, salió del coche y contempló el exterior iluminado y moderno del restaurante. No le sorprendía que hubiera gente esperando, sobre todo al ser viernes por la noche.

Abrió la puerta con energía renovada, se alisó el vestidito negro y miró hacia el abarrotado interior en busca de alguien que encajase con la foto que había visto. El bar tenía luces de neón en el suelo que conducían al comedor principal. Unas esculturas grandes de metal colgaban del techo, iluminadas a su vez por otras luces de neón rosas. El sitio estaba repleto de gente estruendosa; era sobre todo gente joven que empezaba el fin de semana y algunas parejas bien vestidas de unos veintipico o treinta y pocos años. A Annika le sonó el estómago cuando un camarero pasó por delante de ella con un plato de verduras a la plancha y cuencos de sopa; los olores inundaron sus sentidos.

—Buenas. —Una camarera joven con los brazos llenos de tatuajes del Sombrerero Loco se acercó a ella—. ¿Busca a alguien?

—Sí, creo que la reserva está a nombre de Alesandro Makos.

—Ya la está esperando. Sígame.

Annika empezó a caminar tras ella, nerviosa ante la posibilidad de tener otra primera cita tan agotadora como las anteriores. ¿Por qué había accedido a quedar después de pasarse el día entero trabajando? El pequeño interludio con Hudson no había ayudado mucho que dijéramos. De repente, le dio miedo haberse olvidado de echarse desodorante otra vez, pero, inclinándose, comprobó que estaba todo bien. La camarera, sonriente, se apartó y Annika vio al hombre de la foto en el móvil de June.

Iba vestido con una camisa rosa y esmoquin, y estaba tamborileando los dedos en la mesa. El hombre miró en derredor, comprobó el móvil y volvió a dejarlo sobre la mesa.

Era alto y esbelto y tenía el rostro alargado. Sus hombros no eran muy anchos; sus brazos, delgados. Era lo opuesto a Hudson, al menos físicamente hablando.

Annika frunció el ceño. Comparar a Alesandro con Hudson no venía a cuento.

Exhaló, se acercó a la mesa y le ofreció la mano.

—¿Alesandro? Soy Annika.

Su mano masculina era suave y su apretón, firme.

—Hola —la saludó con una enorme sonrisa, la cual revelaba una dentadura blanca y recta—. Me alegro muchísimo de conocerte.

—Lo mismo digo. —Tomó asiento y la camarera le ofreció la carta.

—¿Les parece bien que empecemos con algo de beber? —sugirió la camarera, mirándolos.

—Para mí una copa de Chardonnay, por favor —pidió Annika.

—Yo lo mismo —dijo Alesandro.

—Perfecto. Vuelvo enseguida.

Annika sonrió, resuelta. Joder, al menos lo intentaría.

—Y dime, ¿has… tenido un buen día en el trabajo? June me ha comentado que tienes una pastelería.

—Así es. —Alesandro asintió varias veces, como si Annika hubiese dicho algo fascinante—. Nos especializamos en postres griegos tradicionales. Nuestros *baklavas* salieron en el periódico local hace poco. Nos dieron cinco tortillas. —Al ver la cara de confusión de Annika, añadió—: Es su puntuación; usan tortillas en lugar de estrellas.

Ambos se echaron a reír y Annika se dio cuenta de que la sonrisa de Alesandro era muy cálida.

—Vaya, es fantástico —dijo ella—. Felicidades.

La camarera regresó con el vino servido en minibarriles de madera con el logo de Neón en un lado. Alesandro giró el suyo y lo olió antes de darle un sorbito.

—¿Saben ya lo que les gustaría pedir? —inquirió la camarera al tiempo que sacaba un bloc de notas del bolsillo del delantal negro y de cuero.

A Annika volvió a rugirle el estómago cuando se mencionó la comida.

—Sí. Yo quiero el bol grande de tofu con pasta de sésamo.

La camarera se volvió hacia Alesandro, que justo estaba cerrando su carta.

—Yo la pasta carbonara con una cestita de colines y acompañada de fruta fresca. ¿Podría traerme un helado con brownie de postre, por favor?

—Enseguida. —La camarera les sonrió, retiró sus cartas y se marchó.

Alesandro se volvió hacia Annika.

—Voy a hincharme de carbohidratos para el maratón que corro mañana.

—¡No me digas que corres maratones! —exclamó Annika—. Eso explica... —Se sonrojó. Lo que había estado a punto de decir la habría hecho parecer toda una pervertida—. Tu físico.

Alesandro le lanzó una grandísima sonrisa, como si le gustase y no le inquietara en absoluto que otra persona hablara de su cuerpo.

—Sí —respondió, alegre—. Tengo cuerpo de corredor. ¿Y tú? ¿Corres?

Annika se echó a reír.

—Qué va. Lo intenté una vez y no pude aguantar esa sensación en que los pulmones te están a punto de explotar. De hecho, hago yoga.

—Ah. Yoga. —Alesandro cerró los ojos un momento, como si haciéndolo apreciara el yoga en todos sus aspectos. Cuando volvió a abrirlos, añadió—: Me encanta el yoga. Lo practico todas las mañanas en el balcón.

—No me digas. —Annika sonrió. Según su experiencia, la mayoría de los hombres hablaban del yoga con condescendencia, y solo lo practicaban bajo presión. Como Hudson—. Yo también.

Se sonrieron durante un instante y entonces Alesandro le preguntó:

—Oye, me han dicho que tú también tienes una empresa. ¿Qué tal va?

Annika dio un sorbo de vino; sabía fresco y ácido, justo lo que necesitaba.

—No sé qué sería de mí sin mi negocio, ¿sabes? Es mi vocación. Puede sonar raro si no eres médico, monja o algo por el estilo, pero...

—No, no, lo entiendo —dijo Alesandro, solemne, con una mano en su barrilito de vino. Tenía el dorso cubierto de vello negro—. Yo he querido tener una pastelería de dulces griegos desde que mis padres me compraron una cocinita de juguete a los tres años.

Annika soltó una carcajada.

—Qué guay. ¿Y qué horneabas en tu cocina?

—Pues preparaba los mejores *baklavas* y *basbousas* imaginarios. Incluso recibía excelentes comentarios de críticos de renombre; ya sabes: mi *mama*, mi *baba* y mis *pappous*.

Ella sonrió.

—No esperaba menos. —Sintió una punzada de dolor al apostillar—: Deben de estar muy orgullosos de ti.

La expresión de Alejandro se ensombreció.

—Perdí a mis *pappous* hace una década, y a mis padres con tres años de diferencia cuando estaba en la universidad. Estoy solo. Por eso corro tantos maratones. La mayoría son benéficos y contra todo lo que sufrió mi familia: infartos, cardiopatías o alzhéimer.

Annika se inclinó hacia delante.

—Lo siento. Es horrible. Yo entiendo lo que es perder a tu familia; perdí a mi madre por culpa del cáncer cuando no era más que un bebé. Mi padre me crio él solo.

Alesandro la miró.

—Entonces lo entiendes —dijo con suavidad.

Sus manos estaban cerca sobre la mesa y Alesandro hizo amago de tocar sus dedos. Era real y tan romántica como podía ser una primera cita.

Sin embargo, Annika se descubrió moviendo la mano para atusarse un mechón de pelo invisible. Alesandro mostró una evidente decepción y ella tosió para hacer como si aquel momento no hubiera pasado.

Alesandro carraspeó.

—Discúlpame un momento, voy al servicio —anunció, esbozando una pequeña sonrisa al tiempo que retiraba la silla y se levantaba.

Annika lo vio alejarse y sintió una oleada de decepción; no por el momento arruinado, sino por sí misma. Siempre había buscado vivir ese momento rosa de estar en una relación y se había quejado de que sus primeras citas nunca llevaban a ninguna parte. Y aquí estaba, en una pasada de primera cita, como si la hubieran diseñado a propósito para ella, y prácticamente la había echado por tierra. ¿Qué demonios le pasaba? Alesandro era guapo, intenso, amable y parecían tener mucho en común. Y, sin embargo... no sentía nada. Ni una chispita. Nanay.

«Venga ya, Annika. No todas las relaciones empiezan con chispas. No siempre hay fuegos artificiales y falta de aire, estremecimientos y corazones desbocados. Dale una oportunidad. Esfuérzate».

Escuchó la silla de Alesandro retirarse y levantó la mirada con una amplia sonrisa, decidida a esforzarse de verdad.

—Hola. Estaba...

Se calló y dejó de sonreír. El que se había sentado a su mesa no era Alesandro, sino Hudson Craft.

Annika se quedó mirando su mentón afeitado. La luz en aquella zona del local realzaba su mandíbula cuadrada. Se lo veía relajado, todo lo contrario a cómo se sentía ella. Se había cambiado desde que lo había visto antes en el pasillo. Ahora llevaba una americana gris y de apariencia cara, seguramente hecha a medida, y una camisa azul que destacaba el verde de sus ojos. Le caía un voluminoso y brillante mechón de pelo rubio sobre la frente, como si acabara de salir de un anuncio de champú.

—¿Ya te ha dado esquinazo tu cita? —preguntó cruzándose de brazos y ladeando la cabeza.

—¿Me estás acosando o qué? Y la respuesta es no —espetó Annika al tiempo que le fulminaba con la mirada—. Está en el baño.

—Tengo una reserva con un posible inversor dentro de veinte minutos. Me gusta llegar temprano. —Después le preguntó con una sonrisilla burlona—: ¿Seguro que no ha huido por la puerta de atrás?

—Sí, seguro —contestó Annika entrecerrando los ojos—. ¿Por qué te cuesta tanto creer que alguien quiera tener una cita conmigo?

Hudson se la quedó contemplando durante un buen rato. Ella empezó a revolverse en el sitio ante aquella mirada tan intensa.

—Lo cierto es que me cuesta creer que un tipo quiera dejarte sola más de un segundo.

Se miraron a los ojos. Las mariposas regresaron al estómago de Annika.

—Disculpa, ese asiento es mío. —Alesandro había vuelto del baño y ahora esbozaba una sonrisa encantadora. Parecía haberse repuesto del rechazo de Annika.

—Es cierto —dijo Annika, aliviada, al tiempo que se giraba hacia Hudson y le lanzaba una sonrisa ponzoñosa—, así que adiós, Hudson.

Vio que Hudson repasaba a Alesandro con la mirada; no perdió detalle de su camisa planchada y de su piel aceitunada y saludable.

—¿Os conocéis? —preguntó Alesandro con ingenuidad.

—Trabajamos en el mismo edificio —lo informó Hudson poniéndose de pie—, pero no quiero interrumpir. Tengo un compromiso al que ir...

—No, no, siéntate —insistió Alesandro al tiempo que agarraba una silla vacía de una mesa cercana. «¿Qué?». Annika, pasmada, clavó la mirada en él. Él volvió a lanzarle aquella sonrisa encantadora—. Me encantaría conocer a uno de tus amigos.

Ay, madre. Que lo había entendido mal.

—No es mi...

—Me parece una idea genial —intervino Hudson, por encima de ella—. Gracias. —Dirigió una sonrisa a Annika que rivalizaba con la de Alesandro.

La camarera regresó con un plato enorme de comida y empezó a dejar las cosas delante de Annika y Alesandro.

Hudson se quedó mirando la comida.

—Vaya.

—Me toca hincharme a carbohidratos para la maratón de mañana —le explicó Alesandro.

Annika echó un vistazo a Hudson, victoriosa.

—Sí, una maratón benéfica. Alesandro es filántropo. Quiere hacer del mundo un lugar mejor.

—Comer carbohidratos me ayuda a cargar energías. —Alesandro le hincó el diente a su pasta carbonara—. Quiero reducir mi tiempo en un minuto. —Tenedor en mano, fingió correr moviendo los brazos y expulsando el aire en bocanadas—. Creo que mañana será el día.

Hudson miró a Annika con las cejas enarcadas como diciendo «¿En serio estás con este tipo?».

Como si él fuera increíble, vaya. Annika se irguió en la silla.

—Alesandro tiene una pastelería griega. Le va genial.

—A ver, yo no diría que es para tanto —rebatió Alesandro al tiempo que volvía a ponerse a comer.

—Solo está siendo modesto —insistió Annika, mirando a Hudson con toda la intención—. Hoy en día es complicado encontrar a gente modesta, ¿no te parece?

Hudson se volvió hacia Alesandro.

—¿Te van las pistolitas de juguete o el *paintball* o cosas así? Porque con Annika esos juegos se vuelven peligrosos.

Alesandro se quedó perplejo.

—Ah, vale...

Annika se inclinó hacia delante y agarró su minibarril de vino con demasiada fuerza.

—Pues ni se te ocurra dejar que Hudson vaya a tu pastelería. No es capaz de atraer a los clientes por sí mismo, así que le gusta ir a por los de los demás, que hacemos las cosas esforzándonos, con diligencia y sinceridad.

Hudson enarcó una ceja y miró a Alesandro.

—A Annika le gusta acusar a la gente de robarle las ideas sin pruebas. ¿Te ha acusado ya de robarle alguna receta familiar? Porque lo hará; solo es cuestión de tiempo. —Se inclinó y bajó la voz—. Deberías huir mientras puedas.

Annika sintió que la rabia la consumía.

—Yo no acuso a nadie así como así...

—Oye, ¿hay algo entre vosotros dos o algo? —inquirió Alesandro. Dejó el tenedor en el plato y los miró a ambos.

—Solo rencor —respondió Annika con una risita—. En serio, Alesandro...

—Siempre le han obsesionado mis pectorales —intervino Hudson, cruzándose de brazos.

—¿Qué? —farfulló ella—. Alesandro, no te vayas a creer...

—Ah. —Alesandro se dio toquecitos en la boca con la servilleta—. Ya decía yo. —Miró a Annika—. Esta noche no hemos conectado. Yo lo he sentido y tú, también. Y creo que ya sé por qué. —Retiró la silla.

—Ale...

—No, no pasa nada. —Alesandro le dedicó una pequeña sonrisa—. Lo entiendo. Yo también he estado colgado por otras personas. Llámame si no funciona, ¿vale? —Señaló a Hudson y asintió en su dirección—. Me ocuparé de la cuenta antes de irme. —Sin mirar atrás, se dirigió hacia el atril de recepción del restaurante.

Lo vieron marcharse y después Hudson se volvió hacia ella con los ojos brillantes de diversión.

—En serio, si se acobarda tan fácilmente...

Annika lo fulminó con la mirada.

—Que sepas que era un hombre muy agradable. Y que ha sido la mejor primera cita que he tenido en mucho tiempo. Pero has tenido que arruinármela, ¿eh? Te has burlado de mí en el pasillo y ahora apareces aquí. ¿Qué demonios te pasa? —Para su consternación, se le anegaron los ojos en lágrimas.

Sin embargo, la única culpable de que la cita se hubiera ido al garete había sido ella misma.

—Venga, ríete. Sé que quieres —dijo, negándose a mirarlo y limpiándose las lágrimas con el puño.

—Jamás me reiría de hacerte llorar. —Annika vio que arrugaba la frente y que no sonreía de forma burlona. Hizo amago de estirar la mano hacia ella, pero se lo pensó mejor y la dejó sobre la mesa—. Lo siento. No sabía... que la cita significase tanto para ti. —Se le movió la nuez al tragar saliva.

Annika sacudió la cabeza y bebió un gran trago de agua.

—No es esta cita en particular. Quería esforzarme todo lo posible, pero, si te soy sincera, no iba a ningún lado. Parece que siempre me pasa igual. —Trató de inspirar hondo para calmarse. «Ya está bien de mostrarte vulnerable»—. Pero no pasa nada. —Esbozó una sonrisa y añadió—: Me dejará más tiempo para preparar la entrevista con la *Time*. O mejor debería decir entrevista *conjunta*, ¿no?

Él se quedó callado y confuso ante aquel cambio de tema tan brusco, pero después dejó de fruncir el ceño.

—Espera. ¿A qué te refieres? ¿Cómo sabes lo de mi entrevista con la *Time*?

Ja. Se recostó en la silla y se cruzó de brazos.

—*Nuestra* entrevista con la *Time*, dirás. —Hizo una pausa, disfrutando de su silencio—. Madre mía. Por primera vez en su vida, Hudson Craft se ha quedado sin habla. Igual debería hacer una foto para inmortalizar el momento. —Puso una expresión inocente—. ¿Emily Dunbar-Khan no te ha avisado todavía? Ya lo hará. Ya no va a hablar solo de (Re)Iníciate, sino que va a hacer algún tipo de «cara a cara» entre (Re)Iníciate y (Re)Médialo. —Sonrió y dio un sorbo de vino—: A los lectores va a resultarles mucho más interesante.

Hudson sacudió la cabeza y empezó a reírse. Las luces de neón tiñeron de rosa las puntas de su pelo rubio.

—Sigues sin darte cuenta, ¿verdad?

Annika entrecerró los ojos. Su reacción no le gustó nada.

—¿Darme cuenta de qué?

Él la miró y ladeó la cabeza.

—Crees que vas un paso por delante, pero lo único que estás demostrando al venir a mi oficina y acusarme de robarte la idea, al reservar la esquina de la azotea y al forzar a que nos entrevisten a los dos es que no puedes vivir sin mí.

Annika se lo quedó mirando con las mejillas encendidas.

—M-menuda ridiculez.

Eso fue todo lo que se le ocurrió responder.

—¿Tú crees? Yo no estaría tan seguro. —Hudson seguía sonriendo mientras retiraba la silla y se levantaba—. Ya nos veremos, Annika. Seguro que encuentras la forma de lograrlo. —Se metió una mano en el bolsillo y se fue, mimetizándose con la gente.

Annika se quedó sentada observándolo con el corazón latiéndole a mil por hora. Un minuto después, suspiró, dejó la servilleta sobre la mesa y se levantó. Se sentía desbordada. Alesandro había tenido una buena idea al marcharse a casa; ella también lo haría.

Una vez llegó, se quitó los zapatos y el sujetador y tiró este último al suelo de camino al salón. Sus ojos no perdieron detalle de las pruebas evidentes de que allí solo vivía una persona: una taza en la encimera; un plato olvidado en la mesita; el mando entre los cojines, donde lo había dejado por última vez.

Empezó a encender las luces allá adonde iba. La oscuridad hacía que el piso pareciera más vacío y pronunciaba su sensación de soledad. Nadie más iba a encender las luces si no lo hacía ella.

Le rugió el estómago cuando entró en la cocina y miró en el congelador en busca de una sola cosa: helado. Aquella noche era propia para atiborrarse. Agarró una cuchara, un vaso de agua y una tarrina grande de Cherry García de Ben & Jerry's antes de dirigirse al sofá. Se desplomó sobre él, puso Netflix y empezó a buscar algo que ver.

Encontró lo que quería en un pispás: *Amor entre hackers*, una comedia romántica sobre dos hackers que intentan quedar uno por encima del otro, pero que acaban enamorándose. Era exactamente el tipo de mundo divertido, sin presiones y con final feliz en el que quería perderse.

Apenas llevaba un cuarto de hora de película —estaba justo en el momento en el que el chico había hackeado el ordenador de la chica y le había dejado un vídeo— cuando se dio cuenta de que no estaba prestando atención, sino perdida en sus pensamientos.

Se tapó con una manta mullida, metió la cuchara en el envase y observó cómo este se la tragaba. Ni siquiera la había decepcionado que Alesandro se marchara y que la cita hubiese acabado prácticamente antes de empezar.

Cayó en la cuenta de algo: cuando mejor se lo había pasado había sido en el momento en que se cruzó con Hudson en el pasillo. Cuando se entrometió en su cita, el corazón le había dado un vuelco que no fue capaz de reprimir. Annika gimió y se metió una cucharada de helado de cereza en la boca. ¿Qué le pasaba? ¿Por qué prefería pasar tiempo con alguien tan arrogante, presumido y detestable en lugar de con un tipo pastelero y que corría maratones?

En cuestiones de amor era un puto desastre.

Le sonó el móvil. Era un mensaje de June.

*¿Qué tal la cita?*

Annika cerró los ojos y suspiró. Ya respondería después. Ahora para lo único que tenía fuerzas era para su helado.

El lunes por la mañana temprano June entró en el aparcamiento casi vacío, apagó el motor de su Porsche y se volvió hacia Annika.

—Da igual que no haya funcionado lo de Alesandro. Hay más hombres. Muchos más.

—¿Sabes qué? Paso —mintió Annika al tiempo que agarraba sus cosas de yoga y el bolso. Se había pasado el fin de semana pensando en una respuesta y no quería que June se sintiese mal por ella. Estaba hasta el moño de que la gente la compadeciera—. Ahora necesito centrarme en la presentación del ÉPICO y en mantener (Re)Médialo a flote. Estoy en ese momento de mi vida.

June se la quedó observando durante un momento antes de abrir la puerta y salir.

—Me parece una actitud muy positiva. —Se calló y miró en derredor—. Oye, tal vez deberíamos trabajar en un horario menos convencional. Mira este sitio. Habría mucho menos tráfico.

Annika soltó una carcajada.

—Suena tentador eso de aparcar a la primera y no sufrir la caravana, pero no lo bastante como para dejar de trabajar temprano, tener que quedarme hasta tarde y echar los fines de semana.

—Ya, y a tu padre tampoco le gustaría que te escaqueases de las cenas de los sábados.

—También. Oye, me apetece tomar un poco de aire, ¿vamos por el camino largo?

June asintió. Salieron del aparcamiento y caminaron por la calle en dirección al enorme edificio de acero y cristal donde tenían la oficina. Soplaba una brisita matutina muy agradable. Annika inspiró hondo y se imaginó que podía oler el mar a lo lejos. Se sintió liviana... optimista.

—Un día tal vez hasta podríamos expandirnos —dijo June abriendo los brazos; por lo visto ella también se sentía optimista—. Yo podría encargarme de la sede en París.

Annika soltó una carcajada.

—Puede que te hayas venido un poquito arriba.

—Qué va —insistió June a la vez que entraban en el edificio y sus tacones resonaban contra el suelo reluciente—. Vamos a hacerlo genial en el ÉPICO. ¿Sabes que se rumorea que somos la empresa que más hay que tener en cuenta? Bueno, nosotras y (Re)Iníciate, pero ya sabes que ganaremos nosotras.

El ascensor sonó y se abrió en su planta. Annika le sonrió con los ojos brillantes.

—Algo he oído, sí. De hecho, creo que Rita Davenport de Programar es Poder tiene mucho que ver en eso. Y he visto que los rumores sobre el artículo en la *Time* también están creando mucha expectación. He de confesar que, aunque sepa que estamos endeudadas hasta las cejas, me... siento bien. Como si algo estuviese a punto de cambiar, no sé. Creo que dentro de poco dejaremos de tener problemas económicos.

Salieron del ascensor y se dirigieron a su oficina.

—Ojalá —dijo June—. Pero ahora tengo que ir al baño. He bebido demasiado café.

Una vez Annika abrió la puerta y guardó el bolso y las cosas de yoga, recogió el correo y miró los sobres. «Facturas, facturas, una oferta para formar parte de Idealistas Anónimos de Los Ángeles...». Annika lanzó una mirada de rabia en dirección a la oficina de (Re) Iníciate. Podía imaginarse quién la había intentado suscribir. Volvió al correo y vio que tenía una oferta para mejorar su internet y... Annika frunció el ceño al ver un sobre del Banco de California. Del señor McManor, más concretamente.

Annika volvió a su escritorio y abrió el sobre. El corazón estaba por salírsele del pecho y sentía las palmas de las manos sudorosas. «No pasa nada», se tranquilizó a sí misma mientras alisaba el papel. «Seguramente sea lo que nos dijo en la reunión. Nada preocupante».

19909 La Casita Ave<br>Los Ángeles, California 90079<br>22 de mayo de 2021

Annika Dev<br>(Re)Médialo<br>2160 calle Octava, *Suite* #1288A<br>Los Ángeles, California 90055

Estimada señorita Dev:

De acuerdo con la reunión celebrada el 10 de mayo, le enviamos un recordatorio sobre el estado del retraso de los pagos de su cuenta. Tras una revisión exhaustiva de dicha cuenta, el Banco de California ha tomado la decisión de que, en caso de no subsanarse dicha deuda antes del 1 de julio, se le desahuciará de su oficina con domicilio en 2160 calle Octava, *Suite* #1288A en Los Ángeles, California. Llegada la fecha, se procederá a subsanar las pérdidas a través del capital fijo de (Re)Médialo.

Por favor, póngase en contacto con nuestras oficinas para realizar el pago con tal de evitar esta resolución. Si tiene alguna pregunta, póngase en contacto conmigo a través de la dirección que se indica arriba o al teléfono 213-555-7343.

Atentamente,
Irvin A. McManor
Gestor financiero del Banco de California, Los Ángeles

La carta cayó de sus manos al escritorio, aterrizando sobre SiSi. El 1 de julio. Tenía hasta el día 1, y luego iban a... iban a... Annika sintió un nudo en la garganta. Se le llenaron los ojos de lágrimas, pero parpadeó para que no cayesen. Miró alrededor, a su refugio, su querida oficina; al letrero enorme de metal en la pared; al sofá; el cuadro justo encima; la pizarra blanca y grande de June. Era su casita de ensueño. El espacio donde la gente volvía a creer en el amor y en sí mismos.

El banco se lo llevaría, así, sin más. La dejaría sin nada a pesar de todo el cariño, el esfuerzo y las ganas que le había puesto a (Re)Médialo para llegar hasta donde estaban hoy. ¿Les podía culpar acaso? Ellos también eran un negocio. Sintió una oleada enorme de culpabilidad, vergüenza y miedo que estuvo a punto de poder con ella. Estaba fracasando. Tal y como su padre había anticipado.

¿Y qué pasaría con los futuros usuarios de su aplicación? ¿Y con toda la gente que pasaba el tiempo dando vueltas en la cama, solos y fríos, deseando poder transmitirles a sus seres queridos lo que su corazón no podía? Si el banco las echaba, Annika nunca tendría la oportunidad de brindarles un final feliz.

—¿Hemos recibido algo guay de correo? —June entró apartándose el pelo hacia atrás. Se había puesto rímel. Eso sí, al ver la cara de Annika, frenó en seco—. ¿Estás bien? ¿Qué te pasa?

Annika tomó la carta en silencio y con la mano temblorosa se la pasó a June, quien la leyó y fue frunciendo más el ceño con cada palabra.

—¡Menuda mierda! —dijo—. Vamos a tener que hablar con un abogado. No nos pueden echar así como así.

Annika sacudió la cabeza despacio.

—Estamos muy endeudadas —respondió con la voz repentinamente ronca—. Cuando vino, ya nos lo avisó.

—¡Lo que quieren es darle la oficina a la prima de Gwyneth! Eso tiene que ser ilegal, no me fastidies.

—Puede, pero eso no quita que sea verdad. —Afectada, miró a June—. Seis semanas, June. Si no pagamos el alquiler antes de esa fecha, nos obligarán a declararnos en bancarrota además de desahuciarnos. Será el fin de (Re)Médialo.

Le sobrevino una ola de pánico y le dio miedo echarse a llorar. ¿Tenía que ver la carta precisamente hoy, cuando estaba con el subidón y tenía la sensación de que las cosas iban a cambiar para (Re) Médialo?

—Eso no va a pasar ni de broma —dijo June, resuelta—. Nos estamos dejando la piel.

Annika parpadeó varias veces antes de dirigirse a la ventana para echar un vistazo a las calles aún silenciosas y al reflejo de los rayos de sol en el acero de los rascacielos en torno a ella.

—Tienes razón —murmuró en voz baja—. Significa mucho para nosotras, pero nada para el banco.

—Pero eso es porque son una panda de chupasangres. —June se acercó a ella y pasó un brazo en torno a los hombros de Annika.

—Solo hacen su trabajo —rebatió Annika con la voz algo temblorosa al final.

Se quedaron mirando el tráfico denso durante varios minutos.

June rompió el silencio con voz decidida:

—¿Sabes qué? La oportunidad que teníamos de obtener capital era bordarlo en el ÉPICO, ¿no? Eso sigue en pie. La presentación es el 13 de junio, dos semanas antes de la fecha límite del banco. Si ganamos, le enseñaremos al banco que conseguiremos fondos y nos dejarán quedarnos.

Annika se pellizcó el puente de la nariz con el pulgar y el índice.

—Tenemos que dejar a los inversores con la boca abierta para ganar el ÉPICO. Y para eso tenemos que mostrarles un prototipo completo o casi completo, cosa que no tenemos.

—Pero tenemos todo el trabajo que le hemos dedicado a la aplicación hasta ahora. Podemos enseñarles eso. ¡Y tú misma dijiste que lo que importa es la energía y la pasión! ¿Quieres que trabajemos en la presentación ahora?

Annika se volvió hacia ella con una leve sonrisa. ¿De qué manera podía transmitirle a June cómo se sentía? La carta del banco había hecho realidad su mayor miedo: no ser apta para dirigir un negocio, y todo el mundo lo sabía excepto ella. Tal vez mañana ya tendría ganas de reponerse y de buscar una solución. Ahora mismo, sin embargo, solo sentía el amargor de la derrota y un miedo aplastante al fracaso. Su negocio, su vida amorosa... Nada le iba bien.

—Me apetece trabajar sola —acabó respondiéndole—. Lo siento, necesito tiempo.

June la observó y se mordió el labio.

—Vale, cariño. —Asintió mientras Annika regresaba a su escritorio, tensa—. Si me necesitas, aquí estoy.

A Annika no le sorprendió haber dormido apenas media hora, sentada en la silla de su balconcito y sin quererlo ni beberlo. Era como si su cuerpo tratase de desconectar para que su cerebro no siguiera dándole vueltas a lo mismo.

Desahucio.

Bancarrota.

Desahucio.

Repetía las palabras sin cesar. Cuando llegó a casa, o subiendo las escaleras hasta su piso y también al desvestirse. Le daba la sensación de que las estaría repitiendo siempre. Sentada en el balcón casi a oscuras, observando las farolas y temblando por llevar puestos tan solo una camisetita y unos pantalones cortos, Annika se sentía toda una fracasada. La mayor fracasada de la historia. Tal vez aquel fuera el final.

Agarró el móvil de la mesita que tenía a su lado y marcó un número con lágrimas resbalándole por las mejillas.

—¿Diga?

—¿Papi? —dijo, y se le quebró la voz—. Sé que no fui a cenar el sábado, pero ¿puedo ir a verte mañana por la noche?

Se produjo un breve silencio en el que su padre trató de asimilar lo que estaba pasando; por su voz era evidente que lo había despertado.

—Claro —dijo al final—. Puedes venir cuando quieras, Ani.

Ella cerró los ojos y dejó que las lágrimas siguieran cayendo.

Annika sintió náuseas al caminar por el ancho acceso de coches después de otro día incansable de trabajo. Sus tacones resonaban contra el hormigón. En contraste con el bullicio de la ciudad, la zona estaba tranquila. Se paró un momento a escuchar el piar de los pájaros en los robles y a llenarse los pulmones del aire fresco que corría con un leve olor a eucalipto. June y ella apenas habían hablado durante el día; su amiga había notado que necesitaba espacio. Y, gracias a Dios, el equipo de (Re)Iníciate se había marchado a un taller, así que la planta estuvo tranquila. Era la primera vez que se quedaba así desde que Hudson había aparecido en su vida de nuevo.

La falta de sueño no ayudaba a las ganas de vomitar, al igual que saber que no estaba en una pesadilla de la que despertaría pronto. Pensar en contarle a su padre lo del desahucio... No era de los mejores momentos de la semana, eso seguro.

No le preocupaba que no la apoyara. Que sí, que no se había mostrado muy entusiasta por que se endeudara y fundara (Re)Médialo. No entendía por qué Annika elegía algo tan arriesgado en vez de un sueldo fijo como médico. Ya en su momento no demostró tener mucha fe en su capacidad para sacar un negocio adelante. Pero la quería. Tal y como decía June, su padre era su padre. No tenía más remedio que estar a su lado. Aparecía en el contrato que había firmado cuando ella nació o algo así.

No podía irle llorando a June por lo nerviosa que estaba. No solo era su mejor amiga, sino también su empleada; necesitaba ver que Annika tomaba las riendas y el control de la situación. Necesitaba verla decir «vale, nos dirigimos a una tormenta, así que hay que llevar el barco así».

Esperaba que ese día su padre la orientase, cosa que necesitaba como el comer, para ver qué pasos dar a continuación. Tal vez no pudiera quedarse con la oficina, pero quizá hubiera una alternativa para no cerrar en la que no hubiese caído todavía. Su padre llevaba casi veinte años dirigiendo su clínica privada. Seguro que tenía algún consejo que darle.

—Ani —la saludó tras abrir la puerta. Parecía haberse duchado hacía poco. Llevaba el pelo entrecano húmedo y vestía un polo violeta y pantalones de lino. La observó, inquieto, a través de las gafas de pasta; el vestido de algodón de Annika estaba arrugado, tenía ojeras y llevaba la coleta encrespada—. ¿Estás bien?

—Sí, papi. —Avanzó y lo abrazó por la cintura, inhalando el olor reconfortante de la colonia Autumn Smoke de Armani que llevaba siempre. Ya ni siquiera la fabricaban, pero su padre la pedía a un almacén de Milán que se especializaba en artículos de lujo descatalogados. Claro ejemplo de lo dispuesto que estaba a probar cosas nuevas.

Se separó y le sonrió.

—¿Me puedes hacer uno de tus zumos de mango?

—Claro —contestó él al tiempo que se apartaba de la puerta para que entrara—. Ven al salón.

Annika le pegó un buen trago al zumo de mango recién exprimido que su padre siempre guardaba en el frigorífico.

—Mmm... —Cerró los ojos—. Qué rico. Gracias, papá.

—De nada. —Le dio una palmadita en la rodilla y se recostó en el sillón de piel sin quitarle el ojo de encima. Annika sabía que estaba conteniéndose para no pedirle que se lo contase todo de inmediato.

Dejó el zumo en la mesilla, plegó las piernas en el sofá y ella también se recostó contra los cómodos cojines de color marrón topo. Se tapó con una manta de cachemira y se puso a juguetear con los flecos.

—El banco me ha dado malas noticias sobre la empresa —confesó en voz baja.

No se atrevía a mirar a su padre; no quería darle la oportunidad de verla asustada o preocupada. Se quedaron en silencio durante un instante o dos.

—¿Qué tipo de malas noticias? —preguntó su padre, tenso.

—Empezarán con el desahucio en julio —le contó con un tono de voz un poco más alto—. Se suponía que íbamos a tener el prototipo listo para el evento que se celebrará dentro de poco, pero no lo tenemos, lo que significa que seguramente no ganemos. Y, si no ganamos, no obtendremos el dinero para pagar al banco. —Cuando levantó la cabeza para mirar a su padre, lo vio contemplándola fijamente.

Este asintió una sola vez.

—Vale. Haré algunas llamadas.

A Annika le dio un vuelco el corazón. Su padre tenía conocidos en todos lados. Pensaba que eran solo en el ámbito médico, pero tenía mucho dinero, así que era lógico que algunos lo fueran del financiero.

—¿En serio? ¿Harías eso por mí?

Con aquello demostraba que los padres siempre estaban de parte de sus hijos, por mucho que peleasen.

—Sí. El decano de la facultad de medicina de la UCLA es un viejo amigo mío. Seguro que hace un apaño con las fechas. Si te das prisa, podrás hacer los exámenes de ingreso y solicitar plaza. Seguro que puede aceptarte para el semestre de otoño.

Annika se lo quedó mirando. El corazón se le hizo añicos.

—Te... te refieres a la carrera de medicina.

—Sí, claro. —Enarcó las cejas como si resultara evidente—. ¿A qué, si no?

Por mucho que intentara contenerse, Annika sentía que las emociones amenazaban con desbordarla, como normalmente le pasaba con su padre. Era como si la casa fuera una máquina del tiempo que la llevaba de vuelta a aquel momento de su adolescencia en el que se marchó por esa puerta.

Annika levantó las manos en el aire.

—No sé, ¿quizá podría intentar salvar mi negocio? ¿Para no rendirme tan fácilmente?

Su padre se la quedó mirando como si fuera una extraterrestre que acabara de salir de una nave espacial fosforescente.

—¿Por qué te enfadas?

Annika farfulló.

—¿Lo dices en serio, papá? Llevamos casi un año teniendo esta misma conversación, solo que tú te niegas a escucharme. No. Quiero. Estudiar. Medicina. Soy empresaria y mi negocio se llama (Re) Médialo.

Su padre carraspeó, como para ganar un poco de tiempo para pensar en cómo expresarse.

—Pero… ¿seguirás teniéndolo cuando acabe el verano? Yo creo que no.

Annika se llevó las manos a la cabeza.

—¡Papá! ¿No ves lo poco que me ayuda eso? ¿No entiendes que tu absoluta falta de entusiasmo por lo que hago, por mi *pasión*, es un nubarrón constante sobre mi cabeza? —Tomó aire y miró a su padre, que parecía atónito—. ¿Sabes que tú eres una de las razones por las que se me ocurrió la idea para la empresa?

»Quería hacerle un homenaje al amor que sientes por mamá. A vosotros no podía daros una segunda oportunidad, pero tal vez sí a los demás. Quería que (Re)Médialo fuera un espacio en el que la gente solitaria y perdida pudiera llegar a creer otra vez en el poder del amor. Que sí, que ahora mismo no estoy en la mejor situación. Pero me niego a creer que se acabó. —Mientras hablaba, Annika se dio cuenta de que era cierto. No podía rendirse. Ni ahora, ni nunca. Se trataba de (Re)Médialo, de su bebé. No iba a darse por vencida sin pelear.

Annika apartó la manta a un lado y se puso de pie.

—Siento mucho que tú no lo veas —dijo con voz temblorosa—. Siento que no creas en mí o en mis sueños. Porque de verdad que ahora mismo tu apoyo me habría venido de perlas. —Limpiándose las lágrimas con el puño, se encaminó a la puerta.

—Ani —la llamó su padre—. Espera.

—No, papá. Ya me he cansado de hablar de lo mismo. —Abrió la pesada puerta principal, salió a la luz de la penumbra, se metió en el coche y condujo calle abajo antes de parar a un lado y de mandarle un mensaje a June.

No nos daremos por vencidas sin pelear.

La respuesta de June llegó al momento.

Pues claro que NO.

Annika se reclinó y sonrió. Lo haría. Salvaría (Re)Médialo con el último adarme de fuerzas que le quedara.

Su teléfono volvió a sonar.

¿Significa eso que estás de humor para acompañarme a esa fiesta de bienvenida mañana por la noche? No he querido recordártelo antes...

Cierto. Se le había olvidado por completo.

Sí, claro. Podría ser una buena oportunidad para hacer contactos. Vayamos.

ESA ES MI NIÑA. DI QUE SÍ.

Annika soltó una carcajada y sintió un ramalazo de energía y confianza en sí misma, así que volvió a poner el coche en marcha.

El miércoles por la noche, Annika y June subieron al ático de una torre de apartamentos en un ascensor especial con el interior dorado.

—El ascensor tiene pantalla táctil —dijo Annika, contemplándolo todo con estupefacción—. Nunca había visto nada igual.

—Es llamativo, ¿verdad? —June también parecía impresionada, aunque ella misma había crecido en una mansión de veinte dormitorios y cuatro cocinas—. Al tipo este debe de irle muy bien.

Annika frunció el ceño.

—¿En serio no sabes de quién es la fiesta de bienvenida? ¿Seguro que no pasa nada?

June le restó importancia moviendo una mano con uñas postizas.

—Lucy me dijo que no. Que podía invitar a quien quisiera, y ella quiso invitarme a mí. —Le dedicó a Annika una sonrisa de oreja a oreja—. Y *yo* he querido invitarte *a ti.* Míralo de esta forma, nena. Después de la desastrosa cita con Alesandro y la emboscada posterior por parte de Hudson, te mereces pasártelo bien esta noche. Quién sabe, ¡a lo mejor conoces a tu príncipe azul en este palacio! —Movió el brazo señalando todo a su alrededor en un gesto muy propio de June.

Annika se cambió el regalo de mano.

—Vale, pero como un segurata de esos que acojonan me ponga de patitas en la calle, te voy a echar la culpa a ti. Además, ¿quién da una fiesta de bienvenida un miércoles por la noche? No tiene sentido.

Las puertas del ascensor se abrieron con un pitido y dejaron a la vista un vestíbulo con el suelo de mármol. El ruido les llegó enseguida; había un buen puñado de personas apretujadas alrededor de las mesas llenas de canapés y de pie junto a algunos tiestos con palmeras.

June enarcó una ceja.

—Supongo que a toda esta gente no le importa.

Annika se recolocó la cinta del bolso con la mano, agarró bien el regalo que había traído para el anfitrión desconocido en la otra y salió del ascensor con June; de repente sentía que no sabía andar con aquellos tacones de aguja. Se contempló en un espejo gigante que había frente a ellas. Pensó que se veía guapa con aquel vestido verde cruzado y el sencillo colgante esmeralda que su padre le había regalado cuando se graduó de la universidad. Enseñaba un poquito de escote, pero no el suficiente como para parecer una cualquiera. June, por supuesto, estaba despampanante con aquel vestido amarillo vivo y esos relucientes tacones Prada rosa chillón.

—Esta debe de ser la mesa de los regalos. —June dejó su caja, que estaba envuelta de manera preciosa, junto al montón que ya había sobre la mesa de madera brillante a su izquierda. Annika hizo lo mismo mientras miraba en derredor a los invitados.

«Ay, madre».

—June. —Annika la agarró del codo.

—¿Qué? —June parecía absolutamente impasible mientras barría a la multitud con sus ojos azules. Agarró una copa de champán de una bandeja de plata que llevaba un camarero.

—Creo que acabo de ver a Briana Grant —dijo Annika entre dientes—. Justo allí. —Trató de señalarla de forma discreta con la barbilla.

June movió la mano como si nada y sus pulseras de Tiffany tintinearon.

—Ah, no te preocupes por todos sus Grammys. Briana es muy campechana. ¿Quieres que te la presente?

—¿La conoces? —Annika sabía que June tenía ciertos contactos gracias a sus padres, pero ella siempre le había dicho que odiaba el mundillo de los famosos y que intentaba pasar desapercibida.

—Bueno, no la conozco como tal, pero sí nos hemos visto...

Se vio interrumpida por un chillido agudo.

—*¿June Stewart?*

Ambas se giraron en la dirección de la voz femenina con acento francés. Una mujer delgada, alta y pelirroja ataviada con un vestido brillante de tul venía hacia ellas. Annika la reconoció al instante; había salido prácticamente en todas las revistas *Vogue* del mundo.

June se adelantó y soltó su propio gritito al reconocerla.

—¡Lucy! ¡Preciosa! ¡Gracias por invitarnos!

Las dos besaron el aire junto a sus mejillas y se abrazaron, y a continuación June se giró hacia Annika con los ojos brillantes de emoción.

—Esta es mi amiga y jefa, Annika Dev. ¡Es la dueña de (Re)Médialo! ¿Recuerdas que te hablé de ella?

—¡Ah, *oui*, claro! —Lucy sonrió—. ¡La genia de la creatividad!

«Ay, madre», pensó Annika. «Lucy Bilodeau acaba de llamarme genia de la creatividad». Le estrechó la mano y sintió que uno de sus gigantescos anillos de diamante se le clavaba en la piel. Bueno, el dolor merecía la pena.

—Encantada. Y muchas gracias por la invitación. Aunque, ¿de quién es la casa? June no lo sabe.

Lucy se encogió de hombros y su llamativo collar de cascabel tintineó un poco.

—A mí me invitó mi amiga Katie. Seguro que quien sea aparecerá pronto. —Se giró de pronto hacia June—. Santo cielo. Hablando de Katie... ¿te has enterado de lo de Aidan?

—No, ¿qué ha pasado?

—Vaya, ¡es tristísimo! ¿Te acuerdas de esa dieta de veneno de serpiente que vio en *Vogue Italia* y que quería probar? Ven, seguro que Gabrielle te lo cuenta mejor... —Lucy empezó a llevarse a June a rastras.

June se giró.

—Espera un momento. Annika...

Annika señaló con la mano que se fuera.

—No, no, vete. Yo estaré bien. Voy a dar una vuelta a ver si encuentro al anfitrión y así lo saludo.

—¿Segura?

—¡Que sí! —Annika se obligó a sonreír, como si mezclarse con un montón de gente famosa y guapísima fuese lo más normal del mundo para ella un miércoles por la noche.

Su sonrisa se esfumó cuando June desapareció entre un grupo de personas y se oyeron más chillidos, seguro que por su aparición. Annika no había dado ni tres pasos en el interior de aquel piso fabuloso y ya se sentía sola y perdida. Se volvió a mirar en el espejo.

«Para ya. Eres Annika Dev. No necesitas a June ni a nadie más para socializar. Hazlo por (Re)Médialo», agarró una copa de champán que llevaba un camarero cercano, se apartó el pelo hacia atrás, cuadró los hombros y se internó en aquella elegante melé.

# 11

Ay, Dios. Los famosos eran agotadores.

Justo cuando pensabas que uno de ellos parecía lo bastante simpático y con los pies en la tierra como para no dejarte el ego por los suelos, se le acercaban otras celebridades muchísimo más importantes que tú. Annika se encontraba en el balcón entre pequeños grupos de personas, solo que ella no estaba en ninguno; era como la pelusa de un diente de león solitario flotando en el aire. Todas las demás pelusas parecían estar bien pegadas a sus tegumentos, o como quiera que se llamasen; bien felices y en su salsa. Annika estaba segura de que tenía un letrero de neón en lo alto de la cabeza que decía: «FRACASADA. NO ACERCARSE».

Bebió otro sorbo de champán y deambuló por allí hasta acercarse a un grupito de gente bajo uno de los faroles colgantes. Había un hombre de mediana edad vestido con una camisa hawaiana roja, una mujer con una túnica morada con mucho vuelo y otro hombre más joven con unas gafas modernas.

—He oído que (Re)Iníciate tiene el ÉPICO de este año en el bolsillo —dijo el hombre más joven a los otros dos—. Ni siquiera sé quién más compite.

—No deberían ni molestarse. —La mujer se rio a la vez que escribía algo en su teléfono—. Está clarísimo que (Re)Iníciate va a llevarse el premio. Vamos, me muero por una copa. —Y se alejaron de allí.

«¿Qué?». Annika se acercó y sonrió al hombre con la camisa hawaiana, que no había dicho nada y se había quedado rezagado.

—Hola. —Metió la mano libre en el bolso y sacó una tarjeta de visita—. Les he oído hablar sobre el ÉPICO. No sé si la conoce, pero hay otra *app,* (Re)Médialo, que también se presenta. Soy Annika Dev, su directora ejecutiva y fundadora. —Le tendió la tarjeta, pero el hombre se la quedó mirando impertérrito, como si no supiera lo que era. Tal vez fuera de otra cultura donde las tarjetas de visita no eran muy habituales—. Esta es mi tarjeta —explicó Annika—. Mi negocio, (Re)Médialo...

El hombre joven de las gafas modernas se percató de su interacción y llegó corriendo para ponerse al lado del otro de mediana edad.

—Lo siento, Phil ha jurado un voto de silencio. No puede hablar. —El más joven miró a Phil a los ojos antes de girarse de nuevo hacia Annika—. Pero a Phil le gustaría que supiera que tiene muy buen *chakra.*

Phil asintió de manera solemne e hizo una reverencia.

Annika parpadeó.

—Ah. Eh... Sí... Vale. —Volvió a guardar la tarjeta de visita—. Buena suerte con... el voto de silencio. —Sin saber muy bien si se estaban quedando con ella o no, se alejó de allí y entró en la casa de nuevo.

—Madre mía —dijo alguien, pero Annika siguió andando; lo más seguro era que no estuviesen dirigiéndose a ella. Pero, entonces, sintió un golpecito en el hombro. Se giró y vio que una mujer con una melenita corta y geométrica de color castaño claro la estaba mirando como si ella hubiera inventado el café con leche y jengibre—. *Madre mía* —repitió la mujer con las manos en las mejillas—. Soy una grandísima fan tuya.

Annika frunció el ceño.

—¿Mía...?

—¡Tuya! ¡Estuviste graciosísima en *Confusión en Bollywood*! He leído tus libros, todos, y me han cambiado la vi...

—Eh... —Annika miró en derredor, como si alguien fuese a materializarse para llevársela de aquella espantosa situación—. Yo no... —Se inclinó hacia delante—. Yo no soy Rosie Singh. —La mujer se la quedó mirando sin más—. Yo no soy esa actriz india.

La mujer se rio a carcajadas y las puntas de su melena corta se bambolearon.

—Madre mía, qué graciosa eres. ¿Vas de incógnito o algo? Te prometo que no se lo diré a nadie. Pero, si pudieras firmarme la servilleta, sería increíble. —Le tendió una servilleta cuadrada.

Annika se quedó mirando primero la servilleta y luego a la mujer. A su espalda oyó más risas; estaba claro que la gente no era consciente de la locura de conversación que estaba teniendo lugar frente a sus narices.

—No... en serio. Que no soy Rosie. De verdad.

La mujer hizo como si se cerrara la cremallera de los labios.

—Te prometo que no le diré nada a nadie. Por favor. Significaría mucho para mí, no te haces una idea de cuánto. —Sacó un bolígrafo del bolso y se lo entregó a Annika.

Annika tuvo la sensación de que no iba a conseguir librarse de esta. Volvió a mirar a la mujer y agarró la servilleta.

—Pues... te la firmo entonces.

La mujer asintió con las manos de nuevo en las mejillas. Parecía estar a punto de llorar.

«Genial». Annika buscó a su alrededor algún lugar donde apoyar la servilleta, pero la mujer le dijo:

—Ah, permíteme. —Se dio la vuelta y le ofreció la espalda—. ¿Puedes dedicármelo? —preguntó por encima del hombro—. Para Stacy. Con *y*, no *i*.

Annika apoyó la servilleta contra la espalda de Stacy con cuidado de no atravesarla con el boli y pincharla —sería una pena— y garabateó una firma que podría haber dicho cualquier cosa: Annika, Rosie… o bien podría haber sido el dibujo de una marmota muerta.

—Muy bien. ¡Listo!

Stacy se giró y agarró la servilla sonriendo como si se hubiese tragado una bombilla.

—Ay, ¡muchas gracias! Eres increíble. No cambies nunca. —Se alejó de allí y Annika la oyó decir—: ¡Ava, no te vas a creer lo que acaba de pasar!

Suspirando, Annika atravesó el salón, que era una mezcla cacofónica de música, cháchara, gritos y risas. Pasó junto a distintas aglomeraciones de gente que bien parecían ser unos grandísimos frikis de la tecnología o estaban esqueléticos, bronceados de más, o borrachos perdidos; y a veces todo a la vez. Nadie la miraba dos veces. Había perdido a June de vista hacía mucho, y quienquiera que fuera el anfitrión no era fácil de encontrar. Tras decidir tomarse un respiro en una parte más tranquila de la casa —si es que encontraba una—, Annika se dirigió a un largo pasillo.

Había menos gente en el pasillo, pero aún la suficiente hablando en grupitos como para que Annika tuviera que empujar a algunas personas para poder pasar entre ellas. Siguió su camino a través del abotargamiento de perfumes y colonias. Había puertas cerradas a cada lado del pasillo, y este acababa en un gran pedestal sobre el que había una escultura preciosa y sinuosa hecha de piedra blanca iridiscente.

Al principio, Annika pensó que se trataba de una lágrima, pero entonces se percató de los brazos flexionados contra un torso curvilíneo, del cuello doblado con una cabeza encima como un diente de león al final del tallo, y cayó en la cuenta de que estaba mirando la escultura de una mujer. Con cuidado, paseó los dedos sobre la fría piedra, maravillándose con la artesanía.

Varias risas estridentes resonaron a su espalda. No quería volver a hacerse hueco entre todas esas personas para regresar al salón, así que, por impulso, alargó la mano hacia el pomo de la puerta más cercana y lo giró. La pesada puerta se abrió hacia dentro sin hacer ruido. Miró rápidamente por encima del hombro para asegurarse de que nadie iba a detenerla o a acusarla de ser una ladrona y se adentró en la estancia oscura, fresca y tranquila antes de cerrar la puerta a su espalda.

Ah. Paz y tranquilidad.

Encendió la luz, la atenuó y miró en derredor. Estaba en un dormitorio enorme, con una cama minimalista sobre una plataforma. La cama tenía sábanas de colores marrón topo y negro y un montón de almohadas extremadamente mullidas. Tres de las paredes del dormitorio eran de cristal; con vistas a la ciudad, a su arrollador entramado de calles y rascacielos y a las luces rojas de los coches quietos, como una cadena de rubíes en un collar. Annika vio más esculturas en la mesita de noche y en la cómoda; eran más pequeñas y coloridas que la del pasillo, pero del mismo estilo lánguido. Estaban colocadas sobre distintos atriles de madera.

Caminó hacia delante hundiendo los tacones en la alfombra afelpada y echó un vistazo al cuadro que colgaba sobre el cabecero de la cama. Parecía ilustrar el Himalaya, pero no estaba segura. Se percató de que el dormitorio era un oasis para un alma sensible y artística.

Dejó el bolso en el suelo y se lanzó hacia atrás sobre la cama con los brazos extendidos en cruz. En aquel silencio, respiró hondo y giró la cabeza para contemplar las titilantes luces de la ciudad. La habitación olía bien, un poco como a colonia con olor a océano y a algo más; algo nuevo y algodonoso, como a jabón y pijama limpio.

Sabía que no podía quedarse ahí el resto de la noche, en el dormitorio de un desconocido, pero se sentía a gusto. Como en un enclave, o suspendida en un castillo. Una burbuja donde nadie podía encontrarla y donde no tenía que fingir ser una adulta con la suficiente seguridad en sí misma como para caminar entre famosos altaneros que no querían verla ni en pintura.

La puerta se abrió.

Annika se sentó corriendo. El hombre en el umbral iba vestido con unos vaqueros rectos y una sencilla camisa de botones blanca que acentuaba su piel bronceada y sus ojos verdes. Bajo la tela, además, se intuían los músculos y las ondulaciones de lo que parecía ser una anatomía extraordinaria.

Hudson Craft.

Él la miró con los ojos entrecerrados, sin decir nada.

—Vaya... eh... hola —dijo ella por fin, porque estaba claro que *él* no iba a decir nada. Qué rarito era—. ¿Qué... haces aquí? —Pero, cómo no, probablemente fuera el mejor amigo del anfitrión multimillonario que había organizado la fiesta. Al fin y al cabo, era el maldito Hudson Craft.

—Bueno... —dijo, cerrando la pesada puerta a su espalda y volviéndose otra vez con una sonrisilla en los labios—. Lo que me dé la gana, supongo. Este es mi dormitorio.

Annika enarcó mucho las cejas. Se bajó de la cama a toda prisa con las mejillas ardiendo.

—¿Esta... casa es tuya? ¿Qué eres, multimillonario o qué?

Hudson se apoyó contra la puerta con las manos en los bolsillos y se rio entre dientes.

—La compré hace un mes. Y no, solo millonario. Aunque estoy trabajando en ello. —Le dedicó una sonrisilla infantil.

—Ah. —Annika se quedó allí plantada, incómoda. El recordatorio de lo millonario que era volvía a evocar el sentimiento de fracaso que le había insuflado la carta de desahucio. Apartó ese pensamiento de la mente—. Te juro que no me he colado ni nada. Me ha invitado June, y a ella la invitó su amiga Lucy, que a su vez la invitó su amiga Katie...

Hudson le restó importancia con la mano sin romper el contacto visual con ella.

—Me alegro de que estés aquí.

¿Se refería a aquí en su casa o a aquí a solas con él en su dormitorio? Vestido con esa ropa tan sencilla pero elegante él encajaba perfectamente en la habitación, tan ordenada y con decoración cara pero sutil. De repente, Annika se lo imaginó sin camisa y con solo los pantalones de pijama puestos, tumbado en la cama con el pelo húmedo y el pecho y los abdominales salpicados de gotitas de agua. Y también se imaginó a sí misma, sorprendentemente parecida al recuerdo que tenía de Las Vegas, arrodillada a su lado y lamiéndole todas esas gotitas.

Su piel empezó a vibrar de deseo. En serio, debería irse. Hudson Craft seguía siendo Hudson Craft; no había cambiado nada entre ellos. No eran compatibles. No podían serlo. Debería pasar junto a él, abrir la puerta y marcharse.

Pero no quería. Quería quedarse ahí, echar un vistazo desde detrás de la cortina y ver quién era Hudson en realidad. Y eso era un problema.

Tras decidir de pronto hacer caso omiso de la vocecilla de la razón que se iba haciendo más pequeña cada vez que respiraba, Annika se giró para volver a mirar por el cristal y luego se sentó en el banco negro de piel que había a los pies de la cama mientras repasaba una por una todas las razones por las que no debería hacerlo.

—Las vistas son de escándalo.

Hudson acercó una silla hamaca y también se sentó de cara a la pared de cristal que había frente a ellos.

—Me gustan. De hecho, creo que fueron lo que me hizo decantarme por esta casa.

Annika le echó una mirada.

—¿Qué?

—Nada. —Ella negó con la cabeza y pasó una uña por la costura de la piel—. Mi padre me dijo que mi madre había comentado lo mismo sobre su casa. Ella quiso comprarla por las vistas que tenían desde el porche.

—Una mujer inteligente —repuso Hudson—. Por ahora, aún no me he arrepentido de levantarme con estas vistas. ¿A tu madre le pasa igual?

Annika se quedó callada. Nunca había un buen momento para soltarle la noticia a la gente; todo se volvía muy raro e incómodo siempre que lo hacía.

—Mi madre murió hace mucho, cuando yo era un bebé. De cáncer.

Hudson se volvió para mirarla.

—Lo siento —dijo sin más—. Crecer sin ella ha debido de ser muy duro... No llegar a conocerla nunca, preguntarte qué podría haber pasado de no haberse ido...

«Vaya». Nadie le había dicho algo así aparte de la psicóloga a la que fue brevemente cuando era adolescente por lo que su padre denominaba «problemas por abandono no asimilado», lo cual significaba que estaba cabreado porque Annika hubiera empezado a tener relaciones sexuales y no sabía qué más hacer. Todos presuponían que porque su madre hubiera muerto cuando ella no era más que un bebé ella no la echaría de menos.

—Gracias. Pues sí. Pero mi padre se encargó de que no lo notara. Nunca me sentí sola. —«Cállate, Annika. A él no le importa». ¿Por qué compartía todo eso con él?

Pero si percibió que hablaba de más, no dijo nada. De hecho, pensó Annika, esa noche parecía... distinto. Esa dureza de la que se había percatado en otras ocasiones ahora no estaba presente, aunque no tenía ni idea de qué había cambiado.

Hudson echó las piernas hacia atrás y se balanceó despacio en la hamaca.

—Me alegro. Yo tengo a mis padres y a un hermano y no puedo decir lo mismo.

Annika se volvió de pronto hacia él. Ahí estaba otra vez esa sensación extraña y desorientadora, la misma que cuando nadaba en el océano y era consciente del universo entero que existía bajo sus pies pero del que apenas conocía nada. Era terrorífico y emocionante a la vez.

—¿Te sentiste solo de pequeño?

Su expresión ni siquiera varió. Se encogió de hombros.

—A lo que me refiero es que tienes suerte de tener el padre que tienes.

Annika vaciló.

—Lo sé.

Hudson se la quedó mirando, inquisitivo.

—Pero ¿qué?

Sacudió la cabeza y delineó la costura del banco con un poco más de diligencia.

—Pero nada. Tengo mucha suerte. Es solo que... ojalá mi padre y yo opináramos igual en cuanto a mi futuro profesional, eso es todo.

—¿No está de acuerdo con las decisiones que has tomado?

—Más bien no le entusiasman mucho. Aún sigue aferrándose a la esperanza de que estudie medicina.

Hudson resopló.

—¿Medicina? ¿Tú?

Annika lo fulminó con la mirada a la vez que hincaba la uña en la costura.

—¿Qué? ¿No crees que sea lo bastante inteligente como para ser médica?

Él le devolvió la mirada sin acobardarse.

—No, inteligente eres de sobra, eso lo sabes. Es solo que no te imagino trabajando de algo tan mecánico, tan... rutinario. Tienes demasiada creatividad como para dedicarte a un trabajo de ese estilo.

Annika bajó la mirada hasta sus zapatos; de pronto sentía el estómago raro y revuelto.

—Los médicos pueden ser creativos —murmuró. ¿Por qué le costaba tanto hablar? ¿Por qué volvía a dejar que la afectase de esa manera? Ahí estaba el problema: sentirse atraída por Hudson era como si la atrajeran dos personas completamente distintas, el Dr. Jekyll y el señor Hyde. Coqueteaba con ella solo para hacerla sonrojar, la provocaba sin remedio y también era el dueño de (Re) Iníciate, una empresa horrible y destrozavidas que seguía creciendo mientras la suya, nacida del amor y del esfuerzo, iba cuesta abajo y sin frenos. Pero también tenía cosas buenas que le derretían el corazón.

Ella, Annika Dev, nunca saldría con alguien como Hudson Craft: un millonario malvado que se ganaba la vida a base de romperle el corazón a la gente. No importaba que ella fuera a morirse sola. Nunca se lo perdonaría si saliera con alguien como él, que vertía tantísima energía negativa y tantas vibraciones oscuras y tristes en el universo. Además, ¿cómo se sentiría si, contra todo pronóstico, tenía que cerrar (Re)Médialo dentro de unas semanas? ¿Cómo podría seguir saliendo con él sin que eso le afectara? Lo que iba a hacer, como la persona madura y responsable que era, era levantarse y marcharse de aquel dormitorio. Y posiblemente también de la fiesta, que resultaba ser *suya*, porque... ¿cómo no iba a serlo?

En cambio, Annika se puso de pie y caminó hasta la escultura solitaria que había sobre su impoluta mesita de noche. «Venga, márchate y ya». Pero no pudo. Era como si Hudson tuviera su propio campo gravitatorio y atrajera a Annika, una estrella indefensa y diminuta. Escapar era imposible.

—Me gustan todas estas esculturas. ¿Qué hay de esta?

Hudson caminó hasta donde ella se encontraba, tan alto y oliendo maravillosamente bien. Ella trató por todos los medios de que la respiración no se le alterara.

—La hice yo en la universidad.

Annika se volvió hacia él.

—¿Que la has hecho *tú*? —En Las Vegas mencionó algo de artes gráficas, pero nunca especificó lo de hacer esculturas.

Él suspiró y se llevó una mano a la cadera.

—¿Qué? ¿No crees que tenga la suficiente creatividad como para ser escultor?

Annika se cruzó de brazos.

—¿Sinceramente? No.

Él se rio.

—Auch. Eso ha dolido.

—Lo siento —dijo, sintiéndose un poquito mal. Volvió a centrarse en la escultura dorada y verde azulada y paseó un dedo por las líquidas curvas y los filos voluptuosos y redondos. Todo en ella parecía suave y vulnerable, totalmente distinta a lo que hubiese esperado del Hudson Craft que conocía. Así que Don Tirano, Empresario y Millonario tenía un lado artístico. Ahí estaba otra vez ese sentimiento desorientador. Se estaba volviendo loca tratando de discernir sus dos facetas.

—No pasa nada. Tampoco hablo mucho de ello. En realidad, al principio quería ser escultor, pero luego me di cuenta de que así no iba a ganar dinero. Y que eso no iba a ser de gran ayuda para mis padres.

—Ah. Tenían una tiendecita en la zona rural de Ohio, ¿no? Y querías ayudarlos a jubilarse, si no recuerdo mal.

Hudson parecía desconcertado.

—¿Cómo lo sabes? Creo que no he mencionado nada de eso en los artículos.

—Y así es. Recuerdo que me lo dijiste en Las Vegas.

Se quedaron mirándose durante un instante en el que él suavizó la expresión.

—Las Vegas. Claro.

Annika volvió a fijar la atención en la escultura, un pelín nerviosa. ¿En qué estaría pensando Hudson? ¿Por qué nunca lo adivinaba?

Un segundo después añadió:

—Bueno, ya se han jubilado y han terminado de pagar la casa. Pero yo sigo mandándoles dinero todos los meses para que vivan cómodamente.

—Deben de estar muy orgullosos de ti.

Hudson se limitó a encogerse de hombros.

Annika recordaba la intensidad con la que había hablado en el fórum, cuando mencionó que el éxito era una manera de agradecer a las personas que te habían ayudado a llegar hasta donde estabas. ¿Era eso a lo que se refería? No sabía cómo preguntárselo. Era algo tan personal.

Carraspeó.

—¿Y qué es lo que te gusta de hacer esculturas? —le preguntó. No podía imaginárselo en un estudio, con las manos manchadas de arcilla. En parte se preguntaba si no le estaría tomando el pelo.

Pero Hudson ni le sonrió con altivez ni se rio. Paseó el dedo índice por la escultura que ella había estado admirando con infinita suavidad y... respeto, incluso.

—Me gusta que estoy a completa merced de la arcilla, de la figura que quiere surgir. No hay forma de acelerar el proceso. Aunque no lo parezca, esculpir es una labor llena de amor... es dolorosamente lenta y muy emotiva. A veces tienes que aceptar el fracaso. —Pasó el dedo por encima de un terrón diminuto que había en lo alto de la estatua y que Annika no había visto hasta entonces—. Tienes que aprender a vivir con las imperfecciones y los defectos de cada pieza, e incluso llegar a quererlos.

Mientras Annika lo escuchaba, se dio cuenta de que todo lo que le gustaba de la escultura era lo contrario a la idea de (Re)Iníciate. Su aplicación iba de hacerlo todo más rápido, de llegar cada vez más arriba, de conseguir *más*. Era fugaz, brutal, salvaje y fría; no había cabida para la dulzura o las emociones. Sin darse cuenta, Annika empezó a negar despacio con la cabeza.

Hudson estableció contacto visual con ella y su expresión nostálgica y sentimental desapareció.

—¿Qué?

Ella permaneció allí plantada, con el muslo pegado a la mesilla de noche y muy consciente de que Hudson solo se encontraba a un paso de distancia. A lo lejos, se oían risitas provenientes del pasillo.

—¿Por qué eres así? —escupió, en vez del millón y medio de preguntas que podría haberle hecho y que serían muchísimo más apropiadas.

Confuso, Hudson se pasó una mano por el pelo. Algunos mechones rubios le cayeron sobre la frente.

—¿A qué te refieres?

«Mierda». El momento se alargó, Annika abrió y cerró la boca en vano. Bueno, ya era demasiado tarde para dar media vuelta. «Arranca la tirita sin más, Annika».

—Es que... no hay quien te entienda. Vienes a la primera cita que tengo con un hombre bastante bueno y la mandas al traste. Te parece bien romperle el corazón a la gente, pero luego te comportas como un héroe con imbéciles como el Harry ese. Me dices que te acuerdas de lo de Las Vegas y, aun así, actúas como si tuviese una enfermedad contagiosa cuando intento besarte. Invades mi espacio constantemente y también mis pensamientos, y no sé cómo lidiar con todo eso. —Se calló, horrorizada. No tendría que haber sacado el tema del beso ni haberle confesado que pensaba en él. Nunca—. Mira, ¿sabes qué? Da igual.

Él se la quedó mirando durante un buen rato y luego se frotó el mentón a la vez que desviaba la vista.

—Annika, no pretendo confundirte.

Ella aguardó a que dijera algo más con el corazón martilleándole en el pecho. ¿Así iba a ser otra vez? Debería responderle que no importaba, que no tendría que haber sacado el tema. Debería marcharse. Estar a solas con Hudson Craft, aunque no hubiera bebido, era una experiencia embriagadora, y una en la que no se fiaba de sí misma. Al ver que él permanecía en silencio, fue ella la que habló:

—Ya. Supongo que entonces es que eres así. Confuso de cojones.

Hudson la miró con mucha intensidad.

—A lo mejor puedo aclararte un poco las cosas. —Dio un paso hacia delante, con lo que quedaron a un palmo de distancia. Colocó una de sus manos grandes sobre el brazo de ella y murmuró con voz ronca—: Lo que te dije en la fuente iba en serio. No he dejado de pensar en ti desde que citaste a Florence Nightingale en un bar de Las Vegas casi a oscuras: «La felicidad es la materialización gradual de un objetivo o un ideal noble».

El corazón de Annika retumbó en su pecho. «Aléjate», se ordenó tajante. «No puede salir nada bueno de esto». Aunque le gustaba oír que había estado pensando de ella y aunque se moría de curiosidad por cómo iba a «aclararle» las cosas, iba a marcharse de veras. Iba a dar media vuelta y a salir en busca de June...

Hudson acortó el espacio entre ellos y pegó su duro cuerpo contra las curvas suaves de ella. Annika inclinó la cabeza hacia atrás y lo miró a los ojos verdes, respirando cada vez de manera más rápida y superficial. Él tenía una de las comisuras de la boca elevada en una media sonrisa. Ella apoyó las manos contra los músculos firmes de su pecho con la intención de apartarlo, de borrarle esa sonrisilla de la cara y de decirle que no era ninguna fanática de Hudson Craft.

Pero él se tomó ese contacto como una invitación. La sonrisa engreída desapareció a la vez que le acunaba la mejilla con una mano grande y cálida y colocaba la otra en su cintura antes de pegarla aún más a él, impaciente y exigente. Y entonces sus labios cubrieron los de ella.

El cuerpo de Annika respondió antes de que su cerebro pudiera gritar de indignación. Su olor a limpio y su calor intenso la envolvieron como un surfista al que se lo tragaba una ola. Le ardían las mejillas justo donde su barba incipiente la rozaba, como el papel de lija contra la seda. La besó como hacía todo lo demás: confiado y seguro de sí mismo. Le mordió el labio inferior, sin lengua, y sonrió contra su boca. Hasta en ese momento la estaba provocando. Ella, a modo de respuesta, hizo lo propio con el de él, solo que más fuerte, y él se rio antes de abrir más la boca y darle lo que ella realmente quería.

Cuando su lengua acarició la de ella, Annika gimió con suavidad, y él la besó con más ahínco. Hudson movió la mano que tenía en su mejilla hasta enterrarla en su melena, como si no pudiera tenerla lo suficientemente cerca. Ella deslizó las manos por sus pectorales hasta llegar a los abdominales y palpó los duros músculos hasta prácticamente derretirse por dentro; no era más que un mero charco de puro deseo.

Sus dedos se toparon con el botón de sus vaqueros y ella oyó como a él se le cortaba la respiración. Estaba duro contra ella, y Annika estaba tan mojada, preparada para avanzar hasta el siguiente nivel.

Pero entonces se dio de bruces contra la realidad. Este no era un tipo cualquiera con el que se estuviese liando en un dormitorio ajeno. No era una cita con un hombre que le importara, en el que confiase o con el que se viese en un futuro; se trataba de Hudson Craft. Y, para su alma, Hudson Craft —el creador de (Re)Iníciate— era repugnante.

Se separó de golpe y volvió a apoyar una mano sobre su pecho. Pero, esta vez, el mensaje quedaba muy claro: *para.* Él tenía los ojos muy abiertos y las pupilas tan dilatadas que apenas se le diferenciaba el verde de los iris. Annika sintió cierta satisfacción al ver que le costaba respirar y que tenía las mejillas ruborizadas.

—Hudson… esto no es buena idea.

—Yo disiento —murmuró, tratando de acortar otra vez el espacio que se había vuelto a crear entre sus bocas. Annika quería dejarlo; tenía los dedos de los pies encogidos por el deseo, literalmente. Cualquier distancia entre ellos parecía ser criminal en ese momento, completamente impensable. Quería sentir sus manos por todo el cuerpo. Quería sentir todas las partes del de Hudson bajo las suyas.

Pero se obligó a dar un paso atrás.

—Lo digo en serio —se obligó a decir, aunque le temblaba la voz y su cuerpo gritaba: «¡De eso nada, imbécil!».

Hudson se pasó una mano por los labios hinchados cuando cayó en la cuenta de que lo decía de verdad. Frunció el ceño.

—¿He hecho algo mal?

—No… Qué va. Es solo que… no veo que esto vaya a ninguna parte, Hudson. Tú eres tú, y yo soy yo.

Parecía confundido.

—Sí, somos quienes somos.

Annika suspiró. Pues claro que no lo iba a entender. Había generado un millón de dólares con su *app*. Todos lo consideraban un visionario, un genio. Al contrario que ella, él no tenía una carta de desahucio en un cajón de su despacho, a pesar de lo mucho que se había esforzado por hacer algo bueno en el mundo.

—¿No lo entiendes? Tú y yo somos como un árbol y un incendio forestal que quieren salir juntos. No tiene sentido. —Caminó hasta el banco de piel para recoger su bolso mientras Hudson la contemplaba en silencio y se frotaba el mentón con una mano—. Tendría más sentido si compartiéramos valores, o que incluso fuésemos amigos primero. Tú y yo… tenemos muy poco en común.

Hudson se quedó allí plantado, con una mano sobre la mesita de noche. La frustración era evidente en su rostro y tenía la mandíbula apretada.

—Tú y yo *éramos* amigos. Pasamos una semana juntos en Las Vegas. Ni siquiera sé por qué acabó esa semana, porque yo me lo pasé de puta madre. Mejor, incluso.

—Yo también. —Annika se agachó para recoger el bolso y lo miró—. Pero creo que ambos sabemos por qué terminó. Las Vegas es como una burbuja. No era sostenible. Las cosas no funcionan así en el mundo real. —Los señaló a los dos—. Míranos ahora. *Este* es el mundo real, Hudson. Y en el mundo real, la directora ejecutiva de (Re)Médialo y el director ejecutivo de (Re)Iníciate no pueden estar juntos. Tengo que irme —añadió, colgándose el bolso del hombro—. Mañana madrugo para ir a trabajar.

—Annika. —Hudson dio un paso hacia ella, aunque aún los separaban varios más. Las luces tenues del dormitorio proyectaban sombras bajo sus ojos—. Soy mucho más que el director ejecutivo de (Re)Iníciate.

Ella se encogió de hombros.

—Tal vez. Pero tu empresa está oscureciendo lo que sospecho que son las mejores partes de ti. Tanto que soy incapaz de ver nada más.

Y entonces se encaminó hacia la puerta y salió.

# 12

El día siguiente fue tan caótico que Annika apenas tuvo tiempo de respirar, y mucho menos de contarle a June lo del beso con Hudson o de comerse la cabeza por la razón de haberlo hecho.

Después de tres llamadas consecutivas con *beta testers* —en las que en las dos primeras tuvo que explicar por qué sonaba un gong de fondo—, Annika se levantó y se desperezó. Miró a June, que estaba girando las muñecas y tomándose un descanso de corregir errores en la aplicación.

—Oye —la llamó Annika—. ¿Quieres que nos demos un paseo rápido para estirar las piernas?

June sonrió y arrastró la silla hacia atrás.

—Por fin. Ya era hora de que me lo propusieras.

Salieron al pasillo y Annika desvió la vista hacia las oficinas de (Re)Iníciate. Menos mal que no había vuelto a oír más gongs desde aquella mañana, aunque seguían teniendo las luces encendidas. Escuchaba risas a lo lejos. June fue a enfilar por el pasillo, pero Annika la detuvo por el codo.

—Oye, eh... ¿te apetece que vayamos al baño por el camino largo?

—¿Qué?

—Ya sabes, por donde los ascensores —explicó Annika. Se había puesto a sudar. Se le daba fatal mentir, y en ese momento, peor. Recordaba en bucle los detalles del beso con Hudson, pero allí en el pasillo no era precisamente el mejor momento para contárselo a June. Y tampoco le apetecía revivir la conversación de la noche anterior con él. Se obligó a sonreír—. Así hacemos ejercicio, ¿no te parece?

—Si tú lo dices... —June frunció el ceño, pero siguió a Annika. Era la mejor—. ¿Estás bien?

—Sí —respondió Annika. Se moría de ganas por contarle lo sucedido ahora que podían—. Yo...

—¿Annika?

«Mierda. Mierda, mierda, mierda». Esa voz grave era inconfundible.

Era Hudson, y seguro que venía hacia ella. No quería hablar del beso, de lo que había dicho ni de lo que provocaba en ella con él allí delante. Vamos, ni de broma. Y ahí seguía June, ajena a todo lo que había pasado.

Annika empezó a caminar a toda prisa por el pasillo con la esperanza de llegar al cruce y de dejar a Hudson atrás antes de que este pudiese alcanzarla.

—¡Vamos! —Le lanzó a June una sonrisa desquiciada por encima del hombro—. Así hacemos ejercicio. ¡Venga!

—Annika —la llamó June, apresurándose—. Estoy casi segura de que Hudson quiere hablar contigo.

—¡Qué va! —replicó ella al tiempo que agarraba a June del brazo y apretaba el paso. Por suerte, la curva estaba justo delante de ellas—. Serán imaginaciones tuyas.

—Pues no, tiene razón. —Hudson dobló la esquina con las mejillas encendidas y el pelo desordenado. Mierda. Seguro que había corrido para interceptarla. Hudson se cruzó de brazos y se apoyó contra la pared sin quitarle el ojo de encima—. Hola.

Ella frenó.

—Ah. Eh... Hola. No te había oído. —Soltó una risita algo chillona e incómoda.

June, que se había quedado rezagada, alcanzó a Annika resoplando.

—Mujer, que andar rápido con tacones de quince centímetros no es fácil. —Entonces reparó en Hudson y desvió la vista de él a ella al tiempo que se quedaba callada.

—¿Está entrenando para un maratón de 10 kilómetros, señorita Dev? Se lo digo porque la última vez que la vi también se marchó corriendo —comentó Hudson con una sonrisilla. «¡Será imbécil!». Y, para más inri, su piel bronceada prácticamente brillaba bajo aquellas luces de plafón y contra el hormigón. «Lo repito, ¡será imbécil!».

Annika también se cruzó de brazos.

—Intento poner distancia con el ruido del gong que sale de tu oficina. Algunos tenemos empresas serias que dirigir, ya sabes.

Hudson soltó una carcajada.

—Oye, que es el sonido del éxito.

Y allí estaban, diametralmente opuestos.

—No —rebatió Annika, ladeando la cabeza—. Es el sonido de un corazón roto, Hudson.

Hudson parpadeó y desvió la mirada durante un instante antes de volverla a posar sobre ella.

—¿Podemos hablar? —preguntó, más serio. Envió una mirada fugaz a June y luego devolvió la atención a ella—. En privado.

—Claro, me... —empezó a decir June, pero Annika la interrumpió.

—No tenemos nada más que hablar —respondió, agarrándose los codos—. Lo siento, pero no hay nada que decir. —A menos que hubiera vendido (Re)Iníciate y hubiese venido a compartir la buena nueva con ella.

Hudson resopló y se pasó una mano por el pelo.

—Venga ya, Annika.

—¿Ha cambiado algo desde anoche, Hudson?

Él no respondió, pero la frustración era evidente en su rostro.

—Ya decía yo —murmuró ella en voz baja, pasando por su lado y girando la esquina hacia los baños. Miró por encima del hombro—. ¿Vienes, June?

Oyó que June farfullaba algo en voz baja antes de responderle con un «¡Sí!».

Mientras se dirigían juntas al baño, Annika cayó en la tentación de echarle un vistazo a Hudson. Seguía en el mismo sitio, contemplándola con la mandíbula apretada y una expresión mezcla de frustración y descontento. Pues ya eran dos.

June le pidió explicaciones en cuanto entraron al baño.

—¿Qué hay entre vosotros dos? ¿Pasó algo anoche?

Annika se acercó al lavabo más cercano y se echó agua en las muñecas. Cerró los ojos e inspiró hondo.

—A ver, no hemos tenido ocasión de hablar bien desde que llegamos a la fiesta —empezó a decir en cuanto pudo.

—Sí, sí. —June se sentó sobre el tocador a su lado—. Yo me fui con Lucy y sus amigas, pero tú ya te habías marchado.

—Ya. Y por mensaje comentamos que era la fiesta de Hudson y tal, pero no te conté...

June la miró, impaciente.

Annika cerró el grifo, se apoyó contra el lavabo y agachó la cabeza.

—Acabé en su dormitorio y... nos besamos.

—¿En plan... un beso de verdad?

—Ya te digo.

June sonrió.

—¿Y qué tal?

—¡Pues genial! Justo como debería ser un beso. Hudson se mostró decidido y provocador a la vez; olía bien y sabía muy bien lo que hacía...

—Entonces, ¿qué pasa? —preguntó June, que no veía las ramificaciones del futuro y era una optimista de la vida.

Annika la miró.

—¿Que qué pasa? June, ya lo hemos hablado. Es Hudson Craft. Ya lo conoces. Se dedica a extender la tristeza y la soledad en el mundo.

—Yo lo que sé es que te pasas el día hablando de él, ya sea para quejarte o para urdir un plan contra él —rebatió June encogiéndose de hombros. Se miró en el espejo y se quitó un exceso de brillo del labio superior con la uña. Se volvió hacia Annika y añadió—: Tal vez lo que os haga falta sea volver a lo que teníais en Las Vegas. —Y esbozó otra sonrisilla traviesa.

Annika sacudió la cabeza.

—Para mí un ligue nunca es un ligue. (Re)Médialo es la personificación de quien soy, y es todo lo contrario. Y ahora, entre lo del desahucio y que no dejan de tocar el gong, sumando más y más rupturas, no me sentiría bien haciéndolo. —Inspiró hondo cuando la asaltaron los recuerdos de la noche anterior—. Además, ¿sabes lo que me dijo? Que su verdadera pasión es esculpir.

June pestañeó durante unos instantes, confusa.

—Ah, cierto. Escultor. Aunque los escultores... *uf*. —Se estremeció con una falsa expresión de asco en el rostro.

—¡No! —Annika se paseó por el baño de un lado a otro—. Encima que dirige un negocio deplorable, ni siquiera es fiel a lo que quiere hacer. Es escultor, un *artista*. Y piensa desechar esa parte de él. ¿Para qué? ¿Para romper más corazones? ¿Para ganar más dinero? —Se quedó callada durante un momento—. Además, ya lo has oído, no deja de restregarme el éxito que tiene. Igual está intentando desestabilizarme para que abandone la presentación del ÉPICO. Creo que sabe que tenemos una oportunidad. No puedo dejar que lo desbarate todo, no con lo del desahucio y la bancarrota soplándonos en la nuca.

June arrugó la nariz.

—¿En serio te parece tan retorcido? Ziggy dice que no es mal tipo. Que es la persona más íntegra con la que ha trabajado.

Annika puso los ojos en blanco.

—Claro, y yo me lo creo. No me extraña que Ziggy diga algo así. Eso tiene un nombre y es disonancia cognitiva. —Al ver que June no lo entendía, Annika negó con la cabeza—. Déjalo. Vamos a trabajar, anda, no me apetece seguir pensando en todo esto. Tenemos que centrarnos en hacerlo de puta madre.

Un instante después, June se bajó del tocador, se sacudió el vestido y se comprobó el pelo en el espejo.

—Tienes razón.

Annika sonrió.

—Vamos a enseñarles cómo hacer las cosas bien.

Y se obligó a apartar todos los sentimientos en una cajita en el fondo de su mente.

# 13

Annika dio un sorbito a su té de hierbas de Peet's y trató de evitar que le temblaran las manos, con la manicura recién hecha.

—Es la revista *Time*—susurró, apenas consciente de que había repetido lo mismo seis veces en los últimos diez minutos—. La revista *Time*.

Vestida con unos pantaloncitos de lino anchos y una camiseta de tirantes, June se agachó frente al taburete en el que Annika estaba sentada y le dio una palmadita en la rodilla.

—Sí. Y lo vas a hacer increíble.

Habían llegado veinte minutos antes a maquillaje y luego las llevaron a una sala de apariencia industrial y con muchas ventanas en un almacén. Habían convertido una esquina en un camerino, donde Annika se sentó frente a un tocador. La maquilladora por fin había terminado de secarle el pelo y de aplicarle la base de maquillaje, el pintalabios, la sombra de ojos y el colorete. Ahora lo único que quedaba era... la entrevista.

La zona de la entrevista estaba a unos veinte metros, en mitad de aquel espacio gigantesco. Habían puesto un telón de fondo con la imagen del perfil de la ciudad, y habían montado una «oficina» improvisada delante, con modernas sillas con luces de neón y una mesa acrílica y transparente sobre la que habían colocado un montón de aparatejos tecnológicos.

Annika desvió la mirada hacia Hudson. Habían tardado con su maquillaje la mitad que con el de ella y ahora se encontraba sentado en un sofá en una esquina con Ziggy y Blaire; todos estaban concentrados en las pantallas de sus móviles y hablando en susurros imperiosos. A Annika se le revolvió el estómago de los nervios.

—Creo que voy a vomitar —dijo, y bebió otro sorbo de té. Menos mal que el pintalabios era resistente al agua.

—Que no —insistió June. Se levantó y acercó un taburete para sentarse junto a Annika—. Estás bien. Ya has hecho otras entrevistas.

—Pero... pero no como *él.* —Annika señaló con la barbilla al rinconcito donde se encontraba el grupito de (Re)Iníciate, muy cómodo—. Él ha salido en *Forbes*, en *Glitz*, en *BizTech* y también en...

—Da igual —rebatió June—. Lo importante es que estés cómoda y creas en lo que dices. Sabes por qué has creado (Re)Médialo; sabes el bien que le estamos haciendo al mundo. Eso es lo único de lo que tienes que hablar. Habla con el corazón.

Annika respiró hondo.

—Vale. Hablar con el corazón. Está claro. —Se calló un momento—. ¿Qué crees que estará tramando Hudson? Sabes que intentará pisotearme de alguna manera.

Hudson levantó la mirada hacia ella justo en ese momento, aunque era imposible que la hubiera oído. Sin romper el contacto visual, se recolocó la corbata verde y de seda que llevaba despacio y con una sola mano. Annika sentía el corazón en la garganta. Se obligó a apartar los ojos. No había cambiado nada desde que se besaron en su dormitorio, así que ¿por qué le latía el corazón de esa forma? Seguramente su corazón fuera estúpido.

—Haga lo que haga, tú lo harás mejor. Se te da muy bien sacarte las castañas del fuego. Tú solo recuerda que vamos a dejarlos por los suelos en el ÉPICO. Ve con ese pensamiento.

—Con ese pensamiento. Vale. —Annika soltó una gran bocanada de aire y pegó otro sorbo al té—. Puedo hacerlo.

—Pues claro que sí. —Tras un momento, June añadió—: Y estás guapísima. —Le colocó a Annika un mechón de pelo sobre el hombro—. ¿No sería fantástico que una maquilladora nos siguiera a todas partes?

Annika se tiró del delgado cinturón negro que llevaba sobre una falda de tubo roja y un pelín demasiado ajustada.

—Ahora mismo mataría por llevar puesto algo mucho más cómodo, como tú —murmuró—. Me cuesta respirar. —Bajó la mirada hasta sus manoletinas de ante negras y de Prada—. Pero gracias por prestarme los zapatos. Son una maravilla.

June sonrió, satisfecha.

—¿Verdad? Me los compré en...

Una mujer diminuta ataviada con un traje de vestir negro se les acercó e interrumpió a June. Apenas medía metro cincuenta y cinco con tacones, y su pelo bien parecía la melena de un león.

—¡Annika! —exclamó, extendiendo una mano minúscula. Annika se la estrechó con delicadeza y casi gritó de dolor ante la fuerza que parecía tener la mujer—. Soy Emily Dunbar-Khan. Te voy a entrevistar hoy. ¿Estás lista?

—Hola, Emily —la saludó Annika al tiempo que dejaba el té sobre la mesa y se bajaba del taburete. Sentía la boca pastosa, pero ya no había nada que pudiera hacer para remediarlo. Al menos no iban a grabar la entrevista. En las fotos no se veían los nervios. O eso esperaba—. Más lista imposible. ¡Gracias por invitarme!

—¡Es un placer! —Emily sonrió a June—. Por cierto, gracias. Cuando Megan me dijo que la habías llamado con la idea, me volví loca. ¡Es una perspectiva muy dinámica! Una mujer fundadora de una *app* que se encarga de darle a la gente su final feliz cara a cara con el creador de otra *app* que lo está petando y que ayuda a que las parejas rompan. —Emily se llevó las manos al corazón—. Es perfecto.

Annika sonrió, aunque no le gustó la idea de que compararan las dos aplicaciones; como si (Re)Médialo no tuviera nada que hacer contra (Re)Iníciate en términos de popularidad.

—De nada —respondió June, mirando a Annika—. Aunque no me sorprendería que para cuando publiquéis el artículo, (Re)Médialo lo haya «petado» aún más que (Re)Iníciate. Va a revolucionar el sector tecnológico.

Annika le dedicó una mirada de agradecimiento, pero Emily se limitó a soltar una carcajada.

—Claro, claro. Ya veremos lo que ocurre. —Se giró hacia Annika con los ojos brillantes—. Vamos.

# 14

Annika se sentó en una de las sillas iluminadas con luces led junto a otra que estaba libre. Logró reprimir las ganas de girar la cabeza para buscar a Hudson. No había por qué dejarle entrever que estaba impaciente, porque no era verdad. Estaba tranquila. Como si nada. Iba a fingir que la entrevista era para una revista universitaria en vez de para la *Time*.

—Callum os va a hacer un par de fotos —explicó Emily al tiempo que señalaba al hombre joven y rubio con perilla que portaba una gran cámara— y después pasaremos a la entrevista. ¿Os parece bien?

—Claro.

La respuesta se oyó antes de que Annika pudiera hablar. Se volvió y vio a Hudson acercándose con decisión al tiempo que se recolocaba los gemelos.

—Hola, Emily —la saludó—. Me alegro de volver a verte.

—Hudson. Un placer, como siempre. —Se estrecharon la mano, pero Hudson ni se inmutó ante el agarre firme de Emily.

Se volvió hacia Annika antes de sentarse con una sonrisilla engreída en el rostro.

—Señorita Dev, está despampanante.

Annika entrecerró los ojos. Aunque para todo el mundo aquello sonase a halago, el tonito insinuaba burla. Tal vez se mostrase igual en la entrevista; diría cosas que quedarían genial sobre el papel pero que, en persona, sonarían condescendientes y molestas. Pues vale. Que hiciese lo que le diera la gana. Annika no iba a caer en sus redes.

—¿Me sueltas un cumplido para desestabilizarme? ¿No te parece demasiado obvio?

Él entrecerró los ojos, confundido, pero el fotógrafo intervino antes de que pudiera responder.

—Para la primera foto cruzaos de piernas y apoyad los codos ligeramente sobre los brazos de la silla. Dadme vuestra mejor expresión competitiva —dijo Callum—. Mostraos fríos. Calculadores. Vivís en un mundo despiadado y vosotros estáis en la cima.

Annika se sentía como una idiota poniendo caras mientras Callum tomaba las fotos, pero June se encontraba detrás de él levantando los pulgares y lanzándole mil sonrisas. En parte Annika quería que dejase de hacerlo; el equipo de Hudson estaba sentado en los sofás como si nada, como si para ellos no fuera nada nuevo.

—Genial, genial —dijo Callum, modificando algo en su cámara—. Ahora, ¿por qué no os levantáis? Que las sillas y la ciudad queden detrás de vosotros. Bien, ahora girad para daros la espalda y cruzaos de brazos, pero mirando hacia aquí.

Annika obedeció las instrucciones con la mente a mil por hora. Sentir la espalda de Hudson contra la suya le recordó a la clase de yoga. Cuando los habían emparejado, la forma de Hudson de susurrarle, sus dedos en la cara interna de la rodilla...

—Esa expresión es muy seductora, Annika. —Callum soltó una carcajada—. ¿Podrías poner una más fría, de empresaria calculadora?

Se le arrebolaron las mejillas cuando cruzó una mirada con June, que había abierto los ojos como platos. Hudson rio con complicidad, como si supiese con qué había estado soñando despierta. Annika puso cara de enojo.

—¡Excelente! —le dijo Callum—. Ahora sí, Annika. ¡Eres despiadada, una tirana, una bestia!

—Es fácil cuando tu oponente te hace sentir así —comentó Annika. Tanto Callum como Emily se echaron a reír, pero se percató de que Hudson no había dicho nada y que se le había tensado la espalda.

—¡Deja algo para la entrevista! —le dijo Emily, y Annika sonrió a June.

En cuanto terminaron de sacarles las fotos, volvieron a sentarse. Emily agarró otra silla para colocarse frente a ellos. June se alejó para hablar con Ziggy en el rincón y Annika se enderezó. Había llegado el momento.

—Empecemos con algo sencillo —dijo Emily con una sonrisa. Annika se dio cuenta de que tenía los colmillos muy puntiagudos—. Ambos negocios tratan las relaciones de maneras muy distintas y, sin embargo, los dos usáis tecnología punta para ofrecer a los clientes vuestros servicios. ¿Nos podéis contar por qué habéis querido relacionar, y no va con segundas, la tecnología y algo tan tradicional como el amor?

Annika empezó a hablar antes de procesar la respuesta en su cabeza. Iba a soltar su discurso y a quedarse tan ancha.

—La tecnología es el intermediario perfecto para el amor —se descubrió diciendo. «¡Eso quedaría genial en una cita!»—. Mezclar lo tradicional con lo innovador, como los cuentos de hadas y la ciencia, es exactamente lo que hacemos en (Re)Médialo. —Había estado practicando con June y las respuestas le salían fluidas—. ¿Por qué no ofrecer a los clientes todas las ventajas que nos brinda la tecnología y, al mismo tiempo, preservar la magia del amor y de las segundas oportunidades?

Emily parecía impresionada.

—Ya veo. ¿Estás de acuerdo, Hudson?

Este soltó una carcajada y se frotó la mandíbula de esa manera tan confiada y despreocupada suya.

—Para nada, Emily. Seguro que a nadie le sorprende que no crea en los cuentos de hadas o en los finales felices. La cruda realidad es que la gente hoy en día no tiene tiempo de nada. La tecnología nos facilita la vida en casi todos los aspectos. ¿Por qué no con las relaciones también? Hay *apps* que ayudan a las personas a encontrar a otras con las que liarse, salir, casarse y demás. No había nada para las rupturas, y por eso estamos aquí.

*Aj.* Menuda respuesta más automática. ¿En serio pensaba que las personas eran como robots estropeados a los que podía arreglar?

—Qué interesante —respondió Emily, observando la expresión de Annika—. ¿Y a ti qué te parece lo que ha dicho Hudson, Annika?

—Sinceramente, Emily, me desconcierta —respondió al tiempo que sacudía la cabeza—. ¿Cómo puede estar aquí sentado tan campante hablando de romperle el corazón a cientos de miles de personas del país? Yo voy todos los días a trabajar y me siento optimista y feliz sobre lo que voy a ofrecerle al mundo. Sé que Hudson no podría decir lo mismo.

Emily parecía como si le hubiera tocado la lotería.

—¿No me digas? ¿Y qué piensas tú de eso, Hudson?

Hudson tenía los ojos entrecerrados. Seguía mirando a Annika como si Emily no se hubiera dirigido a él.

—Nuestra aplicación tiene más de un millón de descargas —replicó—. ¿Y la tuya?

—¡No todo radica en el dinero y la popularidad! —exclamó Annika levantando los brazos—. ¡Y por eso mismo no funcionaría!

Hudson se quedó de piedra. Por el contrario, Emily parecía confundida.

—¿El qué no funcionaría? —inquirió, mirando sus hojas como si la respuesta estuviera ahí—. ¿Una... colaboración entre las dos empresas?

Annika sintió que se le encendían las mejillas. «Mierda». Estaban en una entrevista para la *Time,* no volviendo a discutir sobre las razones por las que no podía tener nada con Hudson. Carraspeó sin atreverse a mirar a June o a Hudson.

—Exacto. Nuestras filosofías empresariales son diametralmente opuestas. —Trató de sonreír y prosiguió—: Los negocios se abren para ganar dinero, sí, pero ¿es esa la única razón? ¿No debería ser importante también lo que se le pueda ofrecer al mundo? ¿No debería enfocarse en la gente, en cuidar de ellos y cerciorarse de que tengan la oportunidad de ser felices? Si no, ¿para qué hacemos las cosas? ¿A qué se destina el dinero y el éxito?

—Yo cosecho el éxito para ayudar a la gente que me ha ayudado a mí a llegar hasta donde estoy hoy —respondió Hudson lentamente. A pesar de la cadencia comedida de su voz, se aferraba con fuerza al reposabrazos del asiento con la mano, y Annika tuvo miedo de que fuese a romper el plástico. ¿Por qué parecía tan resentido?—. Así determino si el tiempo que vivo vale la pena o no.

Ziggy y Blaire estallaron en aplausos de repente. Annika no estaba nada impresionada. ¿Con eso quería decir que buscaba el éxito para dedicárselo a otras personas? Eso no tenía sentido ninguno.

Se inclinó hacia delante con un brillo especial en los ojos.

—¿Hasta qué punto vas a devolverles el apoyo? ¿Llegará a ser suficiente alguna vez? En fin, ¿quién dice que el dinero sea la mejor forma de agradecérselo? ¿No crees que cómo trates a los demás y lo que le ofreces al mundo es más provechoso?

Fue entonces cuando June la vitoreó con más fuerza que Ziggy y Blaire juntos. Annika le lanzó una sonrisa. Hudson la fulminó con la mirada con la mandíbula apretada.

—Annika, ¿cómo definirías tú el éxito? —Emily sonrió y cruzó las piernas, disfrutando del tono de la entrevista—. ¿Qué te haría pensar que has logrado alcanzar el éxito si echaras la vista atrás dentro de muchos años?

Annika se lo pensó durante un momento.

—Me gustaría echar la vista atrás y pensar que he ayudado a todos los que me lo han pedido —contestó, mirando brevemente a Hudson. Era la fantasía romántica por la que normalmente él la picaría. Sin embargo, su expresión permaneció pensativa, tranquila y calculadora. Ella desvió la vista hacia Emily—. Me encantaría recibir una gran pila de postales de Navidad o invitaciones de boda de las parejas felices que han conseguido reconciliarse y darse una segunda oportunidad gracias a (Re)Médialo. —Parpadeó. De pronto sintió un nudo en la garganta al pensar en la carta del banco que tenía guardada en el cajón del escritorio. No podía abandonar (Re)Médialo. No lo permitiría.

—No me digas —dijo Emily con una sonrisa malévola—. ¿No te parece una visión un tanto idealista, Hudson? —Era evidente que quería meter cizaña—. ¿Crees que es una manera realista de dirigir un negocio?

Annika miró a Hudson abiertamente. Estaba preparada para que hiciese gala de su sarcasmo, pero la expresión que le dirigió fue bastante indulgente.

—¿Es idealista? —preguntó casi para sí mismo—. Supongo que sí. —Se encogió de hombros y prosiguió—. ¿(Re)Médialo es la empresa más moral? Obviamente sí. ¿Annika intenta mejorar el mundo más que yo? La respuesta vuelve a ser un sí. Sin duda.

Ella se quedó con la boca abierta. Había estado tratando de pensar en miles de insultos que dedicarle a Hudson. No había esperado que su respuesta fuese tan... halagadora.

—Eh... —Se apartó un mechón de pelo detrás de la oreja sin saber qué decir. Le había roto todos los esquemas.

Un momento. ¿Sería uno de sus trucos verbales? ¿Le hacía cumplidos para ponerla nerviosa? Tal vez le hubiera soltado el cumplido en tono condescendiente y arrogante y no se había dado cuenta porque había estado pensando una respuesta.

—No necesito tu compasión —explotó—. A (Re)Médialo le va bien siendo una empresa más moralista. Serlo no es sinónimo de no tener éxito o de ser patética, Hudson.

Esperaba que él se riera y tuviera una réplica preparada. Sin embargo, Hudson abrió los ojos como si su comentario le hubiera... dolido. Fue un cambio que seguramente nadie percibiese, excepto ella. Parecía haber respondido con sinceridad; le había abierto su corazón y ella acababa de dejarlo por los suelos. ¿Qué demonios estaba pasando? Annika pestañeó, desconcertada; lo normal cuando estaba cerca de Hudson Craft.

Emily sonrió.

—Respecto a eso último, ¿estáis listos para competir en el ÉPICO que se celebrará en Napa? Por lo que me han contado, sois los dos aspirantes principales. Me he enterado de que el panel de jueces siente debilidad por las empresas con fines altruistas o humanísticos, Annika. Pero, por otra parte, (Re)Iníciate se ha vuelto increíblemente popular. Tiene un modelo de negocio operativo. ¿Quién dejaría pasar la oportunidad de alcanzar el éxito?

—En (Re)Iníciate estamos preparados —dijo Hudson sonriendo confiado, como si nunca hubiese dejado de hacerlo—. Iremos y dejaremos a los jueces con la boca abierta, Emily. No es la primera vez que presentamos la empresa en un evento de esa talla.

—Eso es cierto —convino Emily, anotando algo en su cuaderno—. Annika, ¿estás nerviosa por tener que enfrentarte a un panel de jueces increíble, uno de los cuales es el empresario multimillonario Lionel Wakefield?

Annika soltó una risa que había practicado con June durante una tarde entera. Salió perfecta, y por un momento le dio pena que no la hubieran grabado.

—Lionel Wakefield tiene reputación de ser muy altruista. ¿Con qué empresa crees que se identificará más, Emily, con una que se especializa en separar a las personas o con otra que el propio Hudson Craft admite que es más moral?

Emily soltó una carcajada, pero Hudson permaneció callado.

—¡Bien dicho, Annika! ¿Nos puedes contar algo de la tecnología que usa (Re)Médialo? Me han dicho que cuando anunciaste lo que planeabas hacer atrajiste mucha atención e incluso ganaste un prestigioso premio.

Annika apartó la vista de Hudson para responder, aunque había algo en la postura de él que no le cuadraba. Estaba inmóvil, demasiado. Ya no se mostraba condescendiente y arrogante ni hablaba de esa manera suya tan confiada de (Re)Iníciate o del papel que él había jugado para alcanzar el éxito. Se había retraído en sí mismo, lo cual era... desconcertante.

Annika se apartó el pelo detrás de la oreja, esbozó otra sonrisa hacia Emily y volvió en sí.

—Sí. Mi desarrolladora está creando una red neuronal neutra. La hemos llamado ISLA, la Interfaz Sintetizada del Lenguaje Amoroso, y la idea es que funcione como el traductor de Google para parejas que necesiten ayuda a la hora de comunicarse. ISLA será la terapeuta de parejas a la que no tienes que pagarle doscientos dólares la hora para que te ayude. —Tomó aire y repasó mentalmente lo siguiente que le tocaba decir. June y ella habían decidido que el artículo de la *Time* sería el medio perfecto para desvelarlo al público.

»Me alegra mucho desvelar en exclusiva para vosotros que hemos estado trabajando en algo relacionado con la infraestructura de ISLA: estamos trabajando en una herramienta para predecir el futuro en la cual la gente podrá vincular sus redes sociales y fotos y ver un vídeo personalizado que predice su futuro. Queremos que inspire a la gente a luchar por sus relaciones y a no perder el norte.

Emily se mostró sorprendida y garabateó algo en su libretita.

—Lo que dices es tremendamente ambicioso, pero, si lo lográis... —sacudió la cabeza y sus mechones de pelo rubio se bambolearon— ... sería un punto de inflexión.

—Exacto. —Annika apoyó los codos en los reposabrazos de la silla, satisfecha—. Cuenta con ello, Emily. Vamos a cambiarle la vida a la gente. —Echó un vistazo a Hudson para ver su reacción, pero él tenía la cabeza gacha y parecía estar rozándose la tela de los pantalones con los dedos.

Emily les sonrió y no pareció darse cuenta de que Hudson se había retraído.

—Estaré esperando ansiosa a ver qué sucede en el evento.

Annika se reclinó en la incómoda silla, consciente de que tendría que sentirse orgullosa de cómo había salido todo. «Y lo estoy», pensó mientras miraba de reojo el perfil de Hudson. Estaba orgullosa de cómo había presentado (Re)Médialo y también la imagen que había dado de sí misma. Pero había una parte de ella que se sentía desubicada por lo que Hudson había dicho y por su forma de comportarse. En parte se sentía mal porque, por extraño que pareciese, le daba la sensación de que le había hecho daño al director ejecutivo de (Re)Iníciate.

¿Cómo sería su verdadero yo bajo toda esa bravuconería y actitud de casanova?

—Mi amiga Megan, la que trabaja en la *Time*, dice que Emily cree que va a ser el artículo más popular del número del mes que viene. —June le sonrió a Annika desde su mesa, que ahora mostraba una fotografía pegada de Ziggy y ella vestidos como la princesa Leia y Han Solo en una convención de frikis que se había celebrado hacía poco, la Cosmic Con. June se había sonrojado un montón al pegarla y había insistido en que les habían dado la foto gratis. Eso no explicaba precisamente por qué la pegaba en el escritorio, pero Annika no profundizó en el tema.

—¡Me alegro! —Annika aplaudió. Habían pasado un par de días desde la entrevista, y aunque se sentía confiada por cómo le había ido, también había estado un poco nerviosa—. Me quitas un peso de encima.

Era un día flojo, así que Annika se había puesto una camiseta y unos pantalones capri porque no esperaban visitas, y había decidido pasar el día preparando la presentación para el ÉPICO del mes siguiente. Había estado paseándose por la oficina descalza con las tarjetitas y variando unas cuatro mil veces la presentación al recitársela a June.

La presentación no debía superar los diez minutos de duración. En diez minutos, Annika tenía que convencer al panel de los cuatro peces gordos, siendo Lionel Wakefield el más conocido, de que valía la pena invertir en (Re)Médialo y en ella. No podía fallar en nada. No podía dudar, pausarse y mucho menos mostrarse vacilante.

Había leído muchísimo en internet, había escuchado un montón de pódcasts y había visto vídeos de YouTube hasta que sintió que se le iban a caer los ojos. Sabía que los inversores querían ver a gente apasionada, entusiasmada, jovial y cuya energía los dejase atónitos. Querían descubrir al siguiente Steve Jobs, Whitney Wolfe o Mark Zuckerberg. No querían que les enseñases tus inseguridades. Querían un sueño en el que invertir, y eso era precisamente lo que Annika les iba a dar.

—Vale, ¿qué te parece esto? —le propuso Annika, anotando algo en la tarjetita—. Creo en los finales felices, aunque no se den de primeras. No te rindas y... enamórate de nuevo.

June sonrió y alzó el puño.

—¡Eso es! —A continuación, miró seriamente a Annika y añadió—: Lo conseguiremos.

Annika bufó.

—Eso es lo que quiero. Lo que más quiero. —Sacó a SiSi del escritorio y la apretó.

—Busco las oficinas de (Re)Médialo —oyeron que decía una voz masculina y autoritaria en el pasillo.

June frunció el ceño.

—No esperábamos a ningún voluntario, ¿no?

—No —respondió Annika, atónita—. Esa voz me suena. —Se puso las sandalias y salió al pasillo.

Su padre estaba junto al ascensor hablando con un hombre trajeado que portaba un maletín.

—¿Papá?

La miró y sonrió.

—¡Ani!

—¿Qué... qué haces aquí?

El hombre trajeado los miró, divertido, hasta que las puertas del ascensor sonaron al abrirse y él entró por ellas.

—¡Quería hacerte una visita! —exclamó su padre, como si su presencia en la oficina fuera lo más natural del mundo; como si fuese a visitarlas para ver cómo estaban a menudo, cuando en realidad llevaba sin ir desde el día en que se habían instalado. E incluso entonces apenas se quedó un cuarto de hora antes de marcharse a su clínica—. Eso sí, me ha costado encontrar tu oficina.

—Es... por aquí —dijo Annika. Se encaminaron juntos—. Entonces... has venido a visitarme. ¿Y ya está?

Mientras entraban, su padre respondió:

—Bueno, no solo por eso. —Carraspeó y sonrió a June—. Hola, June. ¿Cómo estás?

June miró a Annika antes de desviar los ojos a su padre.

—Ah, ¡genial, doctor Dev! Ya sabe, ¡trabajando sin parar!

Annika condujo a su padre al sofá. Él se desplomó en él y empezó a acariciar el terciopelo con sus manos enormes.

—Muy bueno, sí señor. —Miró en derredor—. Buenas obras de arte. Y buen cartel. Muy buen trabajo, Annika.

Si no estuviese tan cabreada, se habría echado a reír. El contraste de su padre y el sofá morado parecía incongruente, sobre todo por el traje de color carbón a medida y su peinado caro y soso, que gritaban «mi anillo de bodas de oro es lo más llamativo que llevo».

Él sonrió y señaló la camiseta y el moño desordenado de Annika.

—Entonces, ¿os vestís de manera informal? —Al ver su expresión, se apresuró a añadir—. ¡Me gusta!

—Papá —lo llamó Annika, cruzándose de brazos—. ¿Qué haces aquí? Dime la verdad.

Él miró a June, que los había estado observando tremendamente interesada.

—¡Ah! —dijo con las mejillas sonrojadas—. Voy a... eh... a ver si hay algo de... de té.

Se marchó de la oficina y cerró la puerta tras ella.

Annika se giró hacia su padre.

—¿Quieres sentarte? —le propuso, señalándole el espacio a su lado. Jamás había visto a su padre nervioso, aunque tampoco era que lo pareciera ahora, pero sí que lo veía raro. Se dio cuenta de que estaba desconcertado, y eso la descolocó por completo. Su padre nunca se sentía así.

Se sentó junto a él en el sofá, pero dejó espacio suficiente como para poder girarse un poco hacia él.

Él se entretuvo un momento en limpiarse las gafas, pensativo. Cuando por fin la miró, dijo:

—Lo siento.

—¿Por qué?

Él inspiró hondo y elevó los hombros.

—Cuando tu madre y yo nos enteramos de que estaba embarazada, ¿sabes cuál fue una de las primeras cosas que me dijo?

Annika negó con la cabeza.

—Me dijo «Raj, un día esta pequeña se independizará y vivirá su vida; tomará decisiones que a nosotros nos parecerán un error y que ella considerará una aventura. Querremos que abra los ojos y que vaya con cuidado. Vamos a prometernos ahora mismo no dejar que el otro se interponga. Yo seré tu intermediaria y tú, el mío». —Su padre sonrió y Annika vio que le brillaban los ojos. Ella misma sentía como si tuviera un nudo en la garganta—. Cuando te marchaste el martes por la noche, me quedé pensando en tu madre. ¿Qué diría si pudiera verte ahora? ¿Qué diría si pudiera verme a mí? —Sacudió la cabeza, expresando un dolor evidente en el rostro.

—Yo también pienso mucho en eso —le confesó Annika con la voz aguda por estar aguantándose las ganas de llorar—. Espero que mamá esté orgullosa de mí, aunque no sé...

Su padre se acercó y posó una mano sobre la suya.

—Lo está —respondió con tal seguridad que consiguió que ella lo creyese—. No me cabe duda. —Colocó un brazo en torno a ella y prosiguió—: Ani, este lugar es precioso. Tiene tu misma personalidad y... a mí jamás se me hubiera ocurrido, y no me había parado a pensar en ello. Tú siempre has seguido tu propio camino y yo he tratado de reprimirte. Intentaba convertirte en una versión más joven de mí y de tu madre, porque...

Annika apoyó la cabeza en su hombro.

—¿Por qué?

—Porque... —Su padre se aclaró la garganta—. Era como perderte. Sentía como si, al no hacer lo mismo que tu madre, la volviese a perder.

—Papá —dijo Annika. Una lágrima resbaló por su mejilla—. He montado esto para tener siempre un recordatorio de tu amor por mamá. Quiero que su amor por nosotros viva a través de (Re)Médialo.

Su padre la besó en la coronilla.

—Vale —dijo con voz ronca—. Vale. Entonces, hazlo. Siento haberme interpuesto en tu camino. Estás haciendo una gran labor en el mundo, Ani.

—Bueno, no son operaciones —respondió ella, mirándolo con ironía.

Él sonrió.

—No tienen por qué serlo.

Asimiló sus palabras. «No tienen por qué serlo». Por fin aprobaba el negocio que había montado. Por fin aceptaba lo que intentaba sacar a flote.

—A ver —dijo al tiempo que metía la mano en el bolsillo del abrigo—. Me gustaría invertir en tu negocio para demostrarte lo mucho que creo en ti. ¿Me dejas?

Annika se lo quedó mirando sintiendo una gran oleada de alivio. «Sí». Sería tan fácil. Su padre reduciría muchísimo las deudas que había contraído por culpa de la empresa y el alquiler y podría buscar una solución con el banco para pagar lo demás. Tardaría la vida en devolverle el dinero a su padre, pero sabía que él no se lo pediría. Y él tampoco lo notaría, vaya. Eso sin contar con que no sentiría tanta presión por el ÉPICO, ya que no sería tan clave. Abrió la boca para decir la cantidad exacta que necesitaba sabiendo que él le firmaría un cheque sin pensárselo dos veces, pero volvió a cerrarla.

—¿Ani? —insistió su padre con el ceño fruncido.

Annika se obligó a negar con la cabeza.

—N-no —se descubrió diciendo—. No te preocupes, papá. Lo haré sola.

Su padre la miró, perplejo.

—Pero ¿no me dijiste que el banco empezaría con el desalojo en julio?

—Sí. —Annika sintió que se le había secado la boca de repente. Se lamió los labios y se obligó a mirarlo a los ojos para responder—: Sin embargo, necesito encontrar una solución por mí misma, y lo haré. —Tras una pausa, añadió—: Siempre me has cubierto las espaldas y has tenido el cheque preparado por si me hacía falta, pero (Re)Médialo es diferente. Es mía, y quiero responsabilizarme de ella. —Se encogió de hombros—. Para bien o para mal, quiero ser la única responsable.

Su padre asintió despacio, aunque viéndole la cara sabía que estaba batallando consigo mismo por todo lo que quería decirle y los consejos que le gustaría darle.

—De acuerdo —claudicó al final, dándose una palmada en el bolsillo, como si se resignase a no tener que sacar el talonario—. ¿Seguro?

Annika sonrió.

—Sí, seguro. De hecho, eso es lo que June y yo vamos a hacer hoy. Estamos trabajando en la presentación para un evento de inversionistas que se celebrará en Napa el 13 de junio y he hecho una entrevista para la revista *Time* con Hudson, el dueño de (Re)Iníciate.

—¿Para la *Time*? —repitió su padre con los ojos como platos—. ¡Genial, Ani! ¡Pues claro que ganarás la presentación! —Era obvio que lo decía en serio. Annika sonrió—. Hablando del evento... me gustaría ir para apoyarte. Si... si te parece bien.

Annika vio la mirada ilusionada de su padre. Sabía que aquello era otra ofrenda de paz. No podía negarse.

—Me encantaría.

—Bien. —Su padre le dio una palmadita en la mano y después frunció el ceño—. Espera, ¿has dicho que la entrevista para la revista fue con Hudson Craft? Pensaba que no te caía bien.

Annika suspiró.

—Es el tipo más arrogante y molesto que conozco, pero en la entrevista se portó bien. June usó sus contactos para conseguírmela.

—Me alegro de que tengas a tus enemigos cerca, Ani, sobre todo los que tienen contactos. Puede que los conozcas y tu opinión de ellos no cambie, pero los entenderás mejor, así como ellos a ti. Eso facilita mucho las cosas.

Annika soltó un ruidito para que su padre creyese que estaba de acuerdo con él y así dejar de hablar de Hudson. Lo cierto era que, aunque habían pasado un par de días desde la entrevista, Annika seguía dándole vueltas a lo que había dicho Hudson, lo de que su empresa hacía mejores obras que la de él. No lo había dicho de manera sarcástica. Había sido sincero. Tal vez incluso un poco serio. La confundía y la inquietaba.

Se dieron la vuelta al oír que se abría la puerta.

—¡Nuestros vecinos querían conocerlo! —dijo June al tiempo que entraba con Ziggy a la zaga. Justo tras él venía Hudson. Annika se tensó y June la miró.

—Ya —respondió Annika, obligándose a sonreír—. Papá, este es Ziggy, y él es... Hudson Craft.

Su padre se levantó y les estrechó la mano a ambos de manera firme y decidida. Annika se fijó en que Hudson hizo lo mismo.

—Encantado de conoceros.

—Es un placer, doctor Dev —lo saludó Hudson con una sonrisa casual.

Su padre se lo quedó mirando y Annika intuyó que estaba tramando algo. Ay, madre. Que su padre se pusiera así no auguraba nada nuevo. Antes de poder hablar, su padre intervino.

—Oye, Hudson, Annika me ha comentado que ambos vais a salir en la *Time*.

—Así es —confirmó este, mirándola—. Fue una gran entrevista y Annika estuvo fantástica.

Annika sintió que se le encendían las mejillas por el tono que había usado y su forma de mirarla.

—Me alegro, me alegro —dijo su padre, pensativo—. ¿Sabes qué? No sé si Annika te lo ha comentado, pero viene a casa a cenar todos los sábados. ¿Te apetece cenar comida casera este fin de semana? —«Un momento, ¿qué acaba de decir?»—. Siempre cocino de más y la comida se me estropea. ¿Qué te parece? —Miró a June y a Ziggy—. ¡Y vosotros también estáis invitados, por supuesto!

Ah, vale. Estaba implementando su estrategia de «mantener cerca a los enemigos». Joder. Ahora se arrepentía de no haberle dicho que no le hacía ni pizca de gracia esa idea. Intentó soltar una carcajada.

—No sé, papá, están muy ocupados. Además, se tarda bastante en llegar...

—No se tarda tanto —le rebatió su padre.

—Me encantaría ir —respondió Hudson, llamando la atención de Annika. Lo decía en serio; no se trataba de uno de sus jueguecitos. Annika no sabía cómo sentirse al respecto—. Te parece bien, ¿no? Me encantaría ver dónde creciste... y tal vez alguna foto de pequeña. —Esbozó una amplia sonrisa de repente y le salieron arruguitas alrededor de los ojos.

Su padre acababa de ondear la bandera blanca. Era muy consciente de que, si se mostraba borde y le decía a Hudson que no, a su padre le dolería. No le quedaba más remedio que pasar una noche con el nuevo Hudson, el que la dejaba intranquila y confundida. Al menos sería en su terreno. Y June y Ziggy también irían. Podría pasarse la noche hablando con ellos. Annika sonrió.

—Claro.

—Ojalá pudiéramos ir —dijo June, la muy traidora—, pero a Ziggy y a mí nos han invitado a una boda en San Diego este fin de semana.

Mierda, se le había olvidado que June había aceptado acompañar a Ziggy. Otra cosa nueva que hacía con él.

—Bueno, pues decidido —dijo su padre—. Os veo a Annika y a ti este fin de semana, Hudson.

—Qué ganas. —Hudson le hizo un gesto a Ziggy—. Deberíamos irnos. Tenemos una reunión y no podemos llegar tarde.

En cuanto se marcharon, Annika se volvió hacia su padre con los brazos en jarras.

—¿No crees que invitarlo a cenar es demasiado?

Su padre frunció el ceño.

—Annika, tanto a ti como a (Re)Médialo os vendrá bien. Es evidente que invitan a Hudson a muchos eventos de prestigio, así que tendrás la oportunidad de enterrar el hacha de guerra con él y conocerlo un poco más. Un negocio es diez por ciento trabajar y noventa por ciento conseguir contactos.

Annika y June intercambiaron una mirada y la primera suspiró.

—Vale, de acuerdo. Solo es una cena. Pero, bueno, creo que tenemos que seguir con la presentación...

—Claro, claro. Será mejor que me vaya. —La agarró de los hombros y le dio un beso en la mejilla—. No olvides que estoy orgulloso de ti, Ani.

Annika lo vio marcharse sabiendo que jamás lo olvidaría.

# 15

Con los nervios a flor de piel, Annika se comprobó el brillito de labios en el espejo retrovisor una última vez antes de bajarse del coche. Lo había dejado en uno de los muchos aparcamientos de invitados asignados al ático de Hudson y ya estaba preparada para recogerlo y llevarlo a casa de su padre para cenar. Habían decidido ir juntos, ya que Hudson no sabía la ubicación.

Mientras le daba su nombre al portero y subía al ascensor, Annika no pudo evitar pensar en todas las facetas diferentes de Hudson que había podido ver últimamente, como un ónice poliédrico que sostuviera en la mano. No solo era negro, sino también morado, rojo, azul y verde; demasiados tonos como para poder apreciarlo bien. ¿Qué colores hallaría esta noche?

Llamó al timbre.

—¿Annika? —Su voz restalló a través del interfono.

Sintió una nueva oleada de nervios que intentó sofocar como pudo. «¿Y qué? ¿Y qué? ¿Y qué?». Solo era una voz. Y él no era más que un hombre.

—Sí. —La suya salió ligeramente chillona.

—Sube —dijo Hudson con una sonrisilla.

Por primera vez desde el instituto, Annika se encontró preguntándose qué opinaría un extraño de la casa de su padre; en concreto

Hudson, que venía de una familia de clase trabajadora. Esperaba que no pensara que era una princesita mimada que había crecido con todo lo que quisiera y más. Además, había visto su ático y no era precisamente una chabola.

«Venga ya», se amonestó, seria, mientras el ascensor subía. «¿Qué más te da lo que piense Hudson Craft de ti o de cómo creciste? Si da igual». No debería importarle. Y no le importaba.

Se oyó un sonido metálico cuando el ascensor se detuvo en la planta de Hudson y las puertas se abrieron sin hacer ruido. Annika cuadró los hombros con el corazón latiéndole un pelín más rápido de lo necesario.

—Hola —la saludó Hudson en cuanto Annika entró en el salón. Él se inclinó para darle dos besos al aire. Olía a colonia cara e iba vestido con un polo de color turquesa bastante fresquito y unos pantalones cortos de color amarillo claro.

—Qué veraniego —comentó Annika, retrocediendo para evaluarlo, aunque le costó mirarlo a los ojos. Se percató de que se sentía... tímida—. Y hueles bien. —Apretó los puños al oírse. «¿Qué demonios acabo de decir?».

Hudson parecía divertido, aunque se le habían coloreado ligeramente las mejillas de rosa, como si él también se sintiera un poco inseguro a su alrededor. Annika se aclaró la garganta y se movió hacia la derecha, hacia un rinconcito en la pared donde había un pedestal con una escultura encima de un pájaro a punto de alzar el vuelo.

—Vaya. Es preciosa. —Acarició las plumas iridiscentes del ala extendida del pájaro, tan exquisitamente frágiles y suaves como si fueran reales. Miró a Hudson—. ¿Es nueva?

Él la había estado contemplando mientras admiraba la escultura con un brillo especial en los ojos. Parpadeó cuando se percató de que lo estaba mirando.

—Eh... No, no. No es nueva. La hice hace un par de años, pero la encontré el otro día en una de las cajas de la mudanza.

—Mmm... El anhelo en su cara es... muy evocador.

—¿Anhelo? —Hudson se acercó a ella, así que se quedaron hombro con hombro y con los brazos a un tris de rozarse. Annika sentía su calidez penetrándole la piel y tuvo que parpadear para centrarse—. ¿Ves anhelo en su cara?

—Sí. —Annika examinó al pájaro más de cerca—. Hay anhelo en cada uno de sus rasgos, en cómo abre las alas, en la postura. Está listo, a punto de echar a volar, pero aún no ha conseguido lo que quiere. —Reparó en que Hudson la estaba mirando con mucha intensidad y sintió el calor inundar sus mejillas. A lo mejor se había pasado. El arte era algo extrañamente íntimo—. ¿Qué pasa?

—Nada. —Hudson sacudió la cabeza con un atisbo de sonrisilla en los labios—. La hice un poco como experimento, pero no sabía si funcionaría. Traté de hacer al pájaro con intenciones ambiguas: en la expresión, la postura... Como si fuese a alzar el vuelo, al igual que has dicho, o como si acabara de aterrizar. Todos los que la han visto hasta ahora han dicho algo distinto. Nadie había mencionado el anhelo que siente el pájaro.

A Annika se le encendieron aún más las mejillas.

—Ah, genial. Entonces me estás diciendo que soy rarita, ¿no?

—Para nada. —Hudson siguió mirándola hasta que ella le devolvió el gesto a regañadientes. No vio ningún ápice de humor o sarcasmo en sus facciones.

—¿Y qué ves *tú*? —preguntó Annika. Tenía curiosidad por lo que veía él como artista.

Hudson echó un vistazo al pájaro y Annika lo miró a él con la esperanza de que no se diera cuenta. Sabía que no debería hacerlo tan abiertamente, o siquiera, incluso. No después de lo que le dijo en su dormitorio el otro día; por aquel entonces había marcado unos límites y pensaba adherirse a ellos. Pero el modo en que Hudson brillaba y resplandecía como un lago casi opaco, en el que Annika apenas conseguía ver nada de lo que había debajo, era... cautivador.

—Veo aprisionamiento —respondió él por fin, sacándola de su ensoñación. Acarició el ala del pájaro con el dedo—. Quiere volar, pero no sabe muy bien cómo. Está anclado al suelo en contra de su voluntad y, aun así, es lo único que conoce. El mundo es su jaula, pero el cielo lo llama, inalcanzable.

Annika se lo quedó mirando. Hudson se frotó la nuca.

—¿Demasiado rebuscado? —preguntó riéndose, como si la respuesta de Annika no fuese importante, pero ella percibió vulnerabilidad detrás de sus palabras.

—No, es que... has hablado como lo haría un poeta.

—¿Te sorprende que pueda hablar así? —Su expresión se volvió engreída, hasta le brillaban los ojos.

Annika cruzó los brazos y se apoyó contra la pared junto al hueco para poner un poco de distancia entre ellos. Tenía que recordar con quién estaba hablando.

—Eh, sí. No recuerdo que dijeras nada poético en el artículo de la *Forbes* del mes pasado.

Hudson se acercó a ella. El corazón traidor de Annika martilleó a modo de respuesta.

—Eso es porque la *Forbes* no inspira mucha poesía que digamos. —Hudson la miró a los ojos.

—Y... ¿qué te inspira entonces? —consiguió preguntar ella.

Hudson apoyó una mano en la pared tras la cabeza de Annika, con lo que su rostro quedó a meros centímetros del de ella. Sabía que debía moverse, pero no conseguía que las piernas le hicieran caso; era como una cervatilla paralizada ante un león. Tenía la vista clavada en la de él, y su corazón latía con fuerza en su pecho.

—Últimamente una sola cosa —murmuró, desviando brevemente los ojos hacia su boca. A Annika le sobrevino un recuerdo: ella en el dormitorio de Hudson y él mordisqueándole los labios, provocándola.

Le costó deshacerse de la imagen mental, y las rodillas le flaquearon.

—Ah, ¿sí? —consiguió exclamar, sin aliento—. ¿El qué? ¿La historia antigua?

Hudson bajó un dedo por su sien hasta la mejilla y luego la barbilla, como si su piel fuera lo más bonito que hubiera visto nunca, y Annika tuvo miedo, verdadero miedo, de hiperventilar y desmayarse después. Él se inclinó hacia delante para que sus bocas estuvieran básicamente compartiendo el mismo aire; sus labios estaban preparados para tocarse, pero a la vez a todo un mundo de distancia.

—Creo que ya lo sabes —susurró. Estaba tan cerca que lo único que Annika veía, lo único que existía, eran sus ojos verdes.

«No lo beses», le advirtió su cerebro con letras rojas de neón iluminándose de forma frenética. «Es *Hudson Craft*. No lo puedes ni ver».

«Pero...», musitó su corazón por lo bajo. «No es para tanto». Ladeó la cabeza hacia delante, tan solo un milímetro, hasta que sus labios rozaron los de él, y tanto su cerebro como su corazón se callaron. Lo único que quedaba era su cuerpo, y todas las terminaciones nerviosas, todas las fibras en su interior, brillaron como los filamentos en una bombilla incandescente. Quería besarlo; *necesitaba* besarlo.

Se oyó un tañido procedente de las puertas del ascensor abriéndose, a apenas unos metros de ellos. Annika se quedó helada al ver a una pareja joven y caucásica vestida con una camiseta que rezaba Servicios de Limpieza Élite entrar en el salón comentando el calor que hacía. Hudson los miró por encima del hombro y se separó de Annika.

—Hola, chicos. Ahora mismo nos vamos y os dejamos en paz.

La pareja giró la cabeza hacia él al mismo tiempo y se quedaron con la boca abierta.

—Vaya, señor Craft —dijo la mujer—. Lo sentimos mucho. Pensábamos que ya se habría ido.

Hudson levantó la mano y caminó hacia ellos como si nada.

—No os preocupéis. Ha sido culpa mía. Ya tendríamos que habernos ido. Me he... distraído. —Desvió la vista hacia Annika, y ella volvió a sentir calor en las mejillas—. Tengo que ir a agarrar una cosa rápido, pero ¿tú estás lista?

—Sí. —Annika se alisó el pelo y se aclaró la garganta, incapaz de mirar a la pareja. «¡No estábamos haciendo *nada*!», pensó, exasperada. ¿Por qué se sentía su conciencia culpable y siempre hacía una montaña de un granito de arena? Además, en este caso, estaban en casa de Hudson y él podía hacer lo que quisiera. Y ella ya era mayorcita.

La pareja joven se encaminó a la cocina con todos sus utensilios de limpieza y entonces Hudson apareció en la entrada cargando con una botella de vino en una bolsa.

—Vamos.

Bajaron en el ascensor y apenas hablaron, aunque Annika no pudo evitar echarle alguna miradita entre intervalos de su conversación sobre el tráfico hasta Hollywood Hills y las habilidades culinarias de su padre.

Él la captó mirándolo una vez y le lanzó una sonrisilla torcida.

—Voy a terminar lo que he empezado, que lo sepas.

—¿Qué? —chilló Annika. Las puertas del ascensor se abrieron.

Hudson se la quedó mirando durante un segundo de esa forma que tan loca la volvía antes de salir y dirigirse al garaje privado. Un aparcacoches lo saludó por su nombre y le preguntó si le gustaría que le sacaran el coche, pero Hudson negó con la cabeza.

—Voy a terminar ese beso —le dijo a Annika en voz baja e intensa una vez que ella lo alcanzó.

Annika casi se tropezó con sus propios pies. Los músculos se le habían vuelto gelatina al percibir el deseo y la exigencia en su voz.

—Seguro que en casa de mi padre no —consiguió pronunciar como pudo, y él se rio.

—No —reconoció—. Allí no.

Llegaron hasta el Honda de Annika y, para entonces, había conseguido cambiar de tema. Besarlo y dejarlo hablar de besarla probablemente le estuviera enviando el mensaje equivocado. Tenía que recordarle, y también a sí misma, por qué no podían salir juntos: no había cambiado nada, no realmente. Él seguía siendo el director ejecutivo de (Re) Iníciate. Que sí, que había visto indicios de algo más profundo, algo en su relación con (Re)Iníciate que no estaba divulgando por ahí. Pero seguía sin saber qué. Viéndolo subirse a su coche flexionando las larguísimas piernas para poder caber, recordó lo que había dicho en la entrevista de la *Time* y la forma en que la había mirado, casi herido, cuando ella se había tomado sus comentarios con sarcasmo. ¿Qué significaba todo eso?

—Ah, por cierto, gracias por la botella de vino. No tenías por qué llevar nada.

Hudson dejó el vino en el asiento trasero y se abrochó el cinturón.

—Odio ir a los sitios con las manos vacías; me siento como un gorrón. Y hablando de regalos, gracias por el libro que me regalaste en la fiesta de bienvenida. ¿Has recibido mi tarjeta de agradecimiento?

Annika se rio a la vez que salía de la plaza de aparcamiento.

—Sí. Respondiste de manera muy... correcta y formal.

—¿Qué? Para nada. No fui formal, fui...

—Un estirado. —Annika le dedicó una mirada de soslayo mientras salía del garaje y ponía el intermitente para girar a la derecha—. No pasa nada, Hudson, acéptalo. Acepta ese lado recargado y sofisticado tuyo.

Se rio.

—Vale. Es verdad que a veces me paso con los formalismos. Pero solo para las fiestas y las tarjetas de agradecimiento. Es algo raro que me inculcaron mis padres. Supongo que no puedo evitarlo. —Ajustó el asiento para que estuviese más bajo y reclinado—. ¿Quién ha sido el último que se ha sentado aquí, un niño?

Annika resopló mientras adelantaba a un BMW que iba a veinte kilómetros por debajo del límite de velocidad.

—Pues June. Y es bastante alta, que lo sepas.

Hudson se reclinó en el asiento.

—Me alegro por ellos —comentó, pensativo—. Por Ziggy y June, me refiero. Se los ve bien juntos, ¿verdad?

—Bueno, no sé si June estaría de acuerdo en decir que están juntos. Es muy precavida en cuanto al amor. Pero yo me alegro de que parezca haber encontrado... a su Han Solo. Aunque ella no lo sepa aún. —Sentía los ojos de Hudson sobre ella, así que le correspondió el gesto—. ¿Qué?

—¿Alguna vez piensas en por qué algunas personas tienen suerte en el amor y otras no? ¿Qué razón hay?

Annika puso los ojos en blanco.

—No sé. Tal vez hiciera algo muy malo en otra vida.

—¿Eso es lo que piensas de verdad? ¿Crees en el karma?

—Creo que, si eres amable con los demás, esa amabilidad vuelve a ti de alguna forma —respondió Annika con pies de plomo.

Hudson tamborileó los dedos en el compartimento central del coche.

—Ah. Pues, por lo que he visto de ti, eres todo amabilidad. Por eso pienso en el karma a veces. Si existe, claro, no sé si yo estoy sumando muchos puntos al tener una empresa como (Re)Iníciate.

Annika le echó una miradita antes de volver a comprobar la carretera.

—¿Te acuerdas de lo que dijiste en la entrevista con la *Time*? ¿Que pensabas que (Re)Médialo era más moralista?

Él asintió con los ojos mirando fijamente al frente.

—¿Lo piensas de verdad? ¿Sientes... dudas con respecto a (Re)Iníciate?

Hudson se rascó un lado de la mandíbula con expresión dividida.

—Es complicado —respondió por fin con voz distante—. En fin. —Encendió la radio; estaba claro que había dado por acabada la conversación, al menos por ahora—. Pongamos algo de música, ¿te parece? ¿Mariachi, quizá?

Ella soltó una risita, aunque aferró el volante con más fuerza. Su coraza tenía una grieta por la que podía echar un vistazo y atisbar... ¿qué? Un indicio, un deseo de cambio. Tal vez Hudson Craft no se quedara al frente de (Re)Iníciate para siempre. ¿Y entonces, qué? ¿Qué significaría eso para ellos?

Su padre abrió la puerta con un delantal que decía: «El vino no habla, pero bien que sabe». Hudson le dedicó a Annika una mirada engreída, claramente satisfecho con su elección de regalo para el anfitrión.

—Que sí, que sí, que eres un genio —dijo Annika, avanzando para darle un abrazo a su padre.

—Doctor Dev —lo saludó Hudson con formalidad a la vez que extendía una mano—. Muchas gracias por invitarme. Le he traído vino.

Su padre aceptó el regalo y comprobó la etiqueta.

—¡Un Côte-Rôtie la Landonne 2013! Muy buena elección, Hudson, sí señor. Gracias.

Hudson sonrió mientras cruzaban el recibidor.

—Tiene una casa preciosa. ¿Eso es una réplica de una lámpara de araña de la Galería de los Espejos de Versalles? Es exquisita.

El padre de Annika sonrió de oreja a oreja.

—Sí que lo es. La madre de Annika la mandó hacer hace muchos años. Tenemos otra idéntica en el dormitorio principal. ¿Por qué no entras? Te enseñaré las luces que he instalado en la cocina, de los años treinta.

Se internaron hablando de iluminación, de suelos y de grifos. Annika los siguió sonriendo ligeramente.

Se sentaron en el jardín de atrás bajo la pérgola, que tenía madreselva rosa entrelazada en sus vigas de madera creando un dosel perfumado sobre sus cabezas. Había faroles colgando de cuerdas atadas a las vigas que arrojaban una luz dorada y suave y titilantes sombras a su alrededor. El banquete que su padre había servido frente a ellos bien podría alimentar a doce personas, pero Hudson estaba haciendo un esfuerzo encomiable por tratar de comérselo todo.

—Está buenísimo —dijo, llevándose más pan *naan* a la boca—. Y yo que creía haber comido buena comida india en restaurantes...

Su padre se rio entre dientes.

—No se puede competir con las recetas caseras. Aunque, bueno, Annika piensa que me paso con el picante.

Hudson enarcó las cejas en su dirección.

—¿En serio?

Ella lo fulminó con la mirada por encima de su vaso plateado de *lassi*.

—¿Qué pasa? ¿Que por ser india me tiene que gustar la comida picante o qué?

Hudson se rio.

—No, tiene que gustarte porque está deliciosa.

Su padre se rio con alegría.

—¿¡Ves, ves!?

Annika se volvió hacia él.

—Papi, ¿estás durmiendo bien? Tienes ojeras. —También tenía el pelo más canoso que cuando fue a verla a la oficina de (Re)Médialo. Por primera vez, Annika se dio cuenta de que su padre estaba... envejeciendo.

—Ah. —Le restó importancia a aquello con la mano y le dio un sorbo al vino que Hudson había traído en vez de responder—. Entra de lujo. Muy buena elección.

—Gracias —repuso Hudson, mirando a Annika.

—Papá. No creas que vas a librarte tan fácilmente —insistió ella.

Su padre suspiró.

—Estoy bien, Ani. —Miró más allá de su hija, hacia la piscina, que brillaba a lo lejos como una joya aguamarina. Las luces de los faroles se reflejaban en sus gafas—. Es solo que... esta casa es muy grande. A veces caigo en la cuenta de que ya nunca más volverá a estar llena, y eso me hace pensar.

Annika frunció el ceño.

—¿En qué?

Se encogió de hombros.

—En... lo que quiero hacer ahora. O en el futuro. ¿Quiero seguir aquí dentro de un año? ¿O de cinco?

—¿Te... te refieres a que puede que vendas la casa? —Annika trató de que no se le notara lo mucho que esa idea la inquietaba.

Su padre volvió a encogerse de hombros.

—Tal vez. ¿De verdad me hace falta tanto espacio? —Señaló el grandísimo jardín, con sus setos perfectamente podados, sus bosquecillos de cítricos y las múltiples zonas para sentarse y descansar.

Hudson contempló a Annika con una expresión compasiva en el rostro. Ella dio otro sorbo de *lassi*.

—Pero... ¿no habías comprado esta casa con mamá? —dijo en apenas un susurro—. Creía que no querías deshacerte de ella porque sería como abandonarla.

—Eso es lo que siempre me he dicho a mí mismo —repuso su padre, mirándola a los ojos por fin—. Pero a lo mejor es una estupidez. A lo mejor ya es hora de que deje el pasado donde está.

—¿Tú crees? —El corazón le iba a estallar en el pecho. Estaba volviendo a hablar de dejar los recuerdos de su madre atrás—. ¿No deberíamos honrar el pasado llevándolo con nosotros a donde sea que vayamos?

Su padre se la quedó mirando durante un buen rato con expresión triste y compungida.

—No sé, Ani —dijo, sacudiendo la cabeza—. Pero ojalá tuviera las respuestas.

—Pronto te sentirás mejor —respondió Annika, categórica—. Si eso, ve mañana a jugar al golf. Seguramente estés sobrecargado por el trabajo.

Su padre sonrió vagamente a la vez que delineaba el borde de su copa de vino con el índice.

—Puede —pronunció—. Puede que tengas razón.

# 16

Annika y Hudson se quedaron en el porche con sus respectivas copas de oporto mirando las luces titilantes de la ciudad. Su padre se había quedado en el despacho llamando a un paciente al que habían operado hacía unas horas porque quería hablar con él.

—Se está muy tranquilo aquí —dijo Hudson—. Ya veo por qué vienes los fines de semana.

—Vengo sobre todo por mi padre.

Hudson esbozó una ligera sonrisa.

—Creo que él forma parte de la tranquilidad. Este sitio da una sensación familiar increíble.

Annika hizo girar la copa de oporto despacio.

—Supongo.

Se quedaron callados un momento y después Hudson preguntó, cauteloso:

—¿Te preocupa que tu padre venda la casa?

—No. Sí. En parte. —Annika se encogió de hombros—. Es lo único que me queda de mi madre. Es como si aquí estuviese por todos lados, no sé si me explico. Aquí la tengo muy presente y veo las cosas que ella misma eligió. Sé lo que le gustaba y lo que no por esta casa. Puede parecer una estupidez, pero me da la sensación de que la conozco gracias a esta casa.

—No me parece una estupidez —rebatió Hudson al tiempo que apoyaba los codos en la barandilla—. Imprimió mucho de ella en esta casa. Creo que en parte es como el legado que te dejó.

—Exacto. —Annika se lo quedó mirando. Nadie lo había visto de esa manera hasta ahora—. Es justamente eso.

Él asintió y mantuvo el contacto visual con ella durante un rato antes de apartar la vista hacia las colinas a lo lejos.

—¿Recuerdas lo que me has preguntado en el coche sobre si tenía dudas con (Re)Iníciate?

A Annika le dio un vuelco el corazón.

—Sí. Me has dicho que era complicado.

Hudson volvió a mirarla. Tenía la chimenea de gas detrás y las llamas se le reflejaban en los ojos.

—Y lo es. Mi hermano... es mecánico en Swanson, el pueblo donde me crie. No gana mucho y ya tiene tres niños. Mis padres llevan treinta años trabajando en la tienda que mi madre heredó de sus padres. Desde pequeño supe que tendría que ser yo quien se encargase económicamente de mis padres. Siempre han esperado que lo haga, ¿sabes? Yo soy el que se supone que tenía que marcharse, ganar una fortuna y encargarme de ellos cuando se jubilasen.

Annika sacudió la cabeza. Le costaba creer que Hudson se estuviera abriendo y le estuviera confesando algo tan personal. Quería que siguiese, que no parase.

—Pero si me dijiste que les terminaste de pagar la casa para que se jubilaran.

Hudson asintió y se apoyó contra la barandilla.

—Ya. Pero tengo la sensación de que siempre necesitan más. Se les fastidia el coche y necesitan otro. O, si no, es mi hermano, que necesita dinero para comprar el uniforme a sus hijos, o para pagar los medicamentos cuando están enfermos, o porque no tiene lo suficiente como para comprarles los regalos de Navidad. —Sonrió; era evidente que se había acordado de algo—. Mis sobrinos son geniales. Quiero que puedan celebrar buenos cumpleaños y disfrutar de las Navidades, así que no me importa echarles una mano. —Se encogió de hombros y dio un sorbo al oporto.

Annika tuvo cuidado a la hora de formular la siguiente pregunta, puesto que sabía que era un tema delicado.

—Pero, entonces, ¿cuándo vas a parar? ¿Cuándo dejará de hacer falta?

Hudson se quedó mirando la copa, que destellaba gracias a las tenues lucecitas del porche. En algún lado a lo lejos un perro empezó a ladrar.

—No sé. A veces me lo pregunto y la respuesta siempre es «nunca». Mis padres siempre me han apoyado y yo tampoco es que vaya a dejar de ganar dinero.

Annika permaneció callada y escuchó el susurro del viento entre los árboles.

—¿Pero...? —insistió al ver que Hudson se quedaba callado.

Él soltó un suspiro largo e inclinó la cabeza hacia atrás para mirar el cielo nocturno.

—Pero tienes razón. Dudo. Seguir así para siempre es insostenible. Y ayudarlos con las ganancias de (Re)Iníciate... me pone el vello de punta. Mira la gente que nos contrata, como aquel tipo del bar tras el evento de Programar es Poder. O los tipos que me dan palmaditas en la espalda y me dan las gracias por facilitarles el estar con varias chicas a la vez y poder deshacerse de ellas cuando se harten. O los empresarios con los que me reúno y sus sonrisillas y halagos asquerosos. Sé que, si mi situación económica fuese distinta, ni siquiera les vería el pelo. O los periodistas que quieren saber si el futuro de las relaciones será un juego de supervivencia: quién conseguirá a quién antes y quién romperá con quién. Estoy hasta las narices de todo eso. Yo no soy así, y no me imaginaba vivir así. No puedo ser la imagen de (Re)Iníciate para siempre. No tengo la pasión que sientes tú por (Re)Médialo. —Se pasó una mano por el pelo y sacudió la cabeza—. Lo siento. Te he soltado un buen discurso. No suelo hablar de ello, así que no sé por qué lo he hecho.

Annika sintió el pulso en la garganta y en las muñecas mientras su corazón hacía un triple salto mortal en el pecho. ¿Estaba insinuando lo que ella pensaba? ¿Que no quería seguir al timón de (Re) Iníciate? ¿Que lo odiaba tanto como ella? ¿Que era cuestión de tiempo que lo dejase?

—No lo sientas. Te agradezco que me lo hayas contado —dijo ella con voz natural a pesar de la mezcla de sentimientos que tenía dentro. Iba a dejar (Re)Iníciate, o por lo menos, estaba casi segura de que era eso lo que había sugerido sin decirlo como tal. Había dicho que era insostenible. Que le ponía el vello de punta. Iba a competir contra ella en el ÉPICO, pero... había cambiado, ¿no? Y era un cambio importante, encima.

Hudson soltó una carcajada y, con un tintineo, dejó la copa en una mesa cercana.

—Joder, si es que parece que tenga la crisis de los veinticinco.

Annika logró esbozar una sonrisita.

—Créeme, no eres el único. Muchos tampoco sabemos qué hacer con nuestra vida. —Apuró la copa de golpe y también la dejó en la mesa.

—¿En serio?

Ella lo miró y se mordió el labio mientras acariciaba el borde metálico de la mesa más cercana.

—Sí. —Se quedó callada un instante—. El Banco de California me ha mandado una carta porque nos van a desahuciar. Tenemos tantas deudas que no podemos pagar el alquiler, y también debemos mucho dinero del préstamo de la empresa.

—Joder. —Hudson parecía verdaderamente compungido. Cuando habló, el fuego le iluminó las puntas de su cabello rubio tiñéndolas de rojo—. Menuda mierda.

Annika logró sonreír.

—Pues sí, pero no nos rendiremos. —Apoyó las manos en la barandilla y miró hacia las colinas oscuras a lo lejos. Había unas poquitas luces que relucían como joyas contra la oscuridad de la noche—. El ÉPICO es nuestra oportunidad de solucionar las cosas para (Re)Médialo, y tengo intención de ganar. —Miró a Hudson—. ¿Te he hecho sentir incómodo?

Él soltó una carcajada y se colocó a su lado en la barandilla.

—Puede que un poquito. Pero ¿sabes qué? No esperaba menos de ti. —Se quedó callado, acariciando el borde de la barandilla con el pulgar. Annika no sabía por qué, pero el movimiento consiguió que se sonrojara—. De todas formas, no me imagino no poder molestarte con el gong. Sé que todo acabará solucionándose de alguna manera u otra.

Annika se rio e hizo el amago de pegarle un puñetazo. Él ni siquiera se inmutó; fue como golpear a la pared.

—Gracias, supongo.

Permanecieron mirándose en silencio durante un momento y las sonrisas se esfumaron para dejar paso a otra expresión mucho más seria.

—Oye —dijo Hudson con suavidad—. Quiero pedirte algo.

El corazón de Annika volvió a desbocarse como el de un conejito atrapado en una trampa. Una brisa con olor a cítricos sopló por el porche y le acarició la piel, haciéndola estremecer bajo el vestidito fino de algodón.

—Dime.

Hudson la contempló y se cruzó de brazos lentamente.

—¿Por qué no declaramos una tregua hasta el ÉPICO? Nada de sabotеos, de trampas o bromas.

Annika lo meditó mientras jugueteaba con el pelo. Los ojos de Hudson se desviaron a su nuca durante un segundo.

—¿Una tregua? ¿Te refieres a un alto el fuego?

—Eso mismo.

Un mechón rizado voló hasta posarse sobre su mejilla.

—No sé... Eso me suena mucho a algo que haría un miembro de Idealistas Anónimos.

Hudson sonrió.

—Te llegó la invitación, ¿eh?

Annika resopló.

—Sí, te lo agradezco. —Se quedó callada durante un instante y lo miró—. ¿Por qué quieres declarar una tregua?

Hudson se inclinó hacia ella. Tenía las mejillas ruborizadas a causa del oporto.

—Espero que me ayude a ganarme tu cariño. Tal y como he dicho antes, me gusta terminar lo que empiezo.

El corazón de Annika empezó a latir de manera errática al tiempo que deslizaba los dedos por su clavícula.

—Ya —respondió, y desvió la mirada a los labios de Hudson sin poder evitarlo—. Qué casualidad, yo también. —Si iba a dejar (Re) Iníciate... ¿para qué luchar contra lo que sentía por él?

Hudson dio medio paso hacia ella.

—Me alegro.

Annika se volvió y apoyó la espalda contra la barandilla mientras lo miraba con el pulso acelerado. Aunque aún tenía dudas, en parte quería dejar que él la arrinconase allí, que colocara aquellas manos tan enormes en torno a su cintura y la pegase contra sí. Le temblaban las rodillas como si tuviese las piernas hechas de gelatina.

—Los padres son los peores pacientes que hay —dijo su padre en voz alta a la vez que salía al porche.

Fue como si Hudson y Annika hubieran tocado una valla electrificada a la vez. Se apartaron de un salto y Hudson se puso a frotarse la mandíbula mientras carraspeaba y Annika pestañeó, confundida.

—¿Q-qué? —preguntó. Le costó situarse: estaba con su padre en el porche, y no en una habitación de hotel a solas con Hudson.

Su padre no se dio cuenta e hizo un gesto con la mano en señal de impaciencia.

—Los niños son duros, pero los padres... Quieren que les calme los nervios. Es la sexta llamada que me han hecho. Empatizo con ellos, pero, a ver, ¡que el niño está bien! ¡Que dejen pasar el tiempo, que la retención del postoperatorio es de la anestesia!

Tanto las enfermeras como el médico pueden vigilarlo perfectamente.

Annika no desvió la vista de su padre y evitó mirar a Hudson a toda costa. No sabía qué cara estaría poniendo ni cómo podría responder ella.

—Ya, pero el que da su número a los pacientes eres tú, ¿no?

Su padre soltó una carcajada.

—Ah, ¿o sea que crees que es culpa mía? Ya veo, ya veo.

Annika se acercó a él y le pasó un brazo por la cintura.

—No puedes evitar preocuparte tanto por tus pacientes, y eso es lo que hace que seas tan buen médico.

Su padre la besó en la cabeza.

—Oye, siento ser un aguafiestas, pero se está haciendo tarde. ¿Quieres quedarte a dormir? Tú también, Hudson.

Annika tragó saliva.

—Eh... no. Creo que nos vamos, papá, pero gracias. —Asintió en dirección a Hudson—. ¿Listo?

Él no apartó la mirada de ella.

—Sí.

Annika se estremeció levemente al oírlo; aquella palabra auguraba cosas. La situación con Hudson estaba cambiando, pero no podía —ni pretendía— contenerse en el ÉPICO.

La experiencia en Napa iba a ser ciertamente interesante.

# 17

Annika llegó a Napa una perfecta tarde de viernes. Los cielos eran de un precioso color azul claro, con tan solo unas pocas nubes pintorescas desplazándose por él. Su padre y June llegarían el día siguiente, y el ÉPICO sería el domingo por la mañana, lo cual le dejaba todo ese día y el siguiente para practicar la presentación sin parar. Ya lo había hecho un montón de veces, pero quería que le saliera perfecto. Mejor que perfecto, incluso.

Volvió a acordarse de la carta del banco mientras su taxi se detenía en la entrada circular del hotel, pero apartó el pensamiento de su mente. En ese fin de semana no había cabida para nada que no fuera positividad y confianza. Estaba decidida a no dejar que nada arruinase su estado mental entre ese día y el domingo.

Echó un vistazo al hotel al tiempo que el taxista la ayudaba a sacar la maleta. El hotel Monte Vista parecía un castillo medieval con banderas ondeando en el tejado. Dentro, en algún lugar, estaría Hudson acomodándose en su habitación. Volvían a encontrarse en un hotel, igual que en Las Vegas.

Annika parpadeó y desterró aquella imagen de su mente. Esta vez, con tregua o sin ella, ganaría.

En la cola de la recepción del hotel, Annika ojeó el vestíbulo y localizó a una arpista ataviada con un ligero vestido blanco tocando una melodía en un rincón. Una monstruosa araña de luces de cristal colgaba del techo abovedado; era casi amenazante, pensó Annika, aunque ninguno de los huéspedes parecía demasiado preocupado. Al igual que en cualquier otro hotel de cinco estrellas, el ambiente rezumaba dinero, como si quisieran conseguir que los huéspedes se sintieran como en casa. «Estás justo donde debes estar», parecía murmurarle el hotel al oído. «Estás entre amigos. Estás...».

—¿Soñando despierta?

Annika se dio la vuelta y vio que ya no era la última persona en la cola. Hudson le sonreía con una comisura de la boca más alzada que la otra; su expresión de siempre. Iba vestido con una camisa de botones blanca que realzaba su torso ancho y unos pantalones cortos con palmeras bordadas. Muy presumido. Muy a lo «estoy de vacaciones de trabajo en la preciosa Napa».

Annika sintió que le ardían las puntas de las orejas.

—Ah, hola. —No estaba preparada para esto. Sí, habían acordado una tregua, y tenía la sensación de haberlo conocido mejor en casa de su padre, pero... seguía siendo Hudson. ¿Cómo se suponía que debía comportarse con él si no era para sabotear cada uno de sus movimientos? Se colocó un mechón de pelo, aplastado por culpa del vuelo, detrás de la oreja y se alisó el mono de flores al percatarse de lo mucho que se le había arrugado en el avión—. ¿Has...? ¿Cuándo has llegado?

—Hace una hora o así. He estado en el restaurante esperando a que terminaran de prepararme la habitación.

Annika asintió tratando desesperadamente de pensar en algo que decir que no fuera borde.

—Y, eh... ¿dónde están los demás, Blaire y Ziggy?

—Vienen mañana. Quería tener un día para relajarme y orientarme. Además, el hotel es precioso, así que he pensado que podría disfrutarlo un poquito. —Señaló los enormes ventanales a través de los cuales se divisaban unas colinas a lo lejos.

—Sí, claro... Yo también. June llega mañana. Con mi padre.

«Ay, Dios». Qué incómodo. Estaban hablando de cosas banales como dos meros conocidos o compañeros de trabajo sosos y aburridos. ¿Así quería que fuera todo el fin de semana? Annika lo miró y en cuanto vio que él la estaba observando apartó la vista enseguida.

—Quiero pedirte algo.

Annika dio un paso hacia delante porque la cola había avanzado y apoyó la mano en el tirador de su maleta con ruedas. Un hombre de negocios trajeado se colocó detrás de Hudson sin despegar los dedos y la vista de su teléfono.

—Vale. —Si le pedía ver su presentación, se reiría en su cara. Hubieran firmado una tregua o no, Hudson seguía estando en el equipo contrario; el equipo *perdedor*.

Él empujó su bolso de lona hacia delante con el pie.

—¿Cenas conmigo esta noche?

—Oh... —Movió la mano y golpeó el tirador de la maleta. Esta cayó al suelo con un estrépito y la gente en la cola se volvió para mirarla. Con las mejillas encendidas, Annika se arrodilló para levantarla.

Hudson sonrió con un ápice de picardía en los ojos.

—¿Tanto miedo te da?

Annika soltó una carcajada.

—Tú no me das miedo.

Él siguió sonriendo, como si pudiera ver los nervios a su alrededor titilar como un muro opalescente.

—Entonces, ¿qué dices?

¿Cenar con él? ¿Le estaba... pidiendo tener una *cita*?

Como si le hubiera leído la mente, añadió:

—Nuestros equipos aún no han llegado. —Qué amable que se refiriera a June como «su equipo»—. Tendrás unas cuantas horas para practicar la presentación hasta entonces, y si luego te apetece descansar y despejarte... —Se encogió de hombros.

Annika se lo pensó un momento.

—Bueno… Es verdad que ambos vamos a estar en el hotel. Sería una tontería no… eh… descansar un poco.

Los ojos de Hudson centellearon mientras avanzaba un paso más.

—Exacto. Además, tampoco es bueno ensayar demasiado.

Annika negó con la cabeza, muy seria, aunque Hudson era la última persona de la que aceptaría consejos sobre ese tema.

—No, claro que no. —Su corazón latió con fuerza cuando estableció contacto visual con él—. Bueno, pues… cenamos. Esta noche. Tú y yo.

Él inclinó la cabeza.

—Cenamos esta noche. Tú y yo. ¿A eso de las… siete? Podemos quedar aquí en el vestíbulo.

—Vale.

Se miraron durante un buen rato sin decir nada más. El corazón de Annika volvió a latir con fuerza. Lo había hecho sonar como algo casual, algo que hacer para no aburrirse ya que estaban los dos solos.

El hombre detrás de Hudson carraspeó y Annika pegó un bote.

—Disculpe —dijo, con cara de enfado—. La están esperando.

Roja como un tomate, Annika se acercó al mostrador fingiendo no oír a Hudson riéndose de su obvia metedura de pata.

—Nos vemos esta noche —le dijo. Annika tragó saliva.

Sí. Esta noche. La directora de (Re)Médialo cenaría con el sexi director de (Re)Iníciate. Nada importante.

Su habitación era preciosa. Unas cortinas doradas y espléndidas enmarcaban una ventana grandísima con vistas al jardín. Annika se quitó las sandalias y encendió las lamparitas mientras la brisa fresca del aire acondicionado le acariciaba la piel. Entonces, se sentó en la impecable cama trineo, se dejó caer hacia atrás y cerró los ojos.

No había vuelto a hablar con Hudson, solo se había despedido de él con la mano antes de encaminarse a los ascensores. Cenar con él... Annika todavía no estaba convencida de que fuera una buena idea. Tenía que concentrarse en el ÉPICO. Y, aun así... después de todo lo que le había dicho en casa de su padre, en parte sentía curiosidad y quería saber más de él. Quería más del otro Hudson, del que le había dicho que (Re)Iníciate le ponía el vello de punta.

Annika se incorporó y se acercó a su maleta. No había tiempo para eso ahora. Tenía unas cuantas horas para practicar la presentación del domingo —además de lo que hiciera al día siguiente— y tenía intención de dar buena cuenta de ellas.

Al final, la escasa luz procedente de la ventana la avisó de que había estado trabajando más de lo que creía. Un rápido vistazo al móvil le confirmó que tenía razón; ya eran las seis y media. «Hora de vestirse». A Annika se le revolvió el estómago como si estuviera en una montaña rusa. «Para ya», se dijo a sí misma mientras se dirigía al cuarto de baño y se quitaba la ropa al mismo tiempo. «Solo es Hudson Craft». Aquel pensamiento no la ayudó tanto como hubiera deseado.

Tras ducharse rápido y cambiarse de ropa —unos pantalones cortos y una camiseta de tirantes blanca; mona, pero no en plan «creo que esto es una cita»—, Annika llamó a June por FaceTime.

—Voy a cenar con Hudson —le contó a toda prisa en cuanto June respondió—. Es mala idea, ¿verdad? Tendría que estar concentrándome en derrotar a (Re)Iníciate el domingo, no divirtiéndome con el enemigo.

June se encogió de hombros. Detrás de ella había muchas baldas en las que se veían lomos coloridos de libros y un adolescente con gafas y una camiseta de Yoda pasó por su lado.

—¿Y por qué vas?

Annika se mordió el labio un instante.

—Creo que es por lo que me dijo en casa de mi padre. Ya sabes, lo de que su participación en (Re)Iníciate era insostenible.

June asintió; ya habían analizado aquella noche en detalle.

—Sí, pero tal vez no vuelva a sacar ese tema esta noche.

—Lo sé. —Annika se reclinó en la mullida cama y se apoyó sobre un codo—. Probablemente lo mejor sea no presionarlo con ese tema. Ya lo hará cuando esté listo. —Recolocó el móvil en la mano—. Pero el hecho de que lo haya mencionado parece indicar que está preparándose para ceder las riendas de (Re)Iníciate. Es cuestión de *cuándo*, no de *si* lo hace.

Un grupo de adolescentes emocionados pasaron por detrás de ella. June se volvió para intentar dar con un lugar más tranquilo.

—¿Y eso hace que... quieras conocerlo mejor?

Inquieta, Annika se bajó de la cama y se sentó en la butaca rosa palo junto a la ventana para contemplar los árboles del jardín balancearse con el viento.

—Exacto. —Arrugó la nariz—. Pero ¿es mala idea? A fin de cuentas, vamos a competir dentro de dos días.

—Aun así, deberías ir y pasártelo bien.

—¿Tú crees?

—Que sí. —June movió el teléfono y la imagen en la pantalla se ladeó un poco—. Annika, el domingo será un gran día, y ya vas muy bien preparada. Además, también tienes todo el día de mañana para ensayar. Lo más importante es que te relajes. Solo es una cena, ¿no?

—Pero es nuestra única oportunidad de salvar (Re)Médialo. —Annika subió las piernas a la butaca—. Me parece... no sé, un poco irresponsable por mi parte irme por ahí a cenar con él.

—¿Te sabes la presentación de pe a pa?

—Sí.

—Pues ya está. ¿Qué más puedes hacer? No le des más vueltas. Sal y tómate una noche libre —dijo June mientras un hombre muy pálido con un gorro de Darth Vader pasaba por su lado.

—Ya. —Annika se reclinó en la butaca y suspiró—. Sí que es verdad que la he estado repasando durante unas cuantas horas.

June sonrió.

—Ahí lo... —Unos vítores ensordecedores se tragaron sus palabras.

Annika entrecerró los ojos y se sentó con la espalda recta.

—¿Dónde estás?

—Ziggy y yo hemos venido a una firma de libros de Timothy Zahn. —Sonrió y desvió el teléfono para que Annika pudiera ver a Ziggy, quien la saludó con la mano. Llevaba lo que parecía ser una camiseta antigua de *Star Wars*—. He venido a que me firme sus catorce libros de *Star Wars.*

Annika se rio.

—Vale. Parece que la gente está un poco emocionada, así que te dejo. Te quiero.

—¡Yo a ti también! Recuerda: relájate. Tu padre y yo te veremos mañana. —June le sopló un beso y colgaron.

Annika se miró en el espejo frente a la butaca y volvió a sentir dudas ahora que la voz de la razón de June había desaparecido.

—Solo es una cena. Puedes hacerlo, Dev.

Su discurso motivacional casi funcionó.

Salió del ascensor al vestíbulo, que tenía el suelo de mármol y olía a cítricos y a caros ramos de lilas. Se secó las palmas de las manos en los pantalones cortos. El techo dorado parecía estar a kilómetros de altura. Había otra arpista en la esquina, casi indistinguible de la anterior. La música que tintineaba en el ambiente debería haber calmado sus nervios, pero no. Mientras se encaminaba a la zona de los asientos, Annika tuvo el presentimiento de que nada lo haría.

Al acercarse, distinguió a Hudson sentado en un sillón de cachemir excesivamente mullido junto a una palmera plantada en un macetero, con la cabeza gacha y concentrado en la pantalla de su teléfono. Parecía demasiado grande para el sillón, ya que las piernas, los brazos y los hombros le sobresalían por todas partes, como si nada fuera capaz de contenerlo. Él aún no la había visto, así que Annika se tomó unos segundos para contemplarlo y observar cómo dominaba el espacio sin siquiera intentarlo; parecía que siempre se sentía cómodo con sus alrededores, daba igual donde se encontrase.

Tras un instante, Annika volvió a moverse y se aclaró la garganta. Hudson levantó la vista y, justo cuando él fue a esbozar una sonrisa, ella empezó a sentirse un pelín atolondrada. Se le calmaron los nervios y demudaron en algo mucho más alegre, solo por un breve instante, antes de volver a su estado anterior.

—Hola —la saludó con un tono de voz tan suave como el terciopelo mientras se ponía de pie. Se había cambiado y llevaba una camisa de botones verde oscura junto con unos vaqueros también oscuros que le quedaban perfectos sobre sus caderas estrechas y sus piernas largas—. Estás... muy guapa.

Annika se miró a la vez que jugueteaba con el cordón de los pantaloncitos.

—Vaya, gracias. Eh... tú también. —De hecho, le costaba hasta mirarlo directamente. Ningún hombre debería poder ser tan atractivo. Era inmoral.

—¿Una rosa para la dama?

Se giraron y vieron a un hombre mayor vestido con un traje de *tweed* que se había acercado a la zona de descanso con una cesta llena de rosas de un tono rosa pálido. Les sonrió, pero los dientes que mostró estaban demasiado rectos como para no ser postizos.

—Hacen una pareja preciosa. ¿Una rosa para la dama, señor?

Annika, con los ojos abiertos como platos y las mejillas coloreadas, giró la cabeza para mirar a Hudson. Luego volvió a centrarse en el hombre mayor y empezó a decir:

—No somos...

—Por supuesto —la interrumpió Hudson, haciendo amago de agarrar la cartera.

Annika no podía respirar. Le entraron ganas de reírse y decirle a Hudson que dejara de hacer el tonto, pero esa parte de ella era muy pequeña y… discreta. Al fin y al cabo, habían firmado una tregua, él se estaba replanteando dirigir (Re)Iníciate y June le había dicho que se relajara. Tal vez debido a todas esas razones una parte más grande *sí* quería que le comprara una rosa.

El hombre aceptó el dinero, se lo guardó en el bolsillo y le tendió la rosa a Annika. Ella la tomó con dedos temblorosos y sintió el tallo firme y frío.

—¡Les deseo que sean muy felices! —El hombre mayor se despidió con la mano y se alejó con la cesta. Ya tenía la vista puesta en otra pareja que había al otro lado del vestíbulo.

Annika se giró hacia Hudson y tragó saliva.

—Gracias. No tenías por qué comprarla.

Él acarició los pétalos de la rosa y el cuerpo de Annika respondió como si la hubiera tocado a ella; la piel le hormigueó como si un centenar de mariposas hubieran aleteado junto a ella. «Serás idiota».

—Me apetecía —repuso.

Annika intentó distraer a su cuerpo traicionero echando un vistazo al vestíbulo concurrido.

—Bueno, ¿adónde vamos? ¿Al restaurante del hotel?

Hudson carraspeó y se frotó la nuca.

—En realidad, eh… me he tomado la libertad de sacar dos entradas para ver los viñedos de Napa en tren, por si tú también quieres ir. Es el *tour* nocturno; he oído que está muy bien. Además, sigue contando como cena. La sirven en el tren.

Ella no se rio de su intento de broma. Hubo un momento intenso entre ellos en el que los ojos de él buscaron respuestas en los de ella. Si no quería, ese era el momento de decirlo. Un *tour* en tren a la luz de la luna no era la cena casual que había estado esperando. No pasaría nada por decirle que prefería comerse un sándwich de aguacate en el restaurante del hotel. Respiró hondo, jugueteando con el tallo de la rosa, y se preparó para decirle que no.

—Sí, claro. Suena bien.

—¿Sí? —Él seguía estudiando su expresión, como si quisiera cerciorarse de no estar obligándola a ir.

Annika esbozó una media sonrisa en un intento por invocar el espíritu despreocupado de June.

—Sí. Hagámoslo.

El tren era una locomotora de estilo *vintage* que contrastaba con las últimas luces del crepúsculo como una oruga enorme y ansiosa, preparada para llevar a los pasajeros en un precioso viaje.

Annika y Hudson fueron los primeros en subir a bordo. Echó un vistazo a su alrededor con una sensación de anticipación, distraída del ÉPICO y de Hudson y de todo lo demás en su mente; al menos de momento.

—Esto es impresionante. —Subieron las escaleras hacia el vagón abovedado, que era ventanas curvas y techo transparente en un noventa por ciento. Tras tomar asiento en uno de los reservados, Annika dejó la rosa en el asiento contiguo. En la mesa había un jarroncito de cristal con flores junto a un titilante farolillo de estilo marroquí. Una luz dorada lo iluminaba todo, suspendiéndolos en una burbuja dorada, en un sueño.

El estómago le dio un vuelco cuando Hudson se sentó frente a ella y entrelazó las manos grandes sobre la mesa. Había elegido el *tour* nocturno en vez de, digamos, un restaurante mucho más informal —como un Subway, por ejemplo— por una razón. Esta no era la clase de cena que tenías con una compañera de trabajo en una conferencia, sobre todo si esa compañera en cuestión podría hacerte perder en una competición dentro de dos días. Hudson tenía algo en mente, estaba claro. Aquel pensamiento la hizo tragar saliva, nerviosa.

—Es bonito, ¿verdad? —Miró en derredor. Unas cuantas parejas más estaban subiendo a bordo; todas ellas parecían estar enamoradas hasta las trancas.

—Sí, mucho —respondió Annika, acariciando las flores en el jarrón. Tenía la mente en otra parte; necesitaba decirle lo que estaba pensando. Hacerlo podría mandarlo todo al traste, podría cortarles todo el rollo, pero tenía que ser sincera—. Hudson... Pienso ganar el ÉPICO.

Él se reclinó contra el sillón como si nada. Había más pasajeros entrando y pasando por su lado.

—Y yo también.

—Solo puede ganar uno de nosotros —insistió Annika, como si él no lo supiera—. Por muchos *tours* que hagamos, o por muchas rosas que me compres, eso no cambia nada. Voy a por todas.

Él apoyó los codos en la mesa y le sonrió. La luz del farol se reflejaba en sus ojos.

—No te estoy intentando sobornar, Dev. Además, esa es una de las cosas que más me gustan de ti.

Ella enarcó una ceja.

—¿Mi capacidad para aplastarte?

Hudson se rio entre dientes y pasó una mano por encima del farol, lo cual arrojó unas cuantas sombras sobre la mesa.

—El hecho de que seas una digna oponente. No tendría gracia, si no.

—Claro. —Annika sintió una pequeña ola de alivio. Él pensaba lo mismo con respecto al ÉPICO. Y en cuanto a lo que le había dicho en casa de su padre sobre (Re)Iníciate, ya llegarían a ello, tal vez después del evento. Lo cual significaba... quizá, y solo quizá, que podía relajarse y disfrutar del viaje. Literalmente. Se permitió sonreír conforme miraba a su alrededor. Los últimos pasajeros ya habían subido y las puertas del tren se habían cerrado—. He de decir que no hay mejor manera de relajarse antes del gran evento del domingo.

Hudson le sostuvo la mirada, pero no le devolvió la sonrisa.

—No quiero seguir hablando de trabajo esta noche.

La sangre le empezó a hormiguear. Ella tampoco quería hablar de trabajo, reparó. Ahora que el tema del ÉPICO había quedado claro, quería… quería que Hudson se pegara a ella, que le susurrara chistes al oído, que bebieran vino de la copa del otro. Lo quería *a él.*

—Vale —dijo ella en voz baja.

—Ya no me llevas tanto la contraria —murmuró él, ajeno a toda la cháchara que resonaba a su alrededor.

Annika negó con la cabeza, incapaz de apartar la vista.

—Pues no. Creo que me he cansado de hacerlo.

Antes de que Hudson pudiera responder, su camarero apareció en el pasillo para presentarse y para hablarles a todos sobre el *tour* y los dos viñedos por los que pasarían. Iba a ser un trayecto de tres horas; tres horas en las que estaría sentada con Hudson y tendría que mirarlo a esos desconcertantes ojos verdes suyos. Solo le daba un pelín de miedo.

Annika se reclinó contra el asiento.

# 18

Annika hizo un gesto con la copa de vino que llevaba en la mano.

—Hay una pregunta que me encanta.

Llevaban una hora de viaje y el sumiller volvía una y otra vez para que oliesen uno y viesen el buqué de otro. Ella había aceptado un par de copas de rosado y le estaba encantando. Había hecho una montaña de un grano de arena; lo que tenía que hacer era relajarse antes del gran día, tal y como le había dicho June.

—Si tuvieses una varita mágica y pudieses blandirla para conseguir una vida perfecta cuando te despertases, ¿cómo sabrías que la has conseguido? La escuché en un seminario de la universidad y supuestamente te ayuda a conseguirla.

—Mmm... —Pensativo, Hudson dio un sorbo a su merlot mientras el tren los mecía con suavidad—. A ver. En primer lugar, me sentiría completamente feliz. No pensaría «Y vuelta a empezar» cuando me despertara.

Annika parpadeó.

—¿Eso piensas ahora?

Él asintió despacio.

—Todos los días.

—¿Por culpa de (Re)Iníciate?

—Por lo que significa ser la cara visible de (Re)Iníciate. Me siento atrapado en el existencialismo. Además, como ya te había dicho, no me veo haciendo esto durante toda la vida.

—Vale. —Annika metió la mano en el bolso y sacó una libretita y un bolígrafo. Tenía las palmas sudadas. Joder. Lo que le había dicho a June era verdad; Hudson iba a dejar (Re)Iníciate. Seguramente dentro de poco.

Los dedos le temblaron un poco al escribir «La lista mágica de Hudson» en la parte superior de la página. Añadió un «1: No seguir siendo la cara visible de (Re)Iníciate». Asintió hacia él con solemnidad y dijo:

—Lo entiendo. ¿Qué más?

Él la miró con diversión y a la vez ajeno al revuelo que estaba sintiendo ella por dentro.

—Supongo que... tendría un taller para esculpir en mi piso. Para no tener que alquilar uno cada vez que me entrasen ganas de hacerlo.

—Vale... —Annika lo escribió rápidamente—. Taller para esculpir. Hecho. ¿Qué más?

Al ver que no hablaba, lo miró, y se quedó helada. Él la estaba contemplando con tal intensidad que se le llenó el estómago de mariposas.

—Me gustaría empezar una relación con alguien que me importe y a la que respete. Alguien que me enseñe otras maneras de vivir.

—De acuerdo —dijo Annika, plenamente consciente de que su voz había salido un tanto chillona.

Escribió con mano temblorosa «3: Relación, importancia, respeto». ¿A qué se refería con eso? ¿Buscaba una relación con ella en concreto o con alguien sin más? Quería preguntárselo, pero fue incapaz de abrir la boca.

Se miraron entre las flores y la luz centelleante del farol. Los ojos verdes de Hudson adquirieron una tonalidad dorada en contraste con el crepúsculo, ya casi desvanecido.

—¿Y tú? ¿Qué habría en tu lista?

Un camarero se acercó con el segundo plato antes de que Annika pudiese responder. Una vez se fue, ella se tomó su tiempo cortando un pedazo de berenjena ahumada y masticándola con suavidad. Después, miró a Hudson y respondió:

—Lo que más quiero en el mundo es que (Re)Médialo salga adelante.

Tras una pausa en la que ambos se dedicaron a comer y beber en silencio mientras escuchaban la vibración y los soniditos del tren, Hudson dijo:

—¿Qué más añadirías a la lista? ¿O pondrías solo lo de (Re)Médialo?

La miraba de forma velada, como la pregunta que realmente quería hacerle. A Annika el estómago le dio un vuelco.

—A ver, también quiero que mi padre sea feliz —dijo con seriedad para ganar tiempo.

—Claro —respondió Hudson con el mismo tono mientras cortaba el pescado en su plato.

Annika le dio un trago a su vino. Seguía con las manos sudadas. Qué asco.

—Y... ya sabes, puede que empiece a salir con alguien. O no. Quién sabe.

Hudson asintió como quien no quería la cosa.

—Vaya. Qué interesante.

—¿Verdad? —apostilló Annika con el corazón a mil por hora—. A ver, tú quieres empezar una relación, yo estoy pensándome lo de salir con alguien... Vamos avanzando. Por caminos similares, tal vez.

—Tal vez —repitió Hudson, contemplándola.

El camarero se llevó sus platos. En cuanto se alejó, Hudson dijo:

—Lo de empezar una relación va en serio. —Se inclinó hacia delante con expresión indescifrable, con su mano a escasos centímetros de la suya sobre la mesa.

—Y-yo también lo de salir. —Annika no podía apartar la mirada.

Poco después, el camarero apareció por el pasillo con el tercer plato para los comensales. Hudson mantuvo el contacto visual con Annika.

—Ya no tengo hambre. Creo que voy a salir un rato al mirador. —Hizo una pausa y el pulso de Annika se aceleró—. ¿Vienes?

Ir con él al mirador. Estarían solos porque todo el mundo seguía disfrutando de la laureada cena. Annika tragó saliva.

—Vale —dijo con un hilo de voz medio ronca.

Hudson se limpió la boca con la servilleta, la dejó en la mesa y caminó por el pasillo, murmurándole algo al camarero de camino. Este miró a Annika, cuyas mejillas enrojecieron, y asintió con una sonrisa de suficiencia.

«Cálmate, Annika», se dijo a sí misma al tiempo que se limpiaba los labios con la servilleta y se los volvía a pintar.

Inspiró hondo, se levantó de la mesa y recorrió el pasillo hacia el mirador tratando de no prestar atención a su pulso descontrolado.

El crepúsculo dejaba paso rápidamente a la noche. El mirador era una zona pequeñita y apartada en forma de balcón al final del tren, lo bastante amplia como para que cupiesen dos personas colocadas codo con codo. El vagón se encontraba vacío y casi totalmente a oscuras. Fuera ya se veía la luna llena, que arrojaba una luz plateada sobre los viñedos y sombras moradas sobre las piscinas. Annika se apostó junto a Hudson, que observaba las vistas pensativo.

Lo miró con la cabeza algo embotada por culpa del vino.

—Me gusta el tren. Me pregunto si podría pagar un alquiler y quedarme a vivir aquí para siempre.

Él sonrió, pero siguió mirando al frente.

—Podrías hacer yoga en el techo.

—Ya, como en *Polar Express*, pero con menos mal rollo.

Hudson soltó una carcajada y se giró hacia ella. Las puntitas de su pelo rubio se mecían a causa del viento.

—¿*Polar Express* te dio mal rollo?

Ella también lo hizo para quedar cara a cara con él.

—¿A ti no? El personaje de Tom Hanks en el techo daba un yuyu...

Hudson soltó una carcajada y le apartó un mechón de pelo detrás de la oreja. La mano cálida acarició su piel, y Annika se apoyó contra ella sin pensar.

—Tienes una manera única de ver la vida —dijo él, solemne, sin rastro de la sonrisa arrogante que le caracterizaba.

Se acercaron el uno al otro a la vez. Las manos de Hudson se posaron en su cintura y las de ella en torno a su cuello. Él la pegó contra sí con apremio y con la mirada empañada de deseo.

—Hudson —murmuró Annika. Deslizó las manos por su pecho y sintió los pectorales bajo la camisa. Le temblaban las piernas, como si dentro de poco no fuese a poder soportar su peso. Era incapaz de apartar la vista de sus labios, de su mandíbula firme y del leve rastro de barba rubia. Hudson se cernía sobre ella y Annika se sentía completamente a salvo en sus brazos. Él se adueñaba del espacio con autoridad, como si estar allí fuera en el mirador fuese algo rutinario, al igual que el resto de las mejores experiencias.

—Annika —susurró él, y el nombre sonó a poesía en sus labios—. ¿Sabes cuánto tiempo llevo esperando tenerte así?

—¿De verdad? —susurró ella, levantando la vista hacia él.

—Sí —aseveró él, solemne—. No dejo de pensar en ti. De reírme de lo que dices aunque no estés presente. Ziggy y Blaire creen que estoy como una cabra. Cuando me despierto, no pienso en lo que tengo que hacer ese día en el trabajo, sino en si te veré. ¿Pasarás por delante de la oficina? ¿Vendrás a hablar conmigo? ¿Cómo hago para organizar una comida para que vengas? ¿O una fiesta, para invitarte? Cada vez que abro la boca, quiero contar algo de ti. Créeme, no es normal. Para mí, por lo menos.

—Yo también pienso en ti —susurró Annika, tan cerca de sus labios que las palabras quedaron atrapadas entre el aire que ambos respiraban—. Y... no quiero parar.

Entonces, la boca de Hudson cubrió la de ella. Sus labios eran cálidos, firmes. Le arañó la boca con los dientes y la degustó con la lengua como si fuese lo más delicioso que hubiese probado nunca. Annika se rindió al beso y pegó su cuerpo al de él hasta sentir su erección, su deseo, las ganas que tenía de ella. La mano de Hudson subió por su muslo desnudo hasta internarse bajo sus pantalones cortos y agarrarle el trasero. Ella gimió levemente cuando él deslizó los dedos hacia el borde de sus braguitas de encaje para provocarla.

—Hudson —volvió a susurrar Annika cuando los dedos de él se internaron aún más—. Aquí no... Podría venir alguien. —Pero su cuerpo traicionó a su mente al abrir ligeramente las piernas.

Hudson desvió la boca a su cuello.

—Te deseo tanto —dijo al tiempo que apartaba las braguitas a un lado e introducía la punta de los dedos en ella—. Ahora mismo. Llevo pensando en esto y en ti desde el verano. Desde Las Vegas.

Annika jadeó y él llevó la otra mano a su cintura para sujetarla. Ella pudo sentir que la boca de Hudson se curvaba hacia arriba hasta esbozar una sonrisa.

—Si quiere que pare, señorita Dev, lo haré —dijo él al tiempo que sus dedos se internaban un poco más en ella, evocando otro jadeo.

—No. —Annika cerró los ojos—. No lo hagas. Yo también he pensado en ti. —Creía que no podría seguir de pie; las piernas no podrían seguir soportando su peso. Quería que él la alzara y la apoyara contra la pared mientras hacía lo que quisiese con ella.

—Creo que es por aquí.

Se separaron en cuanto escucharon voces en el vagón, que antes estaba vacío. Hudson tenía las pupilas dilatadas por el deseo y las mejillas sonrosadas. Estaba tan desaliñado como ella. Annika se atusó el pelo y se giró para contemplar las vistas. Hudson no sabía cómo ponerse; cierta parte del cuerpo todavía no se le había relajado. Habían dejado las manos una al lado de la otra en la barandilla, y Hudson acercó el meñique para entrelazarlo con el suyo. Ella le sonrió al tiempo que una pareja de ancianos doblaba la esquina.

—Ay —dijo el hombre, que llevaba una gorra a cuadros similar a la de los repartidores de periódicos—. ¡No sabía que hubiera alguien aquí!

Su mujer les sonrió.

—No se preocupe —respondió Annika, mirando de forma interrogante a Hudson—. Creo que nosotros ya hemos acabado.

Él asintió.

—Así es —confirmó Hudson asintiendo con la cabeza. Después, la miró y dijo con voz gutural—: Por ahora.

Annika tragó saliva y logró sonreír al tiempo que pasaban junto a la pareja de ancianos y regresaban al vagón de antes. El resto de los viajeros estaban acabando el tercer plato y empezando el cuarto. Su momento había acabado... por ahora.

¿Cuánto podían durar los preliminares? Annika sabía que no podría mirarlo en Google sin que Hudson la atrapase, pero sentía curiosidad. Mientras el tren se aproximaba a la estación, se levantó un par de veces y revisó cómo tenía el maquillaje en el baño, se volvió a echar colonia y se retocó las puntas del pelo para darse más volumen. No sabía si él repararía en aquello, pero ella sí. Si quería invocar a su *femme fatale* interior, tenía que usar todo lo que llevara en el neceser.

Por su parte, Hudson parecía estar intentando volverla loca mientras trataba de mantener la compostura. En cierto momento, juntó su pie al de ella y Annika sintió la rugosidad de los vaqueros contra la piel sedosa de su pierna. Se quedó sin respiración cuando lo miró, pero él apartó la vista poco después de clavarla en ella a pesar de seguir acariciándola con la pierna.

En otro momento, estiró el brazo hacia ella y le ofreció una uva, dulce y jugosa. Dejó los dedos contra su boca más tiempo de lo normal. Annika fue a sacar la lengua para acariciarlos, pero él replegó la mano y la dejó con las ganas.

En aquel mirador Hudson había despertado algo en ella que había permanecido dormido en su interior durante mucho tiempo. Quería más. Quería más de este Hudson; el que la embaucaba, el que quería empezar una relación, el que la cortejaba hasta dejarla sin aliento. Quería volver a sentir sus dedos; quería su sabor y que él la saborease a ella. Quería perder la cabeza, y sabía que el único que podría lograrlo era él.

Pero, por ahora, tenía que permanecer sentada mientras el tren arribaba a la estación entre chirridos y crujidos. El camarero se acercó para darles las gracias a los pasajeros y desearles una buena noche y, a continuación, la gente empezó a bajar. Hudson y ella fueron los últimos.

Annika sentía que el corazón le martilleaba en el pecho y las palmas le volvieron a sudar mientras caminaban juntos y en silencio hacia el autobús, alentados por la brisa fresca y el murmullo de los pasajeros, que parecían más cansados que ella. Tenía los nervios a flor de piel y el cuerpo casi vibrando de deseo. Miró a Hudson, pero este portaba una expresión indescifrable, impasible.

Durante el trayecto de vuelta, Hudson le contó anécdotas de sus vacaciones de pequeño en el Medio Oeste. Un día, se quedó leyendo en el ático de la cabaña de su familia mientras sus padres y su hermano se iban de pesca. Se quedó dormido y, al volver ellos y no verlo por ningún lado, empezaron a organizar una partida de búsqueda con los vecinos. Así los encontró cuando despertó: aterrados. Ella se rio en los momentos que tocaba, pero era tremendamente consciente de las veces en las que sus manos o rodillas se rozaban. Se amonestó a sí misma al preguntarse si era sin querer, a propósito, o sin querer queriendo.

No notó nada por su parte. Tampoco pudo preguntarle, porque una pareja de chicos frente a ellos oyó la historia y decidieron contar sus propias anécdotas de su «verano en el Medio Oeste». Annika se vio obligada a asentir, sonreír y escuchar, aunque la anticipación la estaba matando. Se sentía viva y con cada centímetro de su cuerpo consumido por el deseo. Notaba la cabeza como en una nebulosa, como si la atracción que sentía fuera una droga y se hubiese chutado una buena cantidad.

En cuanto el autobús los dejó de vuelta en la recepción del hotel y la pareja homosexual se despidió de ellos, Annika y Hudson se quedaron mirándose bajo las luces de la araña mientras la arpista seguía tocando su tranquila y tintineante música de fondo.

—Bueno. —Annika lo miró. Cuanto más tiempo pasaban manteniendo contacto visual, más flojas sentía las rodillas. Lo veía tan serio, tan decidido.

—Bueno —dijo Hudson, asintiendo.

Ella esperó un instante, pero él no añadió nada más.

—Bueno... —Acalorada, se rascó la nuca—. No sé...

—Annika...

Lo miró.

—Voy a subir a mi habitación.

—Ah —dijo ella al final, asintiendo—. Buena idea. Mañana nos levantamos temprano y a mí me cuesta dormir en los hoteles, así que... sí. Vale. —*Uf.* Sonaba muy a la defensiva, muy poco convincente. Parpadeó y desvió la vista hacia la arpista, que seguía tocando su melodía, ajena a todo aquello.

—Annika.

Se obligó a mirarlo y cambiar la expresión para no revelar dolor ni vulnerabilidad. Cuando sus miradas se encontraron, se le secó la boca debido a la intensidad y al deseo que exudaba Hudson y lo concentrado que estaba en ella.

—Voy a subir a mi habitación y me gustaría que vinieras conmigo —anunció, agarrándola de la mano.

Ay. ¡Ay! Annika sintió que le empezaban a temblar las manos.

—Me... me encantaría —dijo, casi sin aliento.

Él esbozó una sonrisita al tiempo que entrelazaba los dedos con los de ella para que dejase de temblar. Caminaron hacia los ascensores juntos y en silencio, con la piel de Annika prácticamente cantando bajo su contacto.

# 19

Su habitación era extravagante; el doble de grande que la de ella y ubicada en la última planta, por lo que contaba con unas vistas impresionantes de los viñedos y los campos, que ahora estaban bañados por franjas de luz de luna y sombras. Las paredes estaban tapizadas con lino blanco en relieve y con algunos hilos plateados entrelazados.

Cuando sus ojos se toparon con el sofá dorado junto a la ventana, Annika se acordó de pronto del tiempo que pasaron juntos en Las Vegas, acoplados en el sofá de su habitación.

Bueno, siendo justos, fue ella la que se acopló encima de Hudson.

*—Irá sobre las segundas oportunidades —le dijo Annika, sentándose tan cerca que sus muslos se tocaban. Se inclinó hacia él sabiendo que se le veía el escote perfectamente—. Hasta podría reunir a los ex y todo. Enamórate de nuevo.*

*—Claro. —Los ojos de él descendieron hasta su pecho, como Annika sabía que harían, pero a diferencia de la mayoría de los tipos, él se esforzó valientemente por volver a mirarla a la cara—. Es muy buena idea —repuso, y sonaba sincero.*

*—Incluso podría monitorizar sus constantes vitales para que midiera el nivel de confort —prosiguió Annika—. Tal vez a través*

*de los* smartwatches. *—Acarició levemente la muñeca de Hudson. Deslizó los dedos hacia la parte inferior de su brazo y los dejó sobre su pulso—. Así sabrían, por ejemplo, cuándo tienen el pulso acelerado y cosas así.*

*Hudson la miró, aunque enseguida desvió la vista hacia sus labios.*

*—¿De verdad? ¿Y ahora cómo tengo el pulso?*

*Annika sonrió y se acercó a él.*

*—Bastante acelerado, señor Craft. Creo que podría darle un ataque.*

*La mano de él encontró el dobladillo de su falda de tubo y empezó a subirla por su muslo.*

*—Ajá... —exhaló, pegando los labios a los de ella—. Tal vez tengas razón.*

Hudson se acercó a ella y la trajo de vuelta al presente; sus mejillas ardían debido al recuerdo. Tras encender la chimenea, volvió a girarse hacia ella. Quitando la lamparita sobre el escritorio y las llamas titilantes, la habitación estaba a oscuras.

Annika permaneció cerca del cuarto de baño hecha un flan, como una adolescente que fuera a perder la virginidad, lo cual no podía estar más lejos de la realidad. Se habría reído de no sentir ganas de tragarse veinte litros de agua para humedecerse la garganta o de salir huyendo.

Hudson se le acercó con decisión. Se lo veía ágil, seguro de sí mismo, sin un atisbo de vacilación. Deslizó las puntas de los dedos por sus brazos y luego los entrelazó con los de ella.

—Hola.

A Annika se le puso la piel de gallina.

—Ho-hola.

—Suenas nerviosa. —Lo dijo con objetividad, sin juzgarla ni burlarse de ella.

—Un poquito sí —respondió Annika con una carcajada—. Lo cual no tiene sentido, lo sé. Ya nos acostamos en Las Vegas, pero...

—Pero esto parece distinto —prosiguió él, suavizando la expresión.

Annika asintió.

De repente, Hudson esbozó la sonrisa más traviesa que ella hubiera visto nunca.

—Un baño te relajaría.

—¿Un... un baño?

La agarró de la mano y la guio hasta el cuarto de baño gigantesco. Justo en el centro había una bañera enorme de granito pulido. Hudson se aproximó por detrás, le apartó el pelo hacia un lado y la besó en la nuca. Annika cerró los ojos.

—Podría prepararte un baño —susurró contra su piel, y su aliento cálido le hizo cosquillas—. ¿Qué te parece?

—Sí. Vale. Bien. —Ya no era capaz ni de expresarse con palabras largas. Sentía que le sobraban la camiseta y los pantaloncitos. Era demasiada ropa, demasiada restricción.

—Bien. —Annika pudo oír la sonrisa en su voz. Enderezándose, Hudson la rodeó y comenzó a llenar la bañera, echando una buena cantidad de la espuma de baño con olor a fresias que encontró en una cestita de mimbre junto a las toallas.

A continuación, caminó hasta el teléfono atornillado a la pared, sujetó el auricular y pulsó un botón.

—Una botella de su mejor champán —dijo, mirándola directamente a ella. A Annika le dio un vuelco el estómago.

—¿Para qué es el champán?

Hudson colgó.

—Vamos a celebrar.

—¿Celebrar el qué? —Cuanto más se acercaba él, más ronca le sonaba la voz. Era como un león orgulloso en la jungla, el rey de todo lo que veía. Incluida ella.

Poco a poco y con ayuda de los dedos, le deslizó los tirantes de la camiseta por los hombros.

—Tú. Nosotros. Aquí juntos.

En un arrebato de confianza, Annika se quitó la camiseta por la cabeza y también los pantalones cortos. Pudo ver cómo se le aceleraba la respiración a Hudson conforme la contemplaba vestida solamente con un sujetador negro y bragas de encaje. Luego, Annika torció los brazos y se desabrochó el sujetador, que dejó caer al suelo. Se deleitó con la sensación de notar el aire frío contra sus pechos, endureciéndole los pezones. La reacción de Hudson no se hizo de esperar: se le dilataron las pupilas y la respiración se le volvió más agitada. A continuación, Annika se bajó las braguitas —ya sintiendo lo mojada y preparada que estaba— y, sin mirarlo a los ojos, se metió en la bañera.

Hudson tragó saliva exageradamente. Se sentía mejor al verlo tan desconcertado, para variar. Una sensación de puro alborozo la sobrecogió cuando el agua caliente y espumosa cubrió su piel desnuda. Annika suspiró y levantó la vista hasta él.

—¿Y ahora qué? —preguntó con suavidad.

Él cerró el grifo y se sentó en el amplio borde de la bañera. Como poco, era exasperante estar totalmente desnuda mientras él seguía vestido.

—Ahora te baño —respondió Hudson con voz ronca.

Annika le sostuvo la mirada durante un buen rato y, después, asintió. Su cuerpo se relajó en el agua.

Mientras Hudson tomaba un paño y lo mojaba, Annika se reclinó y cerró los ojos. Un momento después, sintió la textura de la tela cálida viajar por toda la piel de sus brazos; primero uno, y luego el otro. Le lavó la cara con suavidad, empezando por la frente, y luego pasando despacio por el puente de la nariz para acariciarle la boca y la barbilla. El paño viajó aún más al sur, desde el hueco de la garganta hasta los hombros. A Annika le empezó a martillear el corazón en el pecho.

Lo deslizó por su pecho y, entonces, poco a poco, de forma casi reverente, sobre el pezón derecho. Annika no pudo evitarlo; se le escapó un gemido antes de darse cuenta siquiera.

Oyó que a Hudson se le cortaba la respiración y abrió los ojos.

—Eres demasiado preciosa, joder —gruñó de repente, como si estuviera conteniendo una gran emoción.

Annika volvió a cerrar los ojos y el paño descendió aún más bajo el agua, a lo largo de su diafragma y de su vientre. Ella abrió las piernas, deseosa por sentir la tela entre ellas.

Hudson lavó el interior de su muslo derecho y luego el izquierdo; cada movimiento de su muñeca la hacía jadear y revolverse de puro deseo. Incluso ahora, que a Annika le costaba guardar la compostura, Hudson mantenía el control. Sus movimientos nunca eran vacilantes y su expresión era una máscara de tranquilidad mientras dejaba un rastro de calor sobre su piel con la mirada.

—Hudson... —se oyó decir. El nombre sonó como un chisporroteo en sus labios.

—¿Qué? —exhaló él casi sin voz, bajando la cabeza hasta la de ella y mordisqueándole los labios—. Dime lo que quieres.

Annika colocó una mano sobre su robusta muñeca en el agua.

—Quiero que me toques —susurró contra sus labios.

Él movió la mano con dolorosa lentitud. Deslizó el paño por el interior del muslo y luego entre sus piernas, aplicando la presión justa sobre su sexo. Annika jadeó e inclinó la cabeza hacia atrás mientras Hudson frotaba su piel con el paño. Este le besó la curva de la garganta y ascendió hasta tener el lóbulo de la oreja entre los dientes.

—Déjate llevar —susurró él con voz exigente, aunque cargada de deseo.

Y lo hizo; no le quedó más remedio. Mientras una mano la acariciaba con el paño, la otra acunó un pecho y con la base del pulgar le estimuló el pezón. Annika movía las caderas al ritmo; su cuerpo estaba prácticamente al borde del abismo, casi volando, y entonces Hudson apartó las manos de golpe. Jadeante, abrió los ojos y lo miró, aturdida y frustrada.

Él estaba ruborizado, con los ojos casi negros por culpa del deseo, pero se estaba apartando de ella.

—Aún no —dijo, deslizando un dedo por el labio inferior de Annika y con los ojos clavados en su boca, su cuello, sus pechos—. Tengo planes para usted, señorita Dev.

—Pero... —Annika no fue capaz de formular una respuesta. La cabeza le daba vueltas; su cuerpo pedía a gritos que sus manos la tocaran—. Yo...

Él esbozó aquella sonrisa traviesa y torcida que hizo que quisiera arrancarle la ropa allí mismo.

—Lo bueno se hace esperar.

Alguien llamó a la puerta.

—¡Servicio de habitaciones!

—Ahora vengo. —Hudson colgó el paño del borde de la bañera y salió al vestíbulo cerrando la puerta del baño tras él.

Annika se sentó un poco más recta con el cuerpo hormigueándole y todas las terminaciones nerviosas ansiosas por recibir más atención suya, seductora y minuciosa. ¿Qué clase de amante era Hudson Craft? Cuando estuvieron juntos en Las Vegas, reparó en que tenía... talento, pero hasta ahora no había descubierto esta parte de él. Él aún no la había seducido como tal.

La emoción la embargó cuando oyó que la puerta de fuera se cerraba. Un momento después, Hudson entró con una botella de Dom Pérignon y dos copas de champán en una bandeja plateada. Le sonrió y dejó la bandeja en la encimera. Descorchó la botella y sirvió las copas en silencio. Annika pudo oír las burbujas del líquido y cómo estas se pegaban contra los laterales del cristal.

Hudson le acercó una copa y ella la aceptó antes de darle un buen trago.

—Mmm... —Cerró los ojos un momento—. Está buenísimo. —Dejó la copa sobre el borde de la bañera, se reclinó y observó a Hudson mientras este bebía champán y volvía a sentarse junto a ella.

—Bueno... —dijo con un brillo en los ojos—. ¿Por dónde íbamos?

—Me estabas lavando —repuso Annika. La promiscuidad en su voz la sorprendió y a la vez no.

El brillo en los ojos de él se transformó en un verdadero chispazo de lujuria.

—Cierto. —Entonces, volviendo a esbozar aquella sonrisita traviesa, añadió—: Pero ¿sabes qué? Creo que es mejor que pasemos a lavarte el pelo ahora.

Annika quería gemir de decepción y frustración. Estaba preparada. Más que preparada, de hecho.

—¿Y tu ropa qué? —le preguntó de mala manera, salpicando agua—. ¿Por qué soy yo la única que está desnuda?

Hudson se inclinó hacia delante a modo de respuesta. Annika sintió que se quedaba sin aire cuando se le acercó. Olió la suave fragancia de su *aftershave* combinada con el olor propio de Hudson: masculino y potente. La respiración se le aceleró al ver que se le acercaba más todavía, con los ojos bien fijos en los de ella. Entonces bajó la cabeza y dejó un leve reguero de besos desde detrás de su oreja hasta el hueco del cuello. Annika oyó un gemido y se dio cuenta de que había salido de su propia garganta.

—Paciencia —susurró Hudson otra vez, contra su piel.

—No sé cuánto más voy a poder seguir siendo paciente —logró decir Annika. Hudson se echó hacia atrás y rio entre dientes.

Agarró el champú y Annika se deslizó hacia delante para tener espacio suficiente para poder inclinar la cabeza hacia atrás. La idea de que Hudson le enjabonara el pelo le parecía... extrañamente erótica, aunque no sabía muy bien por qué. Solo era jabón. Y pelo.

—Echa la cabeza hacia atrás —dijo, moviéndole la barbilla con cuidado. Ella hizo lo que le pidió y cerró los ojos. El agua caliente que salía del cabezal de la ducha corría sobre ella, y Annika se relajó bajo el olor a lavanda del champú.

A continuación, sintió sus dedos en el pelo, masajeándole la cabeza. Lo hacía con la presión justa; jamás se lo habían lavado tan bien. Hudson movió los dedos de la coronilla a la curva de la nuca y al revés. Le masajeó detrás de las orejas, y con cada punto de presión en su cuero cabelludo, Annika sentía que el estrés y la tensión de sus hombros se desvanecían. El ligero dolor de cabeza que ni siquiera sabía que tenía empezó a desaparecer.

—Estás sonriendo —notó Hudson, y aunque Annika tenía los ojos cerrados, pudo oír la sonrisa en su voz.

—Es que es un gustazo —dijo ella, y luego sintió uno de los dedos de él descendiendo por la columna de su garganta. Su corazón dio un triple salto mortal.

Hudson se detuvo en su pecho, justo sobre su corazón.

—Bien —pronunció con voz grave y autoritaria—. ¿No es mucho más divertido cuando eres amable conmigo? —Usó el cabezal de la ducha para enjuagarle el pelo a conciencia, entrelazando los dedos en sus mechones con delicadeza. Sentía los chorros de agua caliente como tiras de seda contra su piel sensible.

Cuando acabó, Annika abrió los ojos. Sin mirarla, Hudson agarró una toalla y se la acercó, todo profesional. Ella se puso de pie y se la envolvió alrededor del cuerpo. El cabello mojado le empapaba los hombros, la parte superior de la espalda y también la toalla.

Salió de la bañera y se quedó allí de pie, mirándolo. Él la contempló con la misma intensidad que había atisbado antes, centrado, alerta, pero con un mínimo ápice de vacilación, como si se estuviera conteniendo de lo que realmente quisiera hacer.

«¿Qué quiere hacer realmente?». Aquel pensamiento hizo que a Annika casi le flaquearan las rodillas. Ya se había cansado; se había cansado de ser la única desnuda, de que él jugara con ella, de que fueran tan despacio en la dirección que ambos querían.

Annika respiró hondo y, entonces, dejó caer la toalla. Se volvió a quedar completamente desnuda delante de él. Las rodillas se le hubieran doblado de no estar manteniendo el tipo con tanta tensión.

—Te toca —le ordenó.

Él se la comió con la mirada durante unos cinco segundos, respirando cada vez más rápido y con más dificultad. La deseaba. La deseaba tanto como ella a él.

—¿Estás segura? —preguntó, provocándola incluso ahora, en aquel momento, cuando ambos estaban locos de deseo—. ¿No te arrepentirás de acostarte con el enemigo?

—Siempre que la tregua siga vigente... —bromeó Annika, aunque su voz salió temblorosa y susurrante.

Hudson se desabotonó la camisa despacio, poco a poco, hasta que ella pudo verle los pectorales y los abdominales. Eran tan perfectos como recordaba, como si los hubieran esculpido en piedra. Se quitó la camisa, la dejó caer al suelo y luego fue a por el cinturón.

Cuando arrojó los pantalones y los bóxeres al suelo y los alejó con el pie, Annika no pudo evitar quedarse mirando. Era... perfecto. Cada uno de sus músculos era precioso, definido y potente. Su piel parecía brillar bajo la tenue luz del cuarto de baño.

—¿Qué le parezco, señorita Dev? ¿Me encuentra de su agrado? —Sus ojos no perdieron detalle de su reacción.

Annika caminó hacia delante, entre sus brazos, y deslizó las manos por las hendiduras y el contorno de su cuerpo, palpando la dureza tonificada de sus músculos. Hudson dejó escapar un gemido ante sus caricias, primero suaves y luego más intensas, más deseosas y ávidas.

—No está mal, señor Craft.

Cuando Annika estiró los brazos para sentir su erección en las manos, él estampó su boca contra la de ella y la devoró con un beso hambriento.

Nunca le habían dado un beso igual. Nunca la habían abrazado así; con pasión y delicadeza, con firmeza y caricias, con calor y fuego y confianza al mismo tiempo. Cuando él introdujo una mano entre ellos para deslizarla entre sus piernas y acabar lo que había empezado antes, Annika cerró los ojos e inclinó la cabeza hacia atrás.

Hudson le besó la garganta cuando sus dedos encontraron la zona más sensible de su cuerpo. Annika gimió, arqueó la espalda y se puso de puntillas mientras él movía los dedos en círculos y su voz la coaccionaba para llegar a la cima.

—Ay, Dios, Hudson —jadeó, clavando los dedos en sus hombros musculosos—. Te quiero dentro de mí.

Él la agarró por las caderas y la levantó.

—Repítelo —le ordenó con voz grave y ronca y los ojos enfebrecidos de necesidad.

Annika no vaciló.

—Te quiero dentro de mí. Ya. —Envolvió su cintura con las piernas y apretó para sentir la dura erección contra su cuerpo.

Devorándole la boca otra vez, Hudson la pegó contra la pared y luego se apartó para murmurar:

—¿Sabes lo mucho que deseaba hacer esto? ¿Sabes lo loco que me has vuelto con ese tira y afloja que te traías? —Hundió una mano en el pelo de ella y tiró hacia atrás con la fuerza justa para poder darle un mordisquito en el cuello.

—Pensaba en ti incluso cuando no quería —jadeó Annika, sintiendo la resbaladiza humedad entre sus piernas y queriendo tenerlo dentro, aunque se quedara al borde del abismo para provocarla—. Estás constantemente en mi cabeza, robándome horas de sueño, acaparando mis pensamientos y jodiéndome los planes. ¿Sabes lo molesto que es?

Hudson esbozó esa sonrisita traviesa y torcida suya y se introdujo en ella de un solo movimiento, llenándola como nunca antes lo habían hecho. Los gemidos de Annika resonaron por el enorme cuarto de baño. Cerró los ojos y se perdió en una neblina de puro éxtasis.

Los dos se movieron al unísono. Las manos grandes de él acunaron sus pechos, pellizcando y tirando de los pezones, enviando corrientes eléctricas de deseo y calor por su cuerpo. Ella gimió su nombre una y otra vez. La necesidad frenética del momento embargó todos sus sentidos hasta que lo único que oyó fue la voz de él; lo único que olió, su aroma; y lo único que saboreó, sus labios. El clímax de ambos fue escalando hasta que, por fin, Hudson gritó el nombre de Annika y ella se aferró a él como si Hudson fuera su última esperanza.

La mañana llegó entre movimientos y temblores, como si lloviera confeti desde un cielo perfectamente despejado. Annika abrió los ojos. Estaba tumbada de lado, desnuda, bajo una colcha enorme y blanca y de cara a la ventana. El aire acondicionado resonaba con suavidad. Anoche solo habían echado la cortina diáfana, no la oscura y opaca, así que la luz del sol se filtraba a través de ella y le calentaba la cara. Sintió un brazo cálido alrededor de la cintura, un cuerpo acurrucado contra el suyo y una barbilla pegada a su coronilla. Hudson. Seguía en su habitación.

Annika sonrió conforme los recuerdos de la noche anterior se reprodujeron en su mente: cómo la llevó hasta el dormitorio, cómo le colocó los brazos por encima de la cabeza ya en la cama, cómo le correspondió la sonrisa desde arriba, y cómo se le cortó la respiración mientras él descendía cada vez más por su cuerpo. Lo bueno que era con la lengua, y también generoso; cómo arqueó la espalda, lo agarró del pelo y se estremeció cuando se corrió. Cómo la agarró de las caderas cuando ella se colocó encima y claramente intentó no hacerle daño apretando demasiado cuando llegó a su propio clímax. Cómo se habían mirado a los ojos, embebiéndose el uno del otro. Cómo se había sentido tan cerca de él, tan protegida y a salvo. Tan *bien.*

Se giró bajo su brazo y le dio un beso en la punta de la nariz.

—Buenos días.

Hudson abrió los ojos y, despacio, esbozó una sonrisilla sexy.

—Pues sí que son buenos. —Luego la besó de manera parsimoniosa y lánguida, deslizando las manos hacia abajo para acariciarle el trasero—. Mmm —murmuró contra su boca.

Annika se rio.

—¿No tuviste suficiente anoche? Creo que he quemado toda la cena y el alcohol del tren.

Él la miro con franqueza.

—Creo que jamás me hartaré de ti.

Annika sintió que le ardían las mejillas y se arrebujó bajo el mentón de él, contra su torso.

—Es... un giro de ciento ochenta grados con respecto a la primera vez que te vi en mi edificio.

Él se rio entre dientes.

—No sé. Yo he estado bastante loquito por ti desde el principio, Annika. Eras tú la que no me soportabas. ¿Recuerdas la pistola de juguete?

Annika se echó hacia atrás y le dirigió una mirada cargada de indignación.

—¡Estaba enfadada! No dejabas de burlarte de mí, y eso sin mencionar cómo tratabas de sabotearme y de llevarme la delantera cada vez que podías.

Le acarició el labio inferior con el pulgar.

—Sabotearte solo era una forma de acercarte a mí. No sabía si sentías lo mismo por mí que yo por ti. Hasta que me besaste borracha en la fuente. —Se rio.

Al verse sin argumentos con los que rebatirle, Annika le sacó la lengua.

Él se la atrapó con los dientes y entonces empezaron a besarse despacio y en profundidad.

Cuando se separaron, él le acunó el rostro con las manos antes de quedársela mirando como si estuviera sopesando algo.

Annika sonrió.

—¿Qué?

Hudson se apartó, bajó de la cama y la dejó allí, fría, mientras regresaba al salón.

—Tengo algo para ti.

—Vale, pero deberías volver a la cama antes de que me convierta en un cubito de hielo. —Se acurrucó contra las mantas—. Aunque sí que me gusta verte caminar desnudo...

Su risa le llegó y la hizo sonreír. Hudson regresó un instante después, volvió a meterse bajo las sábanas y apoyó la espalda contra el cabecero de piel. En las manos sostenía un montón de papel rosa pálido, del tipo que se usaba para rellenar las bolsas de regalo.

—¿Qué es? —Ella también se sentó. La manta y la sábana cayeron hasta su cintura y dejaron a la vista sus pechos, pero no le importó. Después de anoche, ya no sentía ni una pizca de vergüenza con Hudson. De una vez por todas, una barrera invisible se había roto entre ellos.

—Es... algo que te he hecho. —Hudson giró el paquete en las manos con la mirada pensativa—. Bueno, en realidad, es algo que has inspirado *tú*. Acabo de terminarlo y ahora... me gustaría que lo tuvieras tú. —Se lo entregó con cuidado. Su silencio era prueba de que le estaba regalando algo importante, de que estaba abriéndose.

Annika lo tomó y fue quitando las capas del papel rosa poco a poco. Ahogó un grito cuando vio las curvas y las líneas de una escultura.

—Me encanta —susurró, pasando el dedo por la figurita, que era del tamaño de la palma de su mano—. ¿Soy... yo?

Era una mujer haciendo yoga en posición *vrksasana,* o la pose del árbol. Tenía la pierna izquierda levantada con el pie apoyado en el interior del muslo derecho. Sus brazos se extendían por encima de la cabeza y acunaba un corazón pequeño en las manos. Hudson había esmaltado toda la escultura de cerámica en un blanco opalescente y cada vez que Annika la movía para inspeccionarla despedía destellos de luz.

—Sí —respondió, tocando el corazón entre las manos de la figurita—. Quería capturarte como yo te veo: grácil, pacífica, sembrando amor allá donde vas.

Annika parpadeó para contener las lágrimas. Nadie le había dicho —ni hecho— nada igual.

—Te ha debido de costar muchísimo hacerla —dijo, casi muda de la emoción—. ¿Seguro que quieres dármela?

Hudson colocó una mano sobre la de ella.

—Sí. —Sonrió—. Empecé a hacerla aquel día después de nuestra primera clase de yoga juntos. ¿Te acuerdas? Con las poses por parejas...

Annika se lo quedó mirando.

—Pero eso fue hace mucho.

Él sonrió y le dio un beso dulce en los labios.

—Ya te lo he dicho. Llevo mucho tiempo enamorado de ti, así que me alegro de que por fin te hayas dejado convencer. Me ha costado lo mío.

Annika se rio y, con cuidado, dejó la escultura en la mesilla de noche a su lado. Luego volvió a girarse hacia Hudson.

—¿Quieres saber lo que me frenaba? ¿Y lo que ha cambiado?

Él asintió, aún sonriente.

Le agarró las manos y lo miró directamente a los ojos.

—Cada vez que hablábamos, me daba la sensación de que escondías mucho más de lo que decían los medios; de que eras algo más que un millonario mujeriego al que no le importaba lo más mínimo ganar dinero a expensas del dolor y las lágrimas de la gente. —Annika sonrió—. En cuanto me dijiste que ibas a dejar (Re)Iníciate, supe...

Hudson frunció el ceño.

—¿Dejar (Re)Iníciate? Yo nunca he dicho eso.

Annika se rio entre dientes, vacilante.

—Sí... sí que lo has dicho. Varias veces, además.

Hudson arrugó todavía más el ceño y un músculo palpitó en su mandíbula.

—¿Cuándo?

Annika separó despacio las manos de las de él, se sentó más recta y se cubrió los pechos con la manta. ¿Por qué actuaba como si fuera la primera vez que lo hablaban?

—La noche que cenamos en casa de mi padre dijiste que estabas cansado, que no querías ser la cara visible de (Re)Iníciate para siempre. Y dijiste lo mismo anoche, en el tren.

—Sí... —repuso Hudson, despacio—. Me refería a que podría apartarme un poco y adoptar un papel más secundario en la empresa. Dejar a Ziggy de director ejecutivo, tal vez.

Annika esperó a que sonriera como hacía siempre, a que le dijera que estaba de cachondeo, tomándole el pelo. Pero no lo hizo.

—¿Lo dices en serio? —exclamó, incapaz de mantener la voz a un volumen normal—. ¿Y qué hay de los tipos como el Harry ese de los fondos? ¿Qué hay del hecho de que así no es como te habías imaginado tu vida, o que ni siquiera eres feliz cuando te levantas por las mañanas, Hudson?

—¡No lo sé! —dijo él, despeinándose con los dedos—. ¡No te he contado eso para que ahora vengas a presionarme para que haga lo que *tú* crees que es lo correcto!

—¡Yo no te estoy presionando! —gritó Annika—. Solo he repetido las mismas palabras que tú me dijiste. ¿Y ahora me sales con que quieres quedarte en (Re)Iníciate? Pues eso no va conmigo.

Hudson se la quedó mirando.

—¿A qué te refieres?

—Me refiero a que no puedo estar con alguien dispuesto a dirigir una empresa así, a hacerle eso a la gente, ¡o a sí mismo!

Hudson se destapó y bajó de la cama.

—Pues yo no puedo estar con alguien que quiere cambiarme y no entiende por qué hago lo que hago —dijo mientras se enfundaba los pantalones.

—¡Es que no tienes por qué hacerlo! ¿No lo ves? —Annika apartó la manta hacia abajo y salió de la cama antes de colocarse la camiseta de tirantes de la noche anterior. Al meter los brazos, una mano golpeó la escultura sobre la mesilla de noche y la hizo caer al suelo.

Annika ahogó un grito y fue a sujetarla antes de que impactara contra el suelo alicatado, pero sus dedos llegaron un milisegundo demasiado tarde.

La escultura se hizo añicos y el corazón se partió por la mitad. Annika se quedó allí plantada, mirándola, con una mano sobre la boca.

—Lo... lo siento —se disculpó. Su voz no fue más que un susurro en mitad de aquel silencio abrupto—. Hudson, no era mi intención...

Pero él ya le había dado la espalda con expresión dolida y arrepentida. Agarró una camisa, salió del dormitorio y, un momento después, Annika oyó que la puerta de fuera se cerraba con un fuerte portazo.

Sola en aquella habitación fría, se arrodilló delante de los añicos en los que se había roto la escultura y los recogió con cuidado. Entonces, se vistió sin mirarse en el espejo y se marchó.

# 20

Annika se acordaría toda la vida de lo que estaba haciendo cuando la llamaron.

Se encontraba en uno de los muchos jardines del hotel observando a unos cuantos pájaros de colores vivaces picotear el suelo en busca de semillas. Tenía la mente en blanco; la pelea con Hudson la había entumecido. Habían pasado cuatro horas y media desde que se hubieran visto por última vez, desde que hubiera llorado hasta casi enfermar, desde que se había enjabonado en la ducha y se había prometido a sí misma no llorar hoy. La presentación del ÉPICO era al día siguiente y era consciente de que debería estar teniendo un subidón de adrenalina y de entusiasmo. Lo intentó, pero hoy no sentía nada de nada.

Le sonó el móvil con la notificación de haber recibido un mensaje. Era de June.

> ¡Hola! Hemos aterrizado hace una hora. Tu padre y yo nos hemos separado para buscar los coches de alquiler. Yo ya tengo el mío, voy para el hotel.

Vale, gracias, respondió Annika. Entonces él le escribiría pronto. Seguramente cenasen juntos; Annika se preguntó si tendría las fuerzas suficientes.

¿Qué tal H? 😜

Annika cerró los ojos durante un instante.

Hablamos después.

Dejó el móvil a un lado y no respondió al «???» que June le mandó. No tenía fuerzas.

No supo el tiempo que pasó sentada allí, observando a los pájaros picotear a su alrededor con las plumas veteadas por el sol. Estaba muy quieta, por lo que se le acercaron con recelo. Annika tenía la mente en blanco; no pensaba, ni sentía, nada.

Y entonces le sonó el móvil. Era un número desconocido. Estaba claro que el universo se había empeñado en que sintiera *algo*.

Annika contestó, preocupada por si tenía que ver con el ÉPICO.

—¿Dígame? Soy Annika Dev.

—Señorita Dev, soy el doctor Gregory. Soy el médico de Urgencias del Valley Medical Center de Napa. —A Annika se le aceleró el corazón. De repente, sintió un sabor metálico en la boca—. Tenemos aquí a su padre, Raj Dev. Ha sufrido un accidente de coche.

Con las manos heladas, Annika se pegó el móvil a la oreja con tanta fuerza como pudo.

—¿Está... está vivo? —Se le quebró la voz en la última palabra.

—Sí. —Ella suspiró con alivio—. Pero me temo que sigue inconsciente. Tiene un edema cerebral, contusiones múltiples y sangrado en el bazo. Todavía es pronto para emitir un diagnóstico.

Annika empezó a temblar. Se le escapó un sollozo y los pájaros que se le habían acercado lo suficiente como para pulular cerca de sus pies salieron volando al unísono.

—Quiero verlo. Llegaré en cuanto pueda. Tardaré una hora o así.

—Creo que sería buena idea que la traigan en coche, señorita Dev —dijo el médico amablemente—. Hasta pronto.

Ella colgó y fue corriendo a la entrada del hotel mientras llamaba a June por el camino.

Annika tembló todo el tiempo que estuvo esperando a que el doctor Gregory saliese y hablase con ella. June la mecía en brazos, pero ella no podía parar. Tenía frío, jamás había sentido tanto. Le daba miedo que el corazón se le estuviese convirtiendo en hielo.

—Todo irá bien —repetía June con la voz tomada por las lágrimas. Tenía la coleta ladeada y los ojos rojos e hinchados. ¿Annika también había llorado? Lo cierto era que no se acordaba—. Tu padre se pondrá bien.

Pero June no podía asegurarlo. Nadie podía.

Por fin, el doctor Gregory salió para hablar con ella. Era un hombre alto y canoso de unos cincuenta y pico años con una barriga abultada y ojos azules y amables. Le colgaba un estetoscopio del cuello y llevaba un portapapeles en las manos.

—¿Señorita Dev?

Annika se levantó. Se le aflojaron las piernas, pero logró mantenerse de pie. June permaneció a su lado con una mano apoyada en el codo de su amiga.

—Sí, soy yo. ¿Cómo está mi padre? ¿Puedo verlo?

El doctor Gregory la miró, compasivo.

—Sí. Está estable, pero inconsciente, como ya le he comentado por teléfono. No responderá a su presencia.

Annika no podía ver bien al doctor por culpa de las lágrimas.

—No me importa —susurró.

—Y... —El doctor desvió la vista antes de volver a posarla en ella—. Está magullado por el choque. Según tengo entendido, un conductor ebrio lo embistió desde un lateral con una camioneta mucho más grande que el vehículo que conducía su padre. —Miró a June como para recalcar la gravedad de lo que estaba diciendo. June asintió, pero Annika no. No hacía más que pensar en una cosa: quería ver a su padre.

Al final, el médico las condujo por el pasillo a la habitación de su padre.

—Pronto lo trasladarán a la UCI —les informó el médico. A continuación, se despidió con un gesto afirmativo de la cabeza y salió de la habitación cerrando la puerta tras de sí.

Annika se quedó contemplando a su padre unos veinte segundos desde la entrada, inmóvil y sin decir nada. Oyó el grito ahogado de June a su lado, pero no reaccionó. No podía.

Su padre estaba tumbado en una cama blanca de hospital, conectado a un montón de tubos. Un montón de monitores pitaban y se iluminaban como ángeles que velaban su inconsciencia. Le habían rapado la cabeza y le habían insertado un tubo en el cráneo. La piel de alrededor estaba amoratada. Annika se percató de que tenía la cara decolorada; en las mejillas, la mandíbula y la nariz se veían hematomas morados y azules. Le habían vendado y dado puntos para recomponerlo, para retrasar su partida.

Su partida.

Un sollozo pugnó por salir de su garganta. Annika, temblorosa, caminó hacia el lateral de la cama. Su cuerpo se sacudía como si no fuera capaz de soportar tanta emoción. June siguió a su amiga en silencio, como un fantasma pálido.

Annika tomó la mano de su padre. Era una de las pocas partes visibles que no había sufrido daños, pero aún con todo y con eso le habían puesto una vía ahí, negándole a Annika una pizca de normalidad. Nada era normal en esta situación.

—Papi —susurró, a pesar de saber que no iba a despertar. Ya la habían avisado de que ni siquiera podía oírla—. Papi, estoy aquí contigo. Plutón. —Las lágrimas cayeron en cascada, resbalando por sus mejillas y humedeciendo su top lavanda hasta oscurecerlo.

Escuchó que June sorbía a su lado y, a continuación, sintió los dedos de su amiga entrelazándose con los de la mano libre de Annika. Permanecieron así, observándolo, hasta que la luz que se colaba por la ventana se tornó azul, luego morado oscuro, y después negro. Como el color de los moratones de su padre.

Se sentaron en la cafetería del hospital más tarde. Annika no dejaba de mirar el vaso de café que ya se le había quedado frío. Era casi la una de la madrugada y habían transcurrido varias horas desde que llegaron al hospital. Las luces fluorescentes se le habían grabado en la retina y habían conseguido que le ardiesen los ojos. Sentía un zumbido en la cabeza.

—Es médico —dijo en voz baja. June le agarró la mano desde el otro lado de la mesa, donde bebía de su propio vaso de café malo de hospital—. Se supone que él es el que cuida de la gente. Esto no debería ser real.

—Pues no. —June le dio un firme apretón—. Es una putada.

Annika asintió con la vista clavada en la mesa de formica, distinguiendo patrones que seguramente no existieran. Dios, estaba agotada. No iba a ser capaz de dormirse nunca.

—¿Y si le quedan secuelas en el cerebro? ¿Y si no despierta? ¿Y si lo hace, pero se comporta de otra forma? ¿Y si no me reconoce?

Se llevó el café a los labios. La mano le temblaba tanto que se le derramó por un lado y en la camiseta. Qué oportuno.

—No pienses así, cariño —le aconsejó June al tiempo que se inclinaba para que la mirase a los ojos—. Tienes que ser positiva. Eso es lo que ha dicho la enfermera, acuérdate. Están cuidándolo a las mil maravillas.

—Ya, claro. —Solo dijo lo que quería oír June. No tenía ni idea de si se recuperaría o de si las cosas volverían a su cauce alguna vez.

Le pitó el móvil. Al comprobar la pantalla, vio que era un recordatorio.

¡¡¡Presentación del ÉPICO!!! Empieza dentro
de 8 horas, el domingo 13 de junio.

Annika se quedó mirando la alerta sin verla realmente. La había activado para que fuera lo primero que viese al despertarse. Había querido levantarse a las cinco para así contar con varias horas para ensayar y perfeccionar la presentación.

Durante un momento, el corazón le había dado un vuelco al pensar que era un mensaje de Hudson disculpándose y avisándole de que iba de camino. Por un momento, sintió unas ganas tremendas de que la estrechara entre sus fornidos brazos, de que la consolase de la única manera que solo él sabía, de que su corazón le hablase al de ella. Pero por supuesto que no era él, porque Hudson también la había abandonado. No era la persona que ella pensaba. Todo había sido una fantasía, un truco de magia que su corazón había querido creer con desesperación.

June se aclaró la garganta y señaló la pantalla del móvil de Annika.

—Ni te preocupes. Avisaré de que nos retiramos. Ya le he comentado a Ziggy que seguramente lo haremos y él me ha dicho que es fácil. Solo hay que decírselo a...

—No quiero que nos retiremos. —Annika frunció el ceño en dirección a June. Le costaba hablar; las palabras se le atragantaban como si hubiese bebido alquitrán—. Tengo que exponer. Es la única manera de salvar (Re)Médialo.

June se vino abajo; estaba pálida, aunque su tez había adquirido un tono cetrino por culpa de las luces del hospital. Tenía la piel enrojecida bajo los ojos, como si se los hubiese frotado con demasiada fuerza. Annika se preguntaba qué aspecto tendría ella. Ni siquiera se había mirado al espejo cuando había ido al baño; solo pensaba en volver al lado de su padre. Incluso ahora, cuando no llevaba ni diez minutos sentada tomando café, se sentía culpable.

—Cielo, nadie esperaría que lo hicieses. No en esta situación. No cuando tu padre... está así.

—June. —Annika miró a su mejor amiga durante un buen rato, desconcertada—. June... Él es parte de por qué creé (Re)Médialo. Por mi madre y por él. —Se le quebró la voz al mencionar a su madre, pero siguió hablando, negándose a pensar que tal vez los perdiera a los dos—. Si no me presento, la perderé. No puedo perder tantas cosas a la vez. Es que no puedo. —Se percató de que estaba llorando. ¿Cuándo había empezado a hacerlo? ¿Había parado en algún momento?

A June se le anegaron los ojos en lágrimas como respuesta y se le enrojeció la nariz.

—Vale, nena. Entonces presentaré yo, ¿te parece? Deja que yo me encargue. Te he oído ensayar y seguro que puedo hacerlo.

Annika sacudió la cabeza.

—No funcionará. Quien mejor se sabe la presentación soy yo. Tú no la has ensayado ni una vez, y la directora ejecutiva soy yo. He practicado hasta la saciedad y soy a la que más le apasiona la empresa, y eso es precisamente lo que quieren. Quieren ver una conexión personal y profunda. Yo la tengo, y tú, no. —Dio un sorbo al café, agotada por todo lo que había dicho. Inspiró hondo y añadió—: Lo haré. Puedo hacerlo. Me echarías una mano quedándote aquí y cuidando de mi padre.

Se quedaron calladas un buen rato en el que June se acercó a su lado y la pegó a su costado.

—Vale —accedió apenas con un susurro al tiempo que besaba a Annika en la sien—. Hazlo. Yo te apoyaré decidas lo que decidas.

Annika asintió y allí se quedaron, abrazadas, llorando y velando a su padre toda la noche.

De vuelta en la habitación de hotel, Annika se enfundó un traje negro y un collar de perlas y trató de no pensar en nada. Se había marchado del hospital hacía un par de horas, cuando trasladaron a su padre a la UCI. June, los médicos y las enfermeras le repitieron una y otra vez que la avisarían si el estado de salud de su padre cambiaba. Sin embargo, ella le había dado un beso suave en la mejilla magullada y le había prometido que volvería lo antes posible. También había obligado a June a prometerle que no lo dejaría solo salvo para ir al baño.

Había llegado la hora de presentar. Echó una última mirada a la silenciosa habitación de hotel, bañada en la luz azul de la mañana, y se aseguró de llevar todo lo que necesitaba —portátil y maletín— antes de salir y dejar que la puerta se cerrara. Caminó por el pasillo en dirección a los ascensores y sus tacones repiquetearon por la moqueta. No dejaba de pensar en cosas que prefería apartar de su mente: su padre y Hudson. Hudson. Su padre. Su padre. Su padre. Se obligaba a pensar en la presentación una y otra vez. Apartaba lo demás de su mente. Solo pensaría en la presentación. Era de lo único que era capaz.

Annika se subió al ascensor y comprobó su aspecto en el espejo. Tenía los ojos rojos, y los vasos sanguíneos contrastaban con el blanco. A pesar de llevar una buena cantidad de corrector, seguían notándosele las ojeras, pero contra eso no podía hacer nada. Inspiró, miró hacia el frente y revisó el móvil por si tenía algún mensaje de June o del hospital. O de Hudson. Nada.

Como había tan pocos participantes, habían adjudicado a todos una pequeña franja horaria y no tenían permitido llegar antes de la hora. Por lo visto era para evitar que se cruzasen e intimidasen los unos a los otros. A Annika le había parecido una estupidez, pero ahora lo agradecía muchísimo. No soportaría volver a ver a Hudson, no tras el poco tiempo que había pasado desde su ruptura; no cuando su padre yacía inconsciente en el hospital; no antes de la presentación.

Annika salió del ascensor y caminó por el vestíbulo del hotel y por un pasillo enmoquetado hasta esperar en una salita en la que había palmeras frondosas en tiestos y unos silloncitos de piel fuera de la sala de juntas A. Se preguntó si Hudson estaría dentro en ese momento, a escasos metros de ella, y trató de apartarlo de su mente enseguida. No podía pensar en él, no con el corazón tan herido y machacado como lo tenía. Pero tampoco podía quedarse allí sentada en silencio; no se sentía bien. Recordaba cosas que prefería dejar en el olvido.

Por suerte, solo tuvo que esperar un par de minutos. Un hombre bajito con gafas moradas y enfundado en un traje verde menta salió de la sala de juntas y la llamó por su nombre.

Entró por la puerta con la cabeza bien alta y los hombros echados hacia atrás, mostrándose más enérgica y segura —o eso esperaba— de lo que se sentía realmente. Le empezó a doler la cabeza, pero ya no había nada que hacer.

Había llegado el momento. Esta era la única oportunidad que le quedaba para salvar (Re)Médialo. No podía cagarla.

La sala de juntas A era espaciosa y tenía aspecto corporativo, como cualquier sala de hotel grande. Delante de las ventanas colgaban unas cortinas doradas llamativas, y en las esquinas había macetas con plantas de plástico en las esquinas. En un lateral había un proyector colgado junto a un atril de madera. Al otro lado se encontraban los jueces sentados a una mesa cubierta con un mantel de color borgoña. Todos eran hombres; tres caucásicos y uno latinoamericano. Lionel Wakefield estaba en el centro. Era un hombre de sesenta y pico años con pelo lanoso y blanco, bigote entrecano y tendencia a llevar corbatas con colores chillones. La de hoy era amarilla a rayas, y a Annika le costó no quedarse mirándola.

—Gracias por dedicar su tiempo a escuchar mi presentación, caballeros. Señor Wakefield, soy una gran seguidora de sus empresas humanitarias desde hace bastante tiempo. —Annika se obligó a esbozar una amplia sonrisa y caminó hacia el pódium para iniciar su PowerPoint. Hacía frío en la sala, como si así impidieran que los participantes sudasen hasta lo indecible.

Nadie habló, pero Lionel Wakefield asintió con solemnidad desde su asiento. Había esperado una reacción más cercana, pero no pasaba nada. Tampoco es que ella se sintiera muy boyante que dijéramos. Tal vez ellos no se dieran cuenta.

Annika se colocó un mechón de pelo detrás de la oreja y mostró la primera diapositiva, en la que aparecía el nombre de la empresa y su lema.

—Me llamo Annika Dev y soy la directora ejecutiva de (Re)Médialo. Nuestro lema es «Enamórate de nuevo» porque creemos en eso, en las segundas oportunidades del amor verdadero. —Pasó a la siguiente diapositiva, con una foto de June y ella en la oficina en pleno debate—. Es una empresa dirigida por mujeres con el fin de hacer algo bueno en el mundo. No queremos soluciones abruptas y a corto plazo; queremos que la gente sea consciente de cómo han estado viviendo. Algunas personas se ven ancladas en una relación que ya no funciona, o duermen en camas separadas porque están cansadas de tanto pelear, pero todo eso no tiene por qué acabar así. Queremos que vean que su «felices para siempre» está al alcance de la mano.

»Dejen que les presente a ISLA, la Interfaz Sintetizada del Lenguaje Amoroso. Es una Inteligencia Artificial de vanguardia que estamos configurando con técnicas de aprendizaje profundo sobre una red neuronal artificial. —Pasó a la diapositiva siguiente para reproducir un vídeo de unos diez segundos en el que se veía la *app* e ISLA en acción y describió lo que estaba sucediendo con el deseo de que terminara pronto—. Los usuarios interactúan con ISLA para que esta obtenga información crucial sobre ellos: su forma de comunicarse, la cadencia y tono de sus voces... En cuanto ISLA asimila esa información, se comunica con el usuario a través de la aplicación, reformulando algo que estén diciendo, guiándolos a través de las conversaciones, etcétera.

«Mierda». Se había olvidado de soltar un chiste. Ni siquiera se acordaba ahora de cuál para poder meterlo luego. «Bueno, da igual. Sigue, Annika. Presenta y vuelve al hospital». Inspiró hondo.

—También hay un componente con el que la aplicación se vincula al *smartwatch* del usuario y monitoriza los datos biométricos en busca de picos de ira o ansiedad. Pero, por intimidante que parezca, como ven, mi desarrolladora y yo nos hemos esforzado en que la experiencia resulte dinámica y fácil de usar. Estamos trabajando en aumentar la adaptabilidad, lo que permitirá a los usuarios entrenar a ISLA desde sus casas...

Presentó las siguientes diapositivas sin perder a los cuatro jueces de vista.

Eran los hombres más estoicos del mundo. El primero, David Smith, parecía dormido o muerto. Estornudó con la misma expresión inalterable.

El segundo, Jim Hernández, se pasó toda la presentación con las cejas enarcadas, lo que Annika interpretó que bien estaba interesado, o que al menos lo que estaba diciendo le sorprendía. Al final descubrió que sus cejas eran así de fábrica.

El tercero, Lewis Stenton, escribía mucho y de manera frenética. Apenas levantó la vista del cuaderno. Annika se preguntó si estaría escribiendo un libro. *Presentaciones de pesadilla: anécdotas divertidas de un inversionista que no lo es tanto.*

Lionel Wakefield parecía el más simpático. Mantuvo contacto visual e incluso le sonrió para infundirle ánimos cuando titubeaba un segundo en mitad de una frase al perder el hilo antes de proseguir. Pero Annika no tendría que haberlo hecho. Vio que los inversores se percataban y le restaban puntos por eso.

El primero que habló fue David Smith. Lo hizo de manera lenta y deliberada, como si acabara de despertarse de un sueño profundo. Para ser alguien tan bajito y esbelto, tenía voz de barítono.

—Señorita... —Miró el portapapeles en la mesa—. Dev. —¿Ya se había olvidado de su apellido? ¿En serio?—. Ha dicho que empezó el prototipo en septiembre, pero que no lo ha acabado aún. ¿Qué le está llevando tanto?

—Así es —respondió con decisión—. Nuestra tecnología es tremendamente innovadora, y no hay nadie que haya hecho lo mismo que nosotras, así que estamos sentando las bases. Hemos superado muchos obstáculos nuevos sobre el aprendizaje profundo y las redes neuronales que no habíamos previsto en un principio. También estamos trabajando en una herramienta muy atractiva para predecir el futuro, que esperamos que esté lista pronto...

—Gracias —la interrumpió David Smith con aburrimiento.

«Será maleducado el muy...».

—¿Cuántas personas componen su equipo? —preguntó Jim Hernández, todavía con expresión sorprendida, como si acabase de enterarse de que una colonia de insectos alienígenas se había instalado en su nariz.

—En este momento dos —respondió Annika. El cansancio amenazaba con mandarlo todo al traste. No había pegado ojo en toda la noche. Ni siquiera había echado una cabezada durante unos minutos. Bastante que era capaz de hilar frases coherentes. Reprimió las ganas de mirar de nuevo el reloj. Sus ganas se habían quedado velando a su padre en el hospital, no estaban aquí con estos hombres desalmados y fríos que decidirían el porvenir de (Re)Médialo, una aplicación creada con amor y pasión. Estaba desesperada por salvar su negocio, pero su padre estaba por encima de todo—. Somos mi desarrolladora, June Stewart, y yo. Tenemos planes de expansión, por supuesto, pero sabemos que hay empresas que quiebran al dar el paso demasiado rápido, así que estamos esperando al momento oportuno. Al ser solo dos, nos adaptamos y somos bastante veloces. Creemos que eso es importante con esta economía. Cuando June necesita ayuda, contratamos a desarrolladores autónomos.

Lewis Stenton por fin levantó la mirada del cuaderno.

—Nos ha contado que la idea surgió cuando oyó la historia de amor de sus padres.

—Así es. —Annika intentó sonreír, aunque notó que no le llegaba a los ojos. Inspiró hondo y añadió—: Mi padre... —Se le quebró la voz al pronunciar la palabra, pero siguió hablando con la esperanza de no venirse abajo por completo—... solía contarme anécdotas sobre el tiempo que pasaron juntos en lugar de leerme cuentos a la hora de dormir. Su historia de amor se convirtió en mi nana. Mi madre falleció cuando yo era aún muy pequeña, y que no tuvieran una segunda oportunidad me inspiró para fundar (Re)Médialo. —Sorbió al final a pesar de intentar camuflar el sonido. Mierda. Estaba jodiéndolo todo.

Lewis Stenton se inclinó hacia delante.

—Entonces tiene un vínculo personal con su negocio.

Annika no supo discernir la mirada del hombre, que le recordaba a la del señor McManor.

—Sí. Creo que la mayoría de las personas que crean empresas están vinculadas emocionalmente a ellas.

—Ajá... —Stenton se reclinó en la silla—. Tal vez unos más que otros. Puede que tanta emoción no tenga cabida en el mundo empresarial.

—¡Yo creo que las emociones son lo que convierten a una empresa en algo más que un mero trabajo! —espetó Annika. Le entraron ganas de agarrar el portátil, salir por la puerta y volver al hospital. ¿Cómo se atrevía ese imbécil a insinuar que no debía mostrar tanta emoción hacia su padre, que yacía inconsciente en el puto hospital? En lugar de eso, inspiró hondo otra vez y respondió, más recompuesta—: La emoción es lo que lo convierte en vocación. —No quería cabrearlo, pero tampoco dar la sensación de que era un puto desastre, o lo que fuera que tratase de insinuar. La pena fue que le tembló la voz, por lo que el mensaje no llegó a ser tan efectivo. Quería contarles la verdad: que no tenía ganas; que su padre estaba herido y que era la única persona que le quedaba en el mundo; que necesitaba estar con él. Sin embargo, le daba miedo decirlo y perder credibilidad.

—Señorita Dev —la llamó Lionel Wakefield. Annika se volvió hacia él y regresó al presente—. A mí me ha encantado la originalidad y la creatividad que muestra en su negocio, así como la conexión personal que le aporta a la empresa. La mezcla de tradición y vanguardia, la idea de una segunda oportunidad para aquellos que más lo necesitan... Todo eso me encanta. En el mundo en que vivimos, cualquier granito de felicidad ayuda.

Annika logró sonreír.

—Gracias, señor Wakefield —contestó, intentando imbuir ánimo a sus palabras.

Wakefield se quedó callado durante un instante antes de añadir en un tono más serio:

—Lo que me preocupa es que solo sean dos. No sé hasta qué punto es factible. Y todavía no han sacado la aplicación a la venta, así que tampoco hay un historial de rentabilidad. —Se reclinó en el asiento y la miró con franqueza.

Annika intentó estrujarse el cerebro para rebatir, o hallar una manera de mitigar sus preocupaciones, pero se había quedado en blanco. ¿Y si mencionaba... lo de darse prisa? No, ya lo había dicho. Antes de poder aportar nada más, otro de los inversionistas habló.

—Con eso se ha acabado el tiempo —intervino David Smith, reprimiendo un bostezo—. Gracias. Entregue su estado financiero fuera, a Tori.

—Gracias por su tiempo, de verdad. —Annika intentó no apresurarse al recoger el portátil y el bolso y se dirigió a la salida con rapidez.

Annika volvía a estar sentada junto a la cama de su padre con la americana colgando del respaldo de la silla del hospital. Se alegraba tanto de haber regresado al lado de su padre; de poder verlo, tocarlo y hablar con el personal sanitario siempre que quisiese.

—Entonces, ¿no ha habido cambios? ¿Nada?

—No, lo siento. —June se encontraba de pie junto a Annika, frotándose los ojos—. Ha dormido plácidamente todo el tiempo.

—Gracias por quedarte con él —respondió sin apartar la vista de su padre—. He venido lo más rápido que he podido.

—Ya. —June le dio un apretón en el hombro—. ¿La presentación ha ido bien?

Annika suspiró.

—Podría haber ido mejor. —Levantó la vista hacia June—. Lo siento. Me he equivocado un par de veces y no tenía ganas. Estoy casi segura de que se han dado cuenta. Wakefield parecía impresionado, pero creo que no le he transmitido seguridad. —Volvió a bajar la mirada y se le saltaron algunas lágrimas—. Creo que vamos a perder. —Y (Re)Iníciate ganaría. Se habría sentido peor de no haber llegado al límite de negatividad.

June rodeó a Annika con los brazos y la abrazó.

—Esperemos a ver los resultados de mañana. Lo has hecho lo mejor posible dadas las circunstancias, cielo. No se puede hacer más.

—Gracias, June. —Annika se apartó y miró la cara demacrada, los ojos rojos e hinchados y la expresión ligeramente aturdida de su amiga—. Vuelve al hotel y descansa.

June frunció el ceño.

—¿Y tú?

—Yo voy a echarme un rato en la silla. No quiero volver al hotel, no voy a ser capaz de dormir.

Tras un instante, June asintió.

—De acuerdo, pero escríbeme en cuanto haya cambios. Volveré dentro de un par de horas.

Annika logró esbozar una media sonrisa.

—Vale.

En cuanto la enfermera comprobó las constantes vitales de su padre, Annika se desplomó en la silla y cerró los ojos. Su cuerpo cayó en la inconsciencia casi de inmediato, dadas las ganas de descansar de su cabeza. Por su mente empezaron a pasar imágenes y pensamientos, los precursores del sueño: su padre sonriéndole y dándole un vaso de zumo de mango; Hudson estrechándola entre sus brazos, oliendo a mar; las miradas inexpresivas de los inversionistas durante la presentación.

Y después, por fin, la oscuridad. Durmió a ratos, con los pedazos de su corazón repiqueteando en el pecho.

—Ani.

Abrió los ojos antes de que su cerebro procesara lo que estaba sucediendo. El reloj de la pared indicaba que había dormido un par de horas.

—Papi. —Ahogó un grito y se acercó corriendo a la cama.

Su padre tenía los ojos abiertos y parpadeaba. Se la quedó mirando.

—¿Qué... qué ha pasado?

Annika pulsó el botón para llamar a la enfermera.

—Has sufrido un accidente de coche —le explicó con voz temblorosa. Las lágrimas le resbalaban por la cara mientras el alivio la embargaba. Había despertado. Estaba hablando. Su padre seguía allí con ella—. Llevas casi un día inconsciente.

En su cara vio que no lo entendía, aunque se encogió de dolor.

—¿Un accidente?

Annika le acarició el brazo y le dio rabia ver a su padre, siempre tan robusto, mostrarse tan frágil y confundido.

—Sí. Estás en Napa, papi. Alquilaste un coche y una furgoneta te embistió, pero estás bien. Estoy aquí contigo.

La enfermera entró rápidamente, echó un vistazo al padre de Annika y dijo:

—¡Voy a por el médico! —Y salió corriendo.

Su padre la observó marchar.

—¿El médico? —repitió—. Se supone que ese soy yo. —Sonrió a Annika.

Y así fue como ella supo que se recuperaría.

# 21

Como su padre era su padre y fue capaz de articular elocuente y detalladamente por qué le vendría mejor recibir cuidados más cerca de su casa, los médicos accedieron a trasladarlo al hospital Cedars-Sinai de Los Ángeles, donde él había ejercido durante décadas y se sentía más cómodo. Los médicos decían que la inflamación de su cerebro había disminuido. El único síntoma de aquella lesión en su lóbulo temporal eran las pérdidas de memoria a corto plazo. El bazo también se recuperaría. En otras palabras, había tenido muchísima suerte.

—¿Vas a demandar al conductor borracho que te arrolló? —preguntó Annika. June y ella estaban sentadas junto a la cama de su padre viéndolo comer sopa de minestrone apoyado contra las almohadas. Ellas dos ya habían hablado de lo de demandar, pero, por supuesto, la última palabra la tenía su padre.

Él levantó la mirada hacia ella y esbozó una media sonrisa pese a su pobre rostro amoratado. Le habían dado unas gafas porque había tenido la ocurrencia de decir que le gustaba ver la comida, aunque fuera de hospital.

—Ah, pues la verdad es que no lo sé, Ani. Me han dicho que el pobre hombre llevaba veinticinco años sobrio y que tuvo ese desliz porque a su única hija le han diagnosticado un tumor cerebral.

—Respiró hondo y negó despacio con la cabeza—. Supongo que todos tenemos nuestros problemas...

—¿Cómo te has enterado de eso? —inquirió Annika, frunciendo el ceño.

Su padre ensanchó la sonrisa y siguió comiéndose la sopa.

—La gente te cuenta toda clase de cosas cuando se enteran de que eres médico.

Annika sacudió la cabeza, divertida.

—Oye —le dijo a June—. Deberías volver al hotel y hacer las maletas. Nuestro vuelo sale dentro de un par de horas. Te veré allí en un ratito.

A su padre lo trasladarían en transporte médico porque seguía estando un poco débil por todo el tiempo que había pasado inconsciente, pero como ahora ya se sentía mejor, le dijo a Annika que volviera con June por su cuenta.

—Vale. —June se levantó de la silla, se guardó el móvil en el bolsillo y le dio un beso al padre de Annika en la mejilla—. Lo veo al otro lado, doctor Dev.

—Adiós, June.

En cuanto se marchó, el padre de Annika se volvió hacia ella con expresión seria. Dejó la cuchara en el plato.

—Annika, tengo que decirte algo.

—¿El qué? ¿Necesitas que llame a la enfermera para que te traiga más analgésicos?

—No, no es nada de eso. —Respiró hondo. Todavía tenía una vía puesta, pero ya lo habían desconectado de las máquinas—. He estado pensando muchas cosas durante este último par de horas. Supongo que es lo que tiene estar a punto de morir en un accidente de coche. Siento que ahora veo las cosas con más perspectiva que en los cincuenta y seis años que llevo vivo. —Sonrió antes de proseguir—: Me enorgullece que sigas a tu corazón. Sé que no te he apoyado tanto como debería y estoy tratando de cambiar, pero... Eres una mujer increíble, Ani. Y me alegra mucho que estés persiguiendo tu sueño. Tu madre estaría muy orgullosa de ti.

Annika parpadeó para contener las lágrimas. No le había contado que había metido la pata en la presentación; no quería alterarlo. Oír eso ahora, cuando bien podría perder (Re)Médialo al cabo de dos semanas, se le antojaba agridulce. Se sorbió la nariz y le dio un apretón en la mano a su padre.

—Gracias, papi. Significa mucho para mí.

—Otra cosa más. —Se calló y alargó el brazo hacia el vaso de agua, pero se encogió un poco de dolor cuando la vía le tiró de la piel del dorso de la mano. Annika se lo acercó y él le dio las gracias, pegó un buen sorbo y volvió a soltar el vaso—. Me he dado cuenta de que he vivido asustado. —Se quedó mirando al infinito, perdido en sus pensamientos durante un instante—. He tenido miedo de mudarme, aunque la casa sea demasiado grande para mí solo, por lo que eso pudiera significar para el recuerdo de tu madre. He tenido miedo de salir con otras mujeres por esa misma razón. No quería faltarle al respeto, o arriesgarme a olvidar lo que ella y yo teníamos. No quería que crearas tu empresa y rechazaras ir a la facultad de medicina porque tenía miedo de que no estuvieras a salvo, y también tenía miedo de mancillar de alguna forma el recuerdo de tu madre porque ella era médica.

Miró a Annika, sonrió y negó con la cabeza.

—Pero ahora veo que esa no es forma de vivir la vida. Estar asustado obstaculiza la habilidad de vivir en el momento. Y si hay algo que he aprendido gracias a este accidente es que el presente es lo único que importa. Nunca se sabe si tendrás más tiempo.

Annika se sentó junto a la cama con las manos ligeramente entrelazadas entre las rodillas. Los nervios le cosquilleaban bajo la piel.

—Entonces... ¿qué quieres decirme?

—A lo que me refiero es a que las cosas van a cambiar —respondió su padre. Su mirada castaña estaba seria tras aquellas gafas de montura metálica—. Voy a vender la casa y a mudarme a otra más pequeña. No voy a agobiarme tanto por si comes o por cómo vas a pagar las facturas, porque sé que eres plenamente capaz de cuidar de ti misma. Y... tal vez ya sea hora de buscar un poco de compañía. De darme una segunda oportunidad en el amor.

—Vaya... —Annika se puso de pie y se acercó a la ventana con el cerebro yéndole a mil por hora. Contempló los jardines del hospital, donde una mujer en silla de ruedas estaba sentada junto a su familia, con todos ellos riéndose y hablando bajo el cálido sol vespertino. Luego se volvió hacia su padre recordando todas esas veces en las que se había preocupado por que él estuviera solo en aquella casa enorme—. Tienes razón. Voy a echar de menos la casa, pero tienes que hacer lo que sea mejor para ti. Creo que ya he visto bastante de cerca lo corta y preciosa que es la vida. Y en cuanto a lo de salir con otras mujeres... —Respiró hondo y sonrió—. Me alegro mucho por ti, papá.

—¿De verdad? —Escrutó su rostro sin corresponderle la sonrisa—. ¿No piensas que estaría olvidándome de tu madre?

Annika se sentó en el borde de la cama.

—No. Ya no soy una niña pequeña. Te mereces ser feliz, papi. Lo que más quiero en el mundo es que vivas una vida plena y feliz.

Su padre le dio un apretón en la mano.

—Yo también, Ani. Para los dos. Yo también.

Las siguientes veinticuatro horas fueron un caos entre el avión de vuelta a Los Ángeles, ingresar a su padre en Cedars-Sinai —donde lo estaban tratando como a un rey, por supuesto; en cuanto el médico del Queen of the Valley Medical Center les informó del accidente, los otros médicos incluso le pagaron un viaje a Aruba con todo incluido para cuando estuviera plenamente recuperado, y todos iban a ir con él—, y afrontar la verdadera posibilidad de tener que cerrar (Re)Médialo y declararse en bancarrota.

A la mañana siguiente, sentada a su mesa y antes de que llegara June, Annika metió la mano en el bolso y sacó la escultura rota que Hudson le había hecho. Había intentado pegar los trocitos con pegamento, pero aún seguía claramente dañada, y la línea de unión en el corazón tampoco tenía muy buena pinta. Dejó la escultura en el escritorio, se reclinó y se quedó contemplándola en aquel silencio frío, gélido. Sin previo aviso, se le llenaron los ojos de lágrimas.

Enterró el rostro en las manos y se permitió llorar.

Lloró por el Hudson que creía haber conocido, pero que nunca había sido. Lloró por la Annika que había deseado con tanto fervor que esto fuera un cuento de hadas, una historia de amor con un final feliz. Lloró porque había sido otra primera cita desastrosa, otra señal del universo de que tal vez, y solo tal vez, su destino era quedarse sola. Lloró porque no había llorado aún por todas esas cosas, ya que había estado demasiado ocupada llorando por su padre. Y luego, para terminar, lloró porque estaba cansada de llorar.

Por suerte, para cuando June llegó, Annika se las había arreglado para secarse las lágrimas y aparentar una pizca de normalidad. Hoy, al menos, tenía que mantener el tipo. Ese mismo día se enterarían de los resultados del ÉPICO.

Más tarde, Annika se encontraba sentada a la mesa y respirando hondo al compás de la aplicación para la ansiedad que tenía instalada en el móvil.

—Todo irá bien. Lo he mirado y, en realidad, declarar un negocio en bancarrota es un proceso muy fácil y sencillo.

June la contempló desde detrás de su escritorio con el ceño fruncido mientras jugueteaba con una figurita de Yoda.

—Pero aún no sabes si no hemos ganado. —Miró el reloj de pared y añadió—: Aún queda una hora para que el ÉPICO notifique oficialmente al ganador. ¡Podríamos ser nosotras!

Annika tomó aire, contó hasta cuatro y luego lo soltó. Repitió el gesto antes de responder:

—Si algo me queda claro después de haber dormido y descansado, June, es que la presentación no salió todo lo bien que debería. Estaba sensible, distraída y... —Negó con la cabeza y sintió una punzada de culpabilidad—. Sé que lo hice lo mejor que pude dadas las circunstancias, pero...

June se estaba mordiendo el labio, atenta a sus palabras.

Annika se reclinó en la silla. Esta chirrió un poco bajo su peso.

—Mmm... tienes cara de querer preguntarme algo.

June siguió jugueteando con las orejas grandes de Yoda.

—No, es solo que con todo lo que ha pasado, no hemos hablado de Hudson.

Annika se concentró en el orbe brillante y alentador de la *app* para la ansiedad y volvió a respirar hondo.

—¿Ziggy no te lo ha dicho?

—No. En realidad, llevo sin hablar con él desde ayer. Me dijo que tenía que ocuparse de algo importante, pero que me llamaría hoy. Todavía no han vuelto a la oficina. —June se quedó callada un momento—. No sabía si tendría algo que ver contigo y con Hudson, pero no he querido preguntarte. Quería que fueras tú la que me lo contara cuando estuvieras preparada.

Annika sonrió ligeramente.

—Gracias, Junie. Eres muy buena amiga. Qué digo, eres como mi hermana.

A June se le empañaron los ojos.

—Lo mismo digo.

Suspirando, Annika se levantó de la silla copetuda de oficina, se sentó en el canapé y le hizo un gesto a June para que la acompañara. June le hizo caso con una mirada interrogante. Annika contempló sus muslos, pegados el uno contra el otro. Las dos se habían sentado ahí y habían mantenido incontables conversaciones durante casi un año. No sabía si esta sería una de las últimas que tendrían allí.

—Hudson y yo hemos roto. —Oyó como las palabras atravesaban la habitación, afiladas como el cristal roto, y arañaban todas las partes blandas de ella.

June tomó aire.

—¿Roto? Entonces... ¿estabais juntos?

Annika se mordió el labio y parpadeó para contener las lágrimas que amenazaban con caer. Jugueteó con la pulserita de colgantes costeros para distraerse.

—Supongo que no —dijo en cuanto pudo volver a hablar—. No estábamos saliendo ni nada, no oficialmente, pero... Yo quería estar con él, June. Aunque todo ha sido un gran malentendido. Él aún no está preparado para despedirse de (Re)Iníciate. Prefiere hacerse daño no siendo fiel a sí mismo o a lo que realmente quiere. Y yo no puedo salir con él cuando ni él mismo es capaz de trabajar en eso. —Se limpió las lágrimas que estaban a punto de resbalar de sus ojos—. Es una mierda y duele una barbaridad, pero así tienen que ser las cosas.

June le pasó un brazo por los hombros.

—Lo siento, cariño —le dijo con la voz ahogada. Ambas habían llorado muchísimo durante los dos últimos días—. Lo siento mucho.

—Tengo la sensación de que casi todo se va a la mierda —comentó Annika, sacudiendo la cabeza—. Pero al menos sigo teniendo a mi padre. Tengo que centrarme en eso.

—Y me tienes a mí —repuso June con firmeza, besándola en la sien—. Eso no va a cambiar nunca.

Annika le dedicó una mirada triste.

—¿Y si Ziggy y tú decidís casaros?

June resopló.

—¿Yo, casarme? Por lo menos hasta los treinta nanai.

Annika no le creyó, pero se abstuvo de rebatir.

—Ya. —Sonrió—. Aunque me alegro por ti. Porfa, no te sientas en la obligación de ocultarme tu relación solo porque Hudson y yo... —Tragó saliva.

—No lo haré —respondió June por lo bajo. Al rato, añadió—: ¿Sabes? Te mereces ser feliz. Me dijiste que le respondiste eso a tu padre, pero tú también te lo mereces. Y sé, desde lo más hondo de mi corazón, que algún día lo conseguirás.

Annika se las apañó para esbozar una sonrisa lánguida, aunque ella no lo veía tan claro como June.

—Gracias, nena. Significa mucho para mí.

Annika y June volvieron al trabajo, aunque solo fuera para mantener las manos y las cabezas ocupadas. Annika no dejó de mirar el reloj en su portátil hasta que se vio obligada a poner el Word en modo concentración para no ver nada más que la pantalla. «Veintidós minutos». Dentro de veintidós minutos sabría quién había ganado el ÉPICO. En su corazón sabía que (Re)Iníciate se lo había llevado, pero había una parte pequeña y diminuta de ella, la más estúpida e idealista, que no dejaba de repetirle que aún no estaba todo dicho.

—¡Joder! —aulló June, y Annika se asustó; el corazón se le puso a latir a mil por hora.

—¿Qué? ¿Es el ÉPICO? ¿Te has enterado de algo?

—No, lo siento. —June le dedicó una mirada pesarosa—. Pero creo que acabo de conseguir que la predicción de futuro funcione.

—¡Qué dices! ¿En serio? —Annika le echó un vistazo al portátil de June—. ¿Me lo enseñas?

—Claro. —Sonriente, June hizo clic en la pantalla—. He metido en el ordenador los datos de una pareja ficticia.

—¿Quiénes? —preguntó Annika.

June arrugó la nariz.

—Esto... ¿Sam Baldwin y Annie Reed?

Annika se rio.

—¿Los personajes de Tom Hanks y Meg Ryan en *Algo para recordar*?

—Son los que se me han venido a la cabeza, ¿vale? Mira. —Pulsó el botón, aún muy rudimentario, de «aceptar» en el programa. Una película corta empezó a reproducirse.

En ella se veía a Tom Hanks y a Meg Ryan juntos en lo alto del Empire State Building, besándose. Luego el día de su boda, cortando la tarta delante de un montón de invitados. Después, se veía a la pareja con tres hijos en Green Lake Park, en Seattle, con un golden retriever correteando alrededor de ellos con un *frisbee* en la boca. Y, al final, se los veía en un porche en dos mecedoras iguales, contemplando el atardecer.

—Madre mía... —exclamó Annika mientras la imagen se desvanecía y volvía a aparecer la pantalla del programa de June—. Funciona. Funciona de verdad.

—Sí, pero aún no lo he probado metiéndole información de una pareja real —la advirtió June—. Así que ya veremos lo bien que funciona entonces. Pero al menos sabemos que es posible. —Sonrió a Annika y hasta sus ojos azules relucieron—. ¿No es genial? Cuando saquemos la aplicación, esta herramienta va a petarlo.

Annika volvió a ponerse seria.

—*Si* sacamos la aplicación, June. —Su amiga había trabajado muchísimo en ella. A Annika se le rompería el corazón si todo había sido para nada, pero tenía que ser realista.

Echó un vistazo al reloj de pared al mismo tiempo que June, y luego las dos intercambiaron una mirada.

—Quedan diez minutos —comentó June, soltando el aire que tenía en los pulmones—. Llaman a todos los participantes, ¿verdad? Independientemente de si han ganado o no.

—Sí. Así que, ya sea una cosa u otra, lo sabremos sí o sí dentro de diez minutos. —Annika empezó a pasear por la oficina, de la mesa a la ventana y al revés—. Necesito quemar energía.

June se levantó de la silla y empezó a hacer abdominales con las piernas rectas y los brazos estirados para tocarse los pies.

—Yo también.

Annika resopló.

—Me alegro de que nadie pueda vernos ahora mismo. —Y entonces prosiguió dando vueltas por la oficina.

Su teléfono sonó exactamente diez minutos después, justo a la hora. June se la quedó mirando con las mejillas ruborizadas debido a los abdominales.

—Ay, Dios. Es la hora. *Es la hora.*

—Sí. —Annika respiró hondo—. Pase lo que pase, nos hemos dejado el alma y deberíamos sentirnos orgullosas de ello.

June asintió, sin aliento, mientras Annika pulsaba el botón para aceptar la llamada. Lo puso en altavoz y dijo:

—Annika Dev de (Re)Médialo.

La voz de una mujer sonó entrecortada.

—Hola, señorita Dev. Me llamo Tori Thompson y pertenezco a la junta directiva del ÉPICO. Estoy comunicando a los participantes la decisión del panel de jueces.

A Annika se le cayó el alma a los pies. Así no empezaría una llamada al ganador de un concurso. No había ni una pizca de emoción o entusiasmo en la voz de la mujer.

—Vale —respondió en voz baja, incapaz de mirar a June a los ojos. No quería ver esperanza en ellos, no mientras ella también la sintiera.

—Su aplicación, (Re)Médialo, ha sido la ganadora. Enhorabuena. Organizaremos una reunión para ultimar los detalles, pero la inversión que realizará el equipo del ÉPICO a su empresa será, como mínimo, de quinientos mil dólares.

Annika se quedó mirando al teléfono. De soslayo, vio como June levantaba la cabeza de golpe.

—¿Dis-disculpe? —Se le quebró la voz, pero no le importó.

—Enhorabuena —repitió la mujer, más despacio—. Su aplicación, (Re)Médialo, ha sido la ganadora.

—Ay, madre —exclamó Annika, con la piel de gallina de repente—. Ay, madre… *¿Hemos ganado?* —Miró a June, que empezó a pegar saltos por toda la oficina con la boca abierta, como gritando en silencio, y con la cara llena de lágrimas de felicidad—. *¿Hemos ganado?* —repitió más fuerte.

Hubo un prolongado instante de silencio.

—Sí. Han ganado. —La mujer claramente no era muy fan de las emociones o las inflexiones de ningún tipo—. Como los inversores han estado muy ocupados como para llamar ellos personalmente, les hemos pedido que envíen un correo electrónico al ganador. Lo recibirá en su bandeja de entrada en breve.

—Espere, espere —dijo Annika, al notar que la mujer estaba a punto de finalizar la llamada—. ¿Qué ha pasado con... (Re)Iníciate? ¿Han quedado segundos? —Miró a June, que había dejado de saltar. Annika no se creía que (Re)Iníciate no hubiese ganado, sobre todo cuando ella había estado tan descentrada.

—(Re)Iníciate se retiró de la competición.

A Annika se le cortó la respiración.

—¿Qué? ¿Cuándo?

—La mañana del ÉPICO. El director adujo que no podía participar por razones personales.

«Razones personales» era un concepto muy amplio.

—Pero... pero ¿concretamente por qué? —Miró a June, que se estaba tapando la boca con las manos.

—Lo lamento, pero no dispongo de más información. ¿Tiene alguna otra pregunta?

—No —respondió Annika, parpadeando para volver a centrarse. Habían ganado. ¡Habían ganado el ÉPICO!—. Muchísimas gracias.

Colgó y miró a June con una sonrisa extendiéndosele por la cara. Chillando, las dos se abrazaron y empezaron a saltar otra vez.

—Vale, vale, pero tenemos que leer el correo de los inversores —dijo June—. ¿Verdad?

—Verdad. —Annika se precipitó hacia su portátil y abrió la bandeja de entrada. Ahí estaba, con el asunto de «¡Enhorabuena, ganadora del ÉPICO!»—. Esto es surrealista —murmuró Annika, pinchando en él. June y ella leyeron el correo en silencio.

Estimadas Annika y equipo de (Re)Médialo:

¡Enhorabuena por vuestra espectacular victoria en el ÉPICO! Nos quedamos absolutamente impresionados con vuestra presentación. La emoción imbuida en cada una de las palabras mientras hablabas de tus padres y cómo tu padre te contaba su historia de amor con tu difunta madre cada noche fueron lo que os granjeó la victoria en la competición. Tenemos entendido que también sois voluntarias habituales en una organización benéfica de vuestra localidad y, por eso, os elogiamos.

Sabemos que haréis mucho bien en el mundo con vuestra *app*, así que nos alegramos de poder formar parte de vuestro éxito.

¡Salud! Por vosotras y por que cambiéis el mundo.

Un saludo cordial,

Lionel Wakefield, Jim Hernández, David Smith y Lewis Stenton.

Annika se reclinó en la silla mientras soltaba un silbido.

—Madre mía. Madre mía. ¡Al final les gustó lo sensiblera que me puse! Ha jugado en nuestro favor. —Se rio—. Bueno, hablo en general, pero tiene pinta que las palabras del correo son las de Lionel Wakefield, vamos.

June hizo un bailecito por toda la oficina y, después de un momento riéndose hasta quedarse sin aliento, Annika se levantó y se unió a ella. Cuando ambas acabaron exhaustas y derrumbadas sobre el canapé tras dos brincos muy poco gráciles, June dijo:

—Quinientos mil. *Mínimo.* Con ese dinero podemos permitirnos uno o dos desarrolladores autónomos durante un tiempo bastante decente. Siendo tres los que trabajemos en el problema de adaptabilidad, podríamos tener un prototipo listo en dos meses. Y entonces podremos lanzarla al mundo de verdad, y que la gente la compre y se la descargue. —Silbó—. ¡Nuestros problemas económicos se han acabado! ¿Vas a llamar al señor McManor para decírselo?

—Me entran ganas de dejar que los quinientos mil dólares hablen por sí solos, pero sí. Supongo que quedaría mucho más profesional avisar al pobre hombre antes de que se desmaye de la impresión. —Se rio entre dientes. Y luego, tras un momento—: ¿June?

—¿Sí?

—¿Por qué crees que (Re)Iníciate se retiró de la competición? ¿Crees que pudo ser por lo que pasó entre Hudson y yo? —Aquel pensamiento se le había metido en la mente y le molestaba tanto como lo haría una piedrecita en el zapato. No quería que Hudson hubiera renunciado por culpa de su ruptura. No le parecía justo.

—No sé, preciosa. —June le dio unas palmaditas en el brazo—. Pero... tal vez debas hablar con él. —Cuando Annika abrió la boca para decirle que no veía el motivo, June se apresuró a añadir—: Para pasar página. Y obtener respuestas. Así podrás despedirte de verdad.

Annika cerró la boca y se tragó el nudo que tenía en la garganta. «Despedirte». En el fondo sabía que el hecho de que Hudson hubiera abandonado implicaba algo mucho más fuerte. Era, al menos en parte, una forma de rechazarla; era él diciéndole, con rotundidad, que habían terminado. Que ya no quería competir con ella; que no quería tener nada que ver con ella.

—Vale —respondió con voz queda—. Creo que es buena idea.

Cuando June fue a prepararse un café, Annika tomó el móvil y le mandó un mensaje a Hudson.

Hola. Me he enterado de lo del ÉPICO. ¿Podemos vernos?

La respuesta le llegó en menos de cinco minutos.

¿Cuándo?

# 22

June se marchó antes porque había quedado con Ziggy. Por lo visto, él le había escrito diciéndole que tenía que hablar con ella sobre varias cosas y le había sugerido que cenasen juntos temprano. June parecía nerviosa, pero Annika sabía que seguramente no le fuera a decir nada que no quisiese oír. Lo más probable era que fueran cosas relacionadas con la retirada de (Re)Iníciate del evento.

Ella había quedado dentro de media hora con Hudson en un bar de esa misma calle. Se había vuelto a echar desodorante, se había retocado el maquillaje y ahora estaba sentada y tamborileando las uñas sobre la mesa. La planta de su oficina estaba muy tranquila. Demasiado. Le daba tiempo de sobra para pensar. Ponderó la opción de volver a llamar a su padre, pero ya lo había hecho un par de veces —una para darle la noticia de que había ganado, con la que él se puso a gritar tanto que las enfermeras fueron corriendo a su habitación— y también había ido a verlo. Sabía que estaba bien.

Con cuidado, Annika deslizó un dedo por la escultura recompuesta de Hudson y rozó alguna esquina más afilada que se había quedado así tras haberse hecho añicos. Un instante después, encendió el ordenador y abrió la nube donde June guardaba todo el trabajo. Sabía que el programa de predicción del futuro también estaba guardado allí.

Sin pensárselo dos veces, Annika metió los datos de sus redes sociales en el programa, que eran la fuente principal a menos que quisieras introducirlos a mano, igual que había hecho June con los de la Annie y el Sam ficticios. A continuación, incluyó los de Hudson.

Apareció un mensaje en la pantalla: *Procesando. Espere, por favor... y mientras espera, ¡disfrute de esta escena! ¡Que la Fuerza le acompañe!*

Salió una ventana emergente con un reproductor de vídeo mostrando una batalla épica de la primera película de *Star Wars*. Annika resopló. Aquello era tan propio de June. Estaba en mitad de la escena cuando esta desapareció de repente. La sustituyó la predicción de futuro de Annika y Hudson.

A Annika se le cortó la respiración al verse haciendo yoga con Hudson en la playa al atardecer. Después, de la mano, paseando por un mercadillo, comprando flores y fruta y charlando. Hudson agachó la cabeza hacia ella y le susurró algo al oído que la hizo reír. A continuación, vio a Hudson hincando la rodilla y pidiéndole matrimonio en un hotel con vistas al Sena mientras ella sollozaba y le respondía que sí. Y ahí estaba ella, caminando de la mano de un niño con el pelo oscuro vestido con un peto mientras Hudson sacaba una foto a su pequeña familia. Y finalmente una representación de Hudson y ella de ancianos sentados bajo una pérgola en un jardín precioso leyendo juntos bajo el sol.

La pantalla se apagó.

Ese era el futuro que había predicho ISLA para Hudson y Annika basándose en sus personalidades y en cómo interactuaban con los demás. Era consciente de que este era solo un futuro de tantos. Tal vez ninguno se cumpliese; no era cosa de magia, sino una proyección automática sobre algo que podría pasar.

Annika retiró la silla hacia atrás y se dirigió al armario para agarrar el bolso. De repente le molestó haber incluido su información y la de Hudson en el programa. Ya podría haberse dado cuenta de la estupidez que estaba haciendo y de lo frustrante que era. Le molestaba que ISLA no los hubiese mostrado discutiendo, peleándose o divorciándose. Pero lo que más le molestaba de todo era que le había hecho desear algo que no podría tener.

Annika agarró el móvil, apagó las luces y se encaminó al ascensor. Hudson y ella nunca estarían juntos. Habían durado menos de cuarenta y ocho horas, así de incompatibles eran. ISLA se había equivocado tremenda y esplendorosamente.

En cuanto salió del ascensor, Annika cruzó el vestíbulo y salió a la calle. Hacía buena temperatura. Se dirigió al bar en el que había quedado con Hudson. Tendría que avisar a June de que el programa no funcionaba tan bien como creía.

Para cuando llegó, Hudson ya la estaba esperando. Annika abrió la puerta y se quedó allí plantada con la mano aún en el tirador, mirándolo. Le costaba respirar.

Él estaba sentado en un rincón del moderno bar apenas iluminado bajo unos estantes de madera con botellas de alcohol antiguas. Una araña colgaba del centro del local y reflejaba su luz en él. Llevaba vaqueros oscuros y una camisa arrugada que se había remangado hasta los codos. Era evidente que no se había afeitado, porque se frotaba la barbita incipiente. No estaba atento al móvil, o leyendo un libro, sino con la mirada perdida. ¿En qué estaría pensando? ¿Tan ocupado había estado desde la presentación que no había tenido tiempo de afeitarse o de vestirse tan impecable como siempre?

A Annika le dolía el corazón. Quería ir corriendo hacia él, acurrucarse en su regazo, esconder la cara en su cuello y respirar. Quería que le acariciase la espalda, que le apartase el pelo hacia atrás y le mordiese los labios para provocarla. Pero el momento de hacer todo eso se había acabado.

Carraspeó, soltó la puerta y entró antes de echarse a un lado para dejar entrar a la pareja joven que estaba detrás de ella. «Céntrate, Annika». Miró su reflejo en el espejo de madera de la pared; llevaba el pelo recogido en una coleta y se había puesto rímel, brillo de labios y un sencillo vestido de algodón. Su aspecto no era el de otras veces en las que se había arreglado más, pero tampoco estaba horrible. Aunque eso a Hudson ya no le importaría.

Se encaminó hacia su mesa con el corazón desbocado. Él levantó la vista, estableció contacto visual y se puso de pie para saludarla. Sin sonreír.

—Hola. —Clavó los ojos verdes en ella con aquella intensidad que ya echaba de menos.

Ella se inclinó para darle un beso en la mejilla y el pulso se le aceleró cuando rozó su piel. La barbita la arañó y ella reprimió las ganas de inspirar hondo. No quería olerlo, *no podía.*

—Hola. —Al retirarse, se percató de que él había cerrado los ojos, pero los abrió de inmediato. Annika se sentó frente a él—. Gracias por venir.

Él asintió y bebió un sorbo de agua. Tenía arruguitas en torno a la boca y ojeras, como si no hubiera dormido.

—Parece... que has estado ocupado.

Hudson sonrió, aunque sin humor. La sonrisa no le llegó a los ojos.

—Te refieres a que estoy hecho una mierda.

Ella no respondió. Eso había querido decir, sí, pero tenía curiosidad por saber qué había estado haciendo. Una camarera vino y Annika pidió una Coca Cola. Quería estar despejada. Hudson pidió un *whisky sour*; evidentemente él no pensaba lo mismo. «Supongo que él sí está centrado haga lo que haga».

En cuanto la camarera se fue, Hudson se pasó la mano por la mandíbula y miró a Annika.

—Felicidades por la victoria. Me alegro por ti, de verdad. —Aunque no sonrió, vio que lo decía en serio.

—Gracias —respondió ella en voz baja—, pero es justo de eso de lo que quería hablarte.

—Supongo que te has enterado de que nos retiramos del ÉPICO.

—Sí. —Arrugó el envoltorio de la pajita de Hudson entre los dedos—. ¿Lo hiciste por... nosotros? ¿Por habernos peleado?

Hudson sacudió la cabeza y le cayó un mechón de pelo sobre la frente.

—No. Lo hice porque me enteré de lo que le había pasado a tu padre.

—¡Ah! —A Annika se le escapó la exclamación como una bocanada de aire.

—¿Cómo está?

—Bien. Mucho mejor ya. Me asusté mucho al principio, pero... —La voz le tembló y tuvo que aclararse la garganta. Hudson frunció el ceño, como si le doliese algo—. Ahora está en el Cedars-Sinai y lo están cuidando muy bien. —Se calló y se mordió el labio. El bar se estaba llenando y la gente animada empezó a ocupar las mesas cercanas. Le resultaba raro estar en un sitio tan festivo cuando su conversación y sus sentimientos eran tan serios—. ¿Por qué... por qué te retiraste al enterarte de que mi padre había sufrido un accidente? Pensaba que tú, que (Re)Iníciate, necesitabais el capital de los inversores.

—Y así era. —La camarera dejó las bebidas frente a ellos y se marchó. Hudson dio un trago a la suya antes de proseguir—: Pero no quería ganar así, Annika. No quería competir contra ti sabiendo que estabas mal y que todo se desmoronaba a tu alrededor. Me pareció valiente de cojones que te quisieses presentar. Cuando June se lo dijo a Ziggy, supe lo que debía hacer.

Annika agarró la Coca Cola con una mano temblorosa y le dio un sorbo. Hudson creía que era valiente.

—Tú... Pero... ¿Y qué vas a hacer para conseguir el dinero? ¿Vas a buscar otros inversores?

—Podríamos. —Hudson se reclinó en el asiento y se la quedó observando durante un momento—. Pero he decidido cerrar la empresa.

A Annika casi se le salió la Coca Cola por la nariz.

—¿Que qué? ¿Cerrarla?

Hudson asintió con tristeza.

—Sí. Se desvelará a finales de semana. Ya he avisado a Emily Dunbar-Khan, la de la revista *Time*. Van a rescribir el artículo para que trate sobre ti y tu victoria en el ÉPICO. Seguro que dentro de poco se pone en contacto contigo.

Annika sacudió la cabeza. Esto estaba yendo demasiado rápido.

—Espera. ¿Por qué? ¿Por qué vas a cerrar? ¿Y tus padres? ¿Y lo de mandar dinero a casa y querer tener éxito por ellos?

Hudson se inclinó hacia delante y apoyó los codos en la madera oscura. Un grupo de gente detrás de Annika estalló en carcajadas por algo, pero él ni siquiera los miró. Tenía la atención puesta en ella.

—Tenías razón, Annika —musitó con la voz teñida de emoción—. ¿Iba a ser suficiente algún día? ¿Me iba a relajar alguna vez? ¿Cuándo iba a conciliar quién soy con aquello a lo que me dedico? —Se pasó una mano por el pelo y negó con la cabeza—. Me hiciste unas preguntas complicadas, aunque en ese momento no vi que eran las correctas. Me estaba perdiendo a mí mismo con (Re)Iníciate y tuviste que decírmelo tú para que me diera cuenta.

A Annika le temblaban las manos. Las cerró en puños contra los muslos.

—¿Y... y qué pasa con Blaire y Ziggy? ¿Qué vais a hacer ahora?

—Hablé con ellos antes de retirarme. Les dije lo que significaba para mí y que no quería seguir. Que no quería dirigir una empresa como esa, una en la que ya no creía. Ellos me apoyaron al cien por cien. Todos hemos tenido tiempo de ahorrar gracias al éxito de (Re)Iníciate, así que el dinero no va a suponer un problema a corto plazo.

»Y en cuanto a lo que voy a hacer ahora... Voy a seguir desarrollando la aplicación de artes gráficas de la que te hablé en Las Vegas. Blaire y Ziggy quieren seguir conmigo. —Esbozó una leve sonrisa y dio un sorbo a su copa—. Y en mi tiempo libre quiero dedicarme a un sueño que tenía: esculpir. Voy a remodelar la segunda habitación de invitados para convertirla en un taller. —Estiró el brazo y sus dedos quedaron casi sobre la mano de Annika. A ella le iba el corazón a mil por hora. Se moría de ganas de que él la tocase. Sin embargo, Hudson cerró la mano en un puño y la volvió a dejar en su lado de la mesa—. Gracias. Por ser sincera conmigo. Por ver algo que ni yo mismo veía. Me has cambiado la vida. —Y ahí estaba de nuevo esa pequeña sonrisa—. Aunque supongo que esa es la norma contigo.

Annika sintió un nudo en la garganta por razones que no pudo expresar. Dio un trago a la Coca Cola fresquita y abrió la boca para decirle que no había sido nada, pero en lugar de eso, murmuró:

—Cuando te enteraste de que mi padre estaba en el hospital, ni me llamaste ni fuiste a visitarlo.

Él cerró los ojos con fuerza durante un momento.

—Quería hacerlo. No dejaba de pensar en ti. Ziggy me contaba las novedades porque se enteraba por June. —Sacudió la cabeza—. Fue horrible. Pero creía que... dada la forma en que habíamos terminado, era la última persona con la que querrías hablar. No quería empeorar la situación.

Ella sacudió la cabeza despacio y una lágrima le resbaló por la mejilla.

—Yo quería que me llamases. No dejaba de desear que lo hicieras. Me sentí como... como si no te importara.

Hudson volvió a cerrar los ojos, solo durante un momento, con pesar.

—No... no es así —contestó él, controlándose.

—Sigo sin entenderte —confesó Annika limpiándose la lágrima de la mejilla—. En Las Vegas te comportaste de manera tan distinta.

El hombre que conocí ni siquiera tenía un plan para crear (Re)Iníciate. ¿Por qué... por qué cambiaste de idea?

Hudson le sostuvo la mirada. Sus ojos parecían desprender un brillo verde y dorado debido a la luz del atardecer que se colaba por las ventanas.

—Por ti.

Annika sacudió la cabeza y frunció el ceño.

—No te entiendo.

—Fue por ti. ¿No te acuerdas de cómo dejamos las cosas?

*Anika despertó y se tumbó de lado. Hudson se encontraba junto a ella, con una mano bajo la cabeza y la otra sobre su cintura. Ya estaba aprendiendo cosas de él, como que, si se levantaba antes de las siete, él ni se daría cuenta.*

*Ella era madrugadora. Le encantaba ver la luz del sol colándose por las cortinas. Pero hoy no. Ya sabía lo que pasaría el día de hoy: se despedirían.*

*Hudson y ella no habían hablado de lo que aquella aventura veraniega había supuesto para ellos, o de si volverían a verse. Ella quería; no dejaba de pensar en ello. De cómo sería estar con él en Los Ángeles, tomar café juntos en su cafetería favorita o ir a un concierto los fines de semana. Sin embargo, sabía que lo que sentía era unilateral. Él nunca hablaba del futuro. Ella, por el contrario, era una romántica empedernida; la que siempre se enamoraba antes, y demasiado. Los tipos solo tenían primeras citas con ella, nunca le pedían salir a largo plazo. Y no podía enfrentarse a otro rechazo más. No con Hudson Craft.*

*Además, ambos eran jóvenes profesionales muy ocupados con unas aplicaciones que querían lanzar a lo largo del año siguiente. Annika era consciente de lo que eso suponía: que esa semana era la única que tendrían. Siete días, ni más ni menos. Y ya se habían acabado. Su estúpido corazón y ella tardarían en sobreponerse, y puede que hasta nunca volviese a pasar otra semana igual, pero Hudson pasaría página. Se olvidaría de ella pronto.*

*Con cuidado, le dio un beso en la comisura de la boca. Él ni se inmutó. Annika se quedó pensando un momento y después le escribió una nota en el bloc de la mesilla de noche.*

*«Me lo he pasado genial. Que te vaya bien. Un beso. Annika».*

*Ni muy pesada ni demasiado triste. Una despedida con la que evitaba el dolor del rechazo que sabía que vendría en cuanto se despertase.*

*Permaneció en la puerta un rato más del necesario observándolo dormir. «Adiós, Hudson Craft». Se dio la vuelta y se fue.*

Annika miró a Hudson y frunció el ceño. De fondo se oían vasos entrechocando y risas alegres.

—Te... te dejé una nota.

Él la miró, serio.

—Desapareciste. No me dejaste ni tu número ni tu correo. No querías que te encontrara. Después de lo que vivimos esa semana, pensé que había surgido una conexión real entre nosotros. Pero me desperté en una cama vacía y con esa nota tan fría... —Hudson sacudió la cabeza—. Me dolió mucho.

A Annika le costó asimilarlo.

—¿Qué? ¿Por qué?

Hudson soltó una carcajada con incredulidad y dio un trago a su bebida.

—¿No es obvio, Annika? Me enamoré de ti. Mucho. Pensaba que tú sentías lo mismo, o al menos algo parecido. Pero me trataste como un rollo de una noche... perdón, de siete, que conociste en una fraternidad. —Él inspiró de manera temblorosa—. Fuiste lo mejor y lo peor de ese verano.

—Pero... pero soy yo la que siempre se enamora demasiado deprisa. Te dejé esa nota porque pensaba que tú no sentías lo mismo que yo. No quería ponerte en una posición incómoda o... —Annika sacudió la cabeza intentando hacer caso omiso del ruido a su alrededor—. Tú nunca hablabas del futuro. Nunca me dijiste que querías seguir saliendo conmigo en Los Ángeles.

Hudson se inclinó hacia delante con las manos sobre la mesa.

—Iba a hacerlo ese último día. No quería asustarte mencionándolo demasiado pronto, pero tenía idea de hacerlo. Quería pedirte el número e invitarte a una cita como Dios manda en cuanto llegásemos a Los Ángeles.

Annika se relamió los labios resecos.

—No... no lo sabía. Pensaba que querrías marcharte, y no podía enfrentarme a eso.

Hudson la contempló en silencio.

Annika se pasó una mano por el pelo sin terminar de creerse lo que estaba oyendo.

—Te hice daño. Y por eso creaste (Re)Iníciate. —Se empezó a reír—. Hudson...

Él puso una expresión dolida y entrecerró los ojos.

—No le veo la gracia.

Annika sacudió la cabeza intentando recuperar el aliento. Estiró la mano y la posó sobre el puño de él.

—Lo siento. Me río porque... ¿sabes por qué creé (Re)Médialo?

—Por tus padres —respondió él con tiento—. No les pudiste dar la segunda oportunidad que merecían, así que quisiste dársela a otra gente.

—Esa es una de las razones. —Lo miró fijamente para cerciorarse de que él la seguía—. La otra fuiste tú.

A Hudson le cambió la cara a una mezcla de esperanza y confusión.

—¿A qué te refieres?

—Después de... desaparecer, aunque para mí no fue así, me sentí fatal. Estaba convencidísima de que yo me había enloquecido mucho más por ti que tú por mí. Siempre he sido una romanticona, la que se enamora demasiado rápido y a la que siempre le rompían el corazón. La que siempre se quedaba sola. —Le dio un apretón en la mano y sintió sus huesos como una escultura por sí misma—. Y tú... tú eras tan atractivo y tenías tanto talento. Estaba segura de que no volverías a acordarte de mí. Pero después pensé: «¿Y si hago de casamentera con la gente?». No con exparejas, como había pensado en un principio, sino con gente a punto de perder a su pareja y que sabía lo que supondría, al contrario que yo. O que nosotros. ¿Y si podía ayudar a la gente a darse cuenta de lo que iban a perder si rompían la relación? Quería evitar que a la gente le pasara lo mismo que a mí.

—Annika —pronunció Hudson apenas manteniendo el control de la voz. El sonido resonó en su pecho—. ¿Qué me estás intentando decir?

—Que yo también me enamoré de ti, Hudson Craft. Me enamoré de ti entonces, me he enamorado ahora y sigo enamorándome. —Negó con la cabeza con los labios temblorosos y empezó a llorar—. Estoy enamorada de ti.

De repente, él llegó hasta su lado de la mesa, la puso de pie y le acunó las mejillas con las manos. Su boca cubrió la de ella con ganas, con deseo. Annika se relajó contra sus brazos, dejando que él la inclinara hacia atrás, abriéndose a él una vez más. Se disculpó con la lengua, con la boca, con los labios.

Al final, se separó y respiró de forma agitada.

—Lo siento —se disculpó, mirándolo a los ojos—. Siento cómo me comporté y el daño que te he hecho.

Él negó con la cabeza y la luz del crepúsculo que se colaba por las ventanas tiñó su pelo de dorado.

—Yo también lo siento. Por ser un idiota. Por no darme cuenta de que eres tú. Eres tú la persona de la que estoy enamorado, Annika Dev. Y no quiero estar separado de ti ni un minuto más.

La sonrisa que esbozó ella fue como la luz del sol. Ya no tendría que volver a dejar las luces de su apartamento encendidas nunca más.

—Yo también te quiero. —Riendo, se desplomó contra el pecho de Hudson. Él la abrazó muy fuerte y con firmeza, como si no pensara dejarla ir nunca.

Era verano y tenían un futuro maravilloso y perfecto por delante, como una escultura sin formar. Annika estaba deseando ver qué construían juntos.

# AGRADECIMIENTOS

Soy incapaz de expresar lo feliz que me siento mientras escribo la sección de los agradecimientos de mi primera novela romántica adulta. Llevo soñando con este momento desde que tenía nueve años, ¡y por fin ha llegado!

Me gustaría darle las gracias a mi editora, Eileen Rothschild, que ha hecho esto posible al contactar con mi agente y preguntarle si estaría interesada en escribir romántica adulta para su sello editorial. Creo que no les di oportunidad de acabar la frase antes de empezar a pegar botes por todo el despacho gritando «¡SÍ, POR FAVOR!». Gracias a mi agente literario, Thao Le, que me ha representado durante muchos años y ha visto pasar mi carrera por muchas fases distintas. Gracias a todo el fabuloso equipo de St. Martin's Griffin por hacer este sueño realidad. Gracias también a mis lectoras, al Swoon Squad de Facebook en particular, que nunca dejan de animarme y de mostrar tantísimo entusiasmo por mi trabajo, y que consideran los «miércoles de frases» como si fueran Navidad. Sois una parte esencial de mi vida como autora y os aprecio a todas y cada una de vosotras. ¡*Cupcakes* para todas!

Me gustaría agradecer especialmente a Anisha, que me dio la idea de que Annika pudiera fantasear con destriparle a Hudson el final de su libro. ¡Es brillante y mezquino, y me encanta!

Y, por último, pero no menos importante, gracias a mi encantador y resuelto marido, que se ha leído no sé cuántos borradores de esta novela y siempre me ha animado a seguir adelante por muy tentada que estuviera de prenderle fuego a todo. Eres mi sol, mi luna y mis estrellas.